Lámour
Love More

Ever-tangling, ever-loving.

Lámour
Love More

Ever-tangling, ever-loving.

And Only to Deceive

偽造真愛

Tasha Alexander
塔莎・亞歷山大——著
向慕華——譯

媒體名人盛讚

……相當迷人……作家亞歷山大將艾蜜莉塑造成個性明快而極富同情心的角色，並呈現出時代性的韻味，卻絲毫不沉悶。亞歷山大對於維多利亞時代之縛人禮教所引發的道德兩難所知甚深，尤其在兩性相互吸引的浪漫情節上，處理手法相當精緻優雅。對於喜好探尋謎底線索的讀者來說，書中的考古學背景知識可以大大滿足讀者的好奇心。

——出版人週刊

塔莎．亞歷山大幾乎是立刻就展現了自己的功力，輕巧遊走在歷史事件與神祕案件之間的微細界線上，將筆下的主角扔進充滿陰謀、醜聞及危機的大熔爐中——更不用說，主角也被拋進了維多利亞時期的英國社會……亞歷山大擅長描寫一個不習慣女性表現獨立的社會之道德觀，也靈活地讓故事情節隨著艾蜜莉的成長過程一起發展。

——巴爾的摩太陽報

比珍．奧斯汀的小說多了引人入勝的陰謀與羅曼史，塔莎．亞歷山大的《僞造眞愛》將讀者載運到一段英國與巴黎的魔幻時光，而且，這是一趟沒有人捨得離開的旅程。

——羅勃．W．渥克，《純粹本能（Absolute Instinct）》和《蘭森之城（City for Ransom）》作者

這部極具魅力、機智詼諧的小說，結合了維多利亞時代的舒適風情以及驚悚小說的懸疑鬥智。其中最閃亮耀眼的部分就是：堅強固執得很可愛的女主角在生活與愛情之中的成長歷程。這是作者的第一部小說，相當傑出。

——美國圖書館協會Booklist書評

極具吸引力、懸疑緊張，同時也充滿了時代性的細節。《僞造眞愛》一書呈現出維多利亞時期上流社會的迷人樣貌，也包括其中壓抑的社會道德觀以及細膩的禮儀規範。亞歷山大筆下這位勇敢而固執的艾蜜莉小姐比起（風靡世界八十年以上的）美少女偵探南西．茱兒毫不遜色。

——書頁書評網

極富魅力……塔莎．亞歷山大將艾蜜莉塑造成一個好學而固執的女主角。而作者對於維多利亞時期的社會傳統及禮教規範有相當程度的了解、令人佩服。

——達拉斯早報

這是我們十月份的『歷史與推理類』精選書籍，也是作者才氣煥發的第一本作品。書中融合了希臘古風、博物館學、僞造贗品，以及一位立場特殊的女主角：原本只是聽從安排而結婚的艾蜜莉，現在反而愛上了過世的丈夫？這本書內容豐富，而且一點都不『爲賦新辭強說愁』，深入探索維多利亞時期。並且，這部小說肯定會在文壇掀起一陣旋風。

如果你是維多利亞式推理小說的書迷，你一定會喜歡這個故事……書中人物個個鮮明獨特，將故事層級向上提升。才華洋溢的塔莎・亞歷山大巧妙地將羅曼史與推理劇結合在這部小說裡。讀者一定會繼續再找亞歷山大其他的作品來讀。

——中毒之筆書店

——新推理讀者雜誌

這部小說橫跨多種文體類型，吸引熱愛懸疑小說、歷史故事以及羅曼史的讀者。希臘美術與手工藝品的相關知識很自然地融入整個故事當中，也增加了陰謀情節的可看性……亞歷山大技巧非凡，將艾蜜莉的冒險經驗以一八九〇年代社會道德觀作陪襯……同時也沒有忽略男性所扮演的社會角色。實際上，作者的忠實呈現更增添了陰謀的眞實性……（作者）不落俗套，沒有將書中的男性全都描寫成邪惡狡詐之輩；相反地，男性角色個性全都發展得很完整。隨著一層層抽絲剝繭，讀者和艾蜜莉一起認識所有人，每次了解一點點……對於現存巴黎的希臘古文物之討論與描述都很符合歷史紀錄，寫得也很漂亮。

——南向論壇

閱讀這本書的經驗令我感到相當地驚喜！除了故事中的些微浪漫氛圍，更值得大加讚賞的是塔莎・亞歷山大的敘事功力……如果你想讀一本寫得很好的歷史推理小說，也想要讀一些些羅曼史，這一本小說完全符合你的需求。

——極樂推理小說雜誌

……呈現出非比尋常的神祕推理，以及顛覆傳統的浪漫愛情……亞歷山大這本首次出版的小說非常成功。除了主角本身所發現的事物之外，作者不會透露其他訊息給讀者；書中所描繪的世界就是艾蜜莉的所見所聞，讀者隨著她一起探索周遭、找尋自我。那是個很有趣的世界，讀者一定會很想再次進去探險。

——推理報

這本書讀起來很快，文筆犀利而富機智，故事很有娛樂性。閱讀期間，我捨不得把書放下來；等到讀完之後，我立即拿出《傲慢與偏見》以及《伊里亞特》來讀。亞歷山大的作品讓我回想起自己當年之所以選擇英文爲主修科目的原因——就是爲了書。《僞造眞愛》一書無疑將躋身名家經典之林。

——檢視證據書評網

亞歷山大這本初試啼聲的小說情節緊湊、並擁有大量特色鮮明的角色。敘事手法強而有力，毫不喘息地將讀者帶進艾蜜莉的世界——那個世界雖然充滿壓迫感且危機四伏，卻似是一個值得讓讀者消磨時光的好地方。

——浪漫時代書評俱樂部雜誌

1

常人多半不會贊許我嫁給菲利普的理由。既不是為了愛或金錢，也不是他的頭銜讓我決定接受他的求婚；然而如今眺望著別墅陽台下方，那片廣闊無邊的愛琴海，我毫不懷疑這是個出乎意料的正確決定。

艾胥頓子爵並不像是能帶給任何人快樂的好人選，至少以我的標準看來是如此。他的財富，算得上英俊的外表，以及無懈可擊的禮儀，確保了無數女性對他前仆後繼，爭相希望能贏得他的青睞。但她們忽略了他性格中最重要的一項特質，那使他永遠不會在應有的禮貌之外，對她們投以任何注意力——菲利普是個獵人。

當然，我指的就是字面上的意思。他有如著魔般地熱愛狩獵，幾乎把所有時間和大量金錢用於追逐那些野獸。尊貴的（儘管我個人不會選擇如此形容）英國狩獵方式令他感到有趣，但他更偏好大型的獵物，並長期待在非洲草原上追逐牠們。通常他只會在社交季進入高潮時到倫敦短暫停留，同時將獵捕的對象侷限於具有潛力的新娘人選。他所表現出來的形象十分吸引人，把一個大膽冒險家的角色扮演得很好。

我和這位英俊子爵的相遇在最典型的場合發生——一場晚宴聚會。當晚與會人士的話題乏善可陳，讓我只想趕快回家，好繼續埋首於我讀了一整個上午的那本精彩小說。菲利普和我見過的其他男士們並無太大不同，我也絲毫沒有興趣與他深交——直到我決定接受女子無可避免的命運，終於同意嫁人。

我和母親向來相處得不甚融洽。從我頭一次到白金漢宮覲見女王，接受她吻頰禮的那一天起，母親大人便從不間斷地提醒我，我的美貌很快就會逝去，並斥責我沒有努力地盡快找到丈夫。我拒絕了好幾樁合適的婚約這一點，更是徹底激怒了她，但我就不拿那些不值一哂的小事來讓讀者厭煩了；我只能說，我一點也沒有想結婚的意願。我並非對愛情抱持著什麼幻想，或是因丈夫通常會要求妻子順服而感到不平。坦白說，我認爲婚姻是種無聊的制度。已婚婦女除了生孩子、忙著使喚僕役之外，鮮少有其他作爲。她們的時間全被一些無謂的瑣事佔據，唯一値得期待的樂趣，就是在社交場合裡，向彼此抱怨上述的那些孩子和僕人們。我很喜歡我的家居生活，至少身爲單身女性，我可以有時間鑽研我的興趣，藉由閱讀來體驗旁人的人生，並在有機會時四處旅遊。

那麼我嫁給菲利普，是爲了他熱愛冒險的天性？我是否渴望與他一起前往非洲那塊黑暗大陸？一點也不。我嫁給他是因爲他求婚的時機正好，提供了我一個簡單的途徑，得以逃脫某種漸漸令人難以忍受的情況。

從我首次在社交季露臉後，接下來的幾個月裡，我母親開始越來越感到絕望；她一生最大的心願，就是看到我在初次的社交季結束前便能夠找到金龜婿。她總是不斷悲歎，幾乎無法和她討論除此之外的任何話題——唯一的例外是談起她又有哪個朋友的女兒答應了某人的求婚。她開始指出我臉上最微小的皺紋和瑕疵，哀哀抱怨我浪費了天生的美貌。她縮減我的津貼，揚言若是我決心當個老處女，就得開始學會過著縮衣節食的日子。最後的侮辱來自某個早晨，她拿著裁縫用的量尺走進我的房間，打算測量我的腰圍，好看看我有多快就變得又老又胖。這令我再也無法忍受。

就在那天下午，菲利普來訪，並向我求婚。我當然感到十分意外，儘管我們常在社交場合裡見到彼此，但卻極少有機會談話。由於對狩獵或是他膚淺的魅力不感興趣，我通常會選擇避開他；但當時我並不了解，獵人總是偏好那些難以捕捉的獵物。他宣稱深愛著我，用上了許多這類場合必不可免的美麗辭藻，雖然它們對我來說毫無意義。既然和他一起生活，總不可能糟過得成天聽著母親數落我的缺失，我便立刻接受了他的求婚。

婚禮在我的妝奩備妥後迅速舉行，不到六個月我已成了寡婦。我認識自己丈夫的時間，勉強足夠讓我在叫出他的名字時不至於感到陌生。當我讀到那通報喪電報時，一股鬆懈和自由的感覺沖刷過全身，使我禁不住開始顫抖。管家朝我伸出手，似乎以為我會昏過去。我從來不昏倒。昏倒是因為情感衝擊的結果——或是束腹勒得太緊，而我拒絕向這兩者屈服。

失去菲利普並未令我感到哀傷，我幾乎算不上認識他。聰明的讀者們或許已經猜到了，一旦獵人捕捉到了他的獵物，就會對牠失去興趣，只把牠當成自己豐功偉業的象徵。在短暫的蜜月之旅後，我的新任丈夫再度回到非洲，和他的狩獵同伴們在那裡待了數月，直到最後客死異鄉，期間我們僅有禮貌而公式化的信件往來。接下來是無可避免的哀悼期，整整十二個月裡我只能穿著黑色的縐綢，並謝絕任何社交活動。在那之後，我可以穿上絲質的衣料，但花色僅限於乏味的灰、黑條紋。必須等到守喪兩年之後，我才能再次過著正常的生活。

菲利普遺留給我一筆極為龐大的財富，令我意外的是，我名下不但擁有在倫敦城裡的房子，還可以自由使用我丈夫那座位於鄉間，但我始終無緣一見的大宅。雖然那塊產業實際上是限定由擁有爵位者繼承，屬於菲利普家族所有，但他的家人堅持我不需要另覓新居——因爲我們並無子嗣，菲利普姊姊的兒子將成爲他的繼承人。那個名叫亞歷山大的男孩才剛滿三歲，很滿足於住在自己父母舒適的家中，尙無必要遷居到家族的封邑。

一年多來，我就跟所有寡居的女子一樣，被困在倫敦城裡無人聞問。但我丈夫的好友克霖．赫格里佛來訪，卻帶來了令我意料之外的慰藉。

通常下午的時間，我多半待在菲利普那間以核桃木爲壁板的書房裡，我喜愛那種被書香圍繞的感覺。和屋內其他的房間一樣，它裝潢得高貴典雅，有著雕刻精美的天花板，地上鋪著英國最好的艾克斯敏斯特羊毛地毯。之前的某一任子爵慧眼獨具，選用了一些既舒適又美麗的傢俱，讓人在這個奢華的房間裡也能感到十分愜意。赫格里佛先生就是在某個溫暖的夏日午後，打斷了我在書房裡獨享的閱讀時光。他大步穿過房間，朝我頷首爲禮，舉起我的手輕吻。

「這間房裡少了他的感覺很奇怪。」他說道，四下望了望。「令夫婿與我都是在這裡一起計畫所有的旅程。」他坐到一張大型皮椅上。「眞抱歉，艾胥頓夫人，我不該提起這些會令妳傷心痛苦的往事。」對逝去的丈夫毫無感情的我，在他最好的朋友面前不禁感到有些不自在。

「沒有關係。你想喝點茶嗎？」我伸手欲取喚人鈴。

「不，不用麻煩了，我來訪是爲了一些正事。」

「那麼你或許該去找我的律師談。」

「我正是從他的辦公室前來。妳當然很清楚令夫婿對希臘及愛琴海的熱愛吧？」他說道，直直望進我的眼裡。

「希臘？」我問道，並不想透露出我對自己丈夫的興趣一無所知。

「我相信妳一定知道，他每年都會在那裡待上好幾個月。當他在非洲得病時……」赫格里佛先生停了下來，面帶詢問地看著我。

「請繼續。」

「他很期待能帶妳到希臘，讓妳看看那棟別墅。」

「別墅？」我依稀記得我的律師曾提過它，但他並未詳述，認爲我當時太過於悲傷，不該掛心這些瑣事。

「它並不屬於家族產業，是他自己買下的，而他把別墅留給了妳。那是間很美麗的房子，可以俯瞰整片愛琴海，妳一定會愛上它。我想他是打算帶妳去那裡，好給妳一個驚喜。」他再次停頓下來。「當他生病時，這是他不斷談起的話題：『凱莉絲妲一定要去那棟別墅。』我向他承諾過會替妳安排這趟旅程。」

「請原諒我的困惑，」我說道，搖了搖頭。「誰是凱莉絲妲？」

赫格里佛先生笑了。「我想那是他——」他又頓了一頓。「私底下對妳的稱呼。」

我詫異地揚眉。「他從未稱我爲凱莉絲妲。」我沒提到他對我最常使用的稱謂，事實上是艾胥頓夫人，雖然他的語氣裡多半帶著些許嘲諷的意味。

「他提起妳時，總是這樣稱呼妳。」赫格里佛先生輕聲說道。「我以爲那是他對妳的暱稱。請原諒我的無禮，但我相信比起愛蜜莉，他更喜歡這個名字。」

「我明白了。至於別墅的事？」

「它位於聖托里尼，那是愛琴海上的一座島嶼。我建議妳在春天時過去，那時的氣候溫和舒適，艾胥頓則認爲那兒的冬天比起英國來可算是一大改進。」他起身走向我。「我必須再次致歉。我可以想像提起他會爲妳帶來多大的傷痛，我使用他對妳的暱稱更是疏於考慮。」

「正好相反，我絲毫不感到困擾。」我答道，仍不確定該對我丈夫的這個習慣做何想法。「如果你也比較不喜歡愛蜜莉這個名字的話，我不介意你叫我凱莉絲妲。」我直直望向赫格里佛先生，微笑地說道。他有著出衆的外表，那頭稍嫌凌亂的深色髮絲，與他優雅的穿著及完美禮儀形成了對比。「當然，那必須等到我們熟識的程度，已足夠讓彼此互稱名字才行。」

「妳就跟艾胥頓形容的一樣活潑。」他露出一抹微笑。「我該走了，關於別墅的文件都在妳的律師那裡。我說過，我答應妳的夫婿，一定會讓妳親眼見到它。等妳準備要去的時候，我會替妳安排好一切。」

我把手伸向他，他很快地吻了一下便告辭離去。從窗前的座位上，我看著他以從容的步伐走下門階，過街後穿越了伯克利廣場。

我再次有股每當見過菲利普的家族及友人後，總是會有的那種不知所措的感覺。他們的哀傷我無法感同身受，我根本不了解那個男人，然而克霖．赫格里佛卻暗示菲利普經常與他談起我。天知道他能有什麼關於我的事好談？我的思緒一陣混亂。凱莉絲妲？希臘？就我所知，菲利普除了打獵以外，很少有其他興趣。我沒有理由懷疑赫格里佛先生的話，他曾在我們的婚禮上擔任菲利普的伴郎；他們兩人從小即爲同窗好友，菲利普十分推崇他正直的人品。在我能繼續深思下去之前，管家再次前來通報我的父母來訪，正在小客廳裡等著我。

「親愛的，房子面街的這排窗戶，窗簾一定得要隨時拉上。」我母親斥責道，決心重新建立起對我的掌控。

「菲利普已經去世超過一年半了，母親，我不可能永遠過著不見日光的生活。」

「艾伯特親王離開人世近三十年，我們的女王陛下仍然悼念他。妳應該遵循她立下的典範。」身爲維多利亞女王最堅貞的支持者，我母親挑剔地環視屋內。「我知道菲利普的喜好或許有些怪異，但他已經不在了，妳大可以重新翻修這個房間，它看起來就像是只完成了一部分裝潢。」

菲利普厭惡時下流行的那種過於凌亂擁擠的佈置，家中的擺設也反映出他的品味。我們完婚之後，他很高興得知我對此事與他的意見一致。他很樂意移除公用空間的牆面上，幾尊大型的動物頭部標本，而我則同意不改動屋內其他的房間。

「妳上一句話才要她悼念亡夫，下一句就要她改造他的房子。說眞的，凱瑟琳，我覺得妳該放我們的女兒一馬。」向來被我視爲沉默盟友的父親，對我露出安撫的微笑。「恕我直言，但我不認爲她爲丈夫哀悼的時間，該比她認識艾胥頓的日子更長。」

我母親抽了一口氣。「我會假裝沒聽到你說了些什麼。你得想想她的未來，她既年輕又富有，更別提還是伯爵之女，經過一段適當的哀悼期，她將可以再度匹配一樁良好的姻緣。」她望向我。「我已經聽到一些家中有合適人選的母親們，開始提到妳的名字了。」

「我寧願失去所有財富，也不願把它用在維護別人的家族產業上。」我歎息道。「況且我何必要再婚？我還挺喜歡寡婦的身分。」

我父親大笑出聲，直到收到妻子怒火中燒的瞪視。

「別荒謬了。當然現在考慮這些尚嫌太早，妳仍因夫婿過世而傷心。」我母親搖響了喚人鈴。「妳需要喝點茶。」我被迫嚥下了一杯過於甜膩的熱茶，並設法避開任何可能會延長他們拜訪時間的話題。當我終於可以向他們道別時，不得不咬緊牙關，忍受我母親命令管家拉上前排所有窗戶的窗簾。向來忠於職守的戴維斯遵從地點頭，但在請示過他的女主人之前，他絕不會擅自行動。我吩咐他讓窗簾繼續開著。

「是，夫人。我有事要稟報。」他在我頷首同意後繼續說道，「我必須向您報告，我開除了一位男僕。一名侍女進入書房打掃時，發現他正在翻動子爵的書桌。」

「這是什麼時候發生的？」

「昨日下午，夫人，那名侍女原本不願出面作證。顯然那名男僕是想找些東西變賣，好償付他的賭債。我已搜查過他的房間，但並未發現什麼，或許您可以檢查一下是否遺失了任何東西。」

「謝謝你，戴維斯，我會立刻查看書桌裡的物品。」我回應道，明知我對桌裡應該有些什麼毫無所悉。

我回到書房，大略瞥視了書桌裡毫不引人注目的內容物，隨即將注意力轉向書架，開始搜尋關於希臘的著作，並且收穫頗豐，架上擺著不少古希臘文及英譯版本的歷史與經典文學作品。之前我一直以爲它們是菲利普在伊頓公學，以及劍橋大學讀書時留下來的。我毫無頭緒地迅速翻閱了其中幾本，因爲找不到方向而感到沮喪，接著隨手拿起一本大英博物館指南。它自動翻開的那一頁裡，夾著一張小心折起的字條，上面的筆跡看起來很陌生。「你目前的行事將爲你帶來致命的危險。」那頁指南描述的是一只花瓶，上面畫著偉大的英雄阿基里斯殺死亞馬遜女王的情景。的確是致命的危險。

我仔細審視那張字條，它的材質厚重，類似畫家用來素描的畫紙，但上面並沒有任何跡象，可供辨識送信或收信者各爲何人。眞奇怪。我歎了口氣，不確定接下來該怎麼做。我把字條放進菲利普的書桌抽屜裡，突然感到一陣強烈的不安，於是搖鈴吩咐備茶，寄望溫熱的飲料（少了我母親過於放縱的用糖分量）能夠安撫我的神經。過了好一陣子，我才再度開始翻閱夾著字條的那本指南，並發現自己迅速沉迷於書裡所描述的那些、展示在博物館中的珍貴藝術品。我一時興起，喚人準備好馬車，打算親眼去看看那些珍藏。

我當然並未向父母提起希臘或是別墅的事，隨著馬車駛近大羅素街，我不禁露出微笑，想像著若我決定到聖托里尼定居，在那裡度過餘生的話，我母親會有什麼反應。在那兒我的半哀悼期服飾得穿多久？我撫了撫黑色條紋的裙襬，然後走進博物館，詢問是否有人可以爲我解說希臘展示區的各項文物。一名富有的寡婦很快就會學到，這類大型機構向來十分覬覦她手中握有的財富；就憑著這一點，我相當期待這趟想必會令我滿意的導覽。

在等待導覽員的同時——希望他的知識夠淵博——我隨意地四下張望，納悶自己爲何這麼久不曾再來拜訪過博物館。小時候，我父親每過一段時間便會帶我來參觀，然而當母親及一連串女家教接管了教育我的責任後，我便被侷限於只能學習一些有利於社交的技巧與知識。結果是我能說流利的法語和義大利語，稍嫌勉強的德語；會彈鋼琴，也能開口唱上幾句；在藝術方面，我的素描畫得不錯，但並未繼續學習水彩畫，因爲我較爲偏好握著鉛筆，而非畫筆的感覺。刺繡、禮儀及如何持家成爲了我的第二天性，然而母親不允許我接受任何學術方面的教育，她認爲一位好妻子絕不可自視過高。在我能繼續思索自己於學習方面的缺憾前，一位看起來相當體面的中年紳士打斷了我的冥想。

「艾胥頓夫人，很高興認識您，我是亞歷山大．莫瑞，希臘與羅馬古物部門的負責人。我的同事告訴我，您有興趣參觀我們的收藏。」

我把手伸向他，得體地回應了幾句。

「請容我致上哀悼之意，您的夫婿是位傑出的紳士。他經常來拜訪博物館，乍聞他的死訊時，我們全都震驚不已，也萬分感激他生前捐贈給博物館的許多珍貴古物。您想先看看它們嗎？」

我不知道該如何回應。我從來不曉得菲利普經常涉足博物館，顯然我對這個男人的了解，比我想像中還要貧乏。莫瑞先生帶領我走過一間又一間的展示廳，我的心思在眼前珍貴的館藏，以及我的丈夫之間來回不定。菲利普送給博物館好幾只美麗動人的希臘古瓶，其中一只大型古瓶特別觸動了我：上面描繪著三位女子，站在一個手拿蘋果的年輕男人面前。

「那是一只花萼巨爵，因爲兩側的把手形似花萼而得名。」莫瑞先生告訴我。「古代希臘人用它來混合及盛裝清水和酒液。我相信這是艾胥頓爵士最偏好的一只，他很捨不得捐贈出來，卻又堅定地認爲，它應該被開放給所有人研究與欣賞。上面的圖案是典型的紅繪式技法。」

「它的畫功眞是精巧細膩，」我驚呼道，傾身仔細觀察。「連那名男子的眼睫毛都清晰可見。」

「紅繪式技巧因爲是畫在上釉前的素坯上，所以比黑繪式更加寫實，這位畫家更是以專精於細節而聞名。您應該注意到，他畫出了每一綹頭髮，和每件披風上的皺摺及陰影。」

「它讓我想起帕德嫩神殿的雕刻壁飾。」

「您很有觀察力，艾胥頓夫人，這幅圖案的風格與帕德嫩神殿的雕刻的確相當類似。畫這只古瓶的藝術家，曾被譽爲是古典派大師。」

「他是什麼人？」

「我們並不知道他的名字，但可以辨認出屬於他作品的古瓶，現有數百只之多。」

「都是紅繪式技法？」

「不，也包含黑繪式和以白色爲底的畫法。您請跟我來，我們收藏了一些最知名的希臘長頸瓶。」

我並未立刻回應莫瑞先生，而是繼續觀察面前的古物。「看看他握住蘋果的手，姿態是那麼優雅。畫裡描繪的是些什麼人？」我問道。

「是女神雅典娜、希拉和愛芙羅黛緹，祂們剛參加完一場被紛爭女神艾瑞斯破壞的婚禮。祂因未受邀請而心生怒意，決定要引起混亂，於是在賓客間扔下了一顆金蘋果。」

「祂們在爭吵誰有權擁有它？」

「是的，蘋果上面刻著*Té Kallisté*——『給最美麗的』。每位女神都宣稱自己才是最美的，蘋果應該屬於祂；宙斯知道無論祂選擇誰，另外兩位女神都不會服氣，因此決定不蹚這淌渾水。」

「非常明智。」我微笑道。

「他把這項任務交給了帕里斯，一名不幸的牧羊人。」他指向瓶身上的年輕男子。

「他選了誰？」

「他認爲愛芙羅黛緹最迷人，尤其是祂承諾，會讓帕里斯娶到凡間最美麗的女子爲妻。」

「希拉和雅典娜想必很不高興。」

「不止如此，從那天起，祂們便將他視爲仇敵。」

「帕里斯的妻子呢？」

「一位名叫海倫的美麗女孩，不幸的是，她早已嫁與斯巴達之王，米奈勞斯爲妻。經由愛芙羅黛緹的幫助，帕里斯說服了海倫離開米奈勞斯，與他一起回到特洛伊，也因此引起了特洛伊戰爭。」

我靜默了一會兒，對這個故事深感興趣，並決定今晚便要將它找出來閱讀。同時，莫瑞先生提到的某個字眼也引起了我的注意。

「你剛才說，蘋果上刻了一句話？」

「*Tē Kallistē*。凱莉絲妲是希臘文，意思是『最美麗的』。」

原來菲利普認爲我很美。我忍不住羞紅了臉，跟隨著莫瑞先生繼續參觀，但我承認無法再像先前那樣，用心聆聽他的講解。

一八八七年　三月二日　東非

費茲洛伊再次證明了他的愚蠢。狩獵的目的在於欣賞並體會野生動物的力與美，追蹤牠們，在牠們的地盤上公平地一決勝負。獵人們以此來榮耀他們的獵物。但費茲洛伊今天的作爲絲毫不符合紳士準則。他在早餐前就帶著一名嚮導魯薩拉離開營地，不到一小時後就滿身髒汙、驚恐狼狽地回來。那個渾蛋說服魯薩拉用誘餌引來一隻犀牛，而非親自去追蹤牠，然後躲在隱蔽處等待那隻不幸的動物步入陷阱。當費茲洛伊準備射殺牠時，不小心絆了一跤，驚動了犀牛，於是他在驚慌中未曾瞄準便開了槍，結果只射傷牠，並未令其喪命。以爲犀牛將衝向他們，費茲洛伊和魯薩拉像懦夫般逃回了營地；我花了數小時才搜尋到那隻可憐的動物，替我的朋友完成了他本該做到的事。我們來到這裡，並不是以傷害動物爲樂。

回營之後，我狠狠斥責了費茲洛伊，這傢伙對狩獵道德毫無所知。獵人是經由追蹤獵物來展現他的技巧。在我的狩獵隊裡，絕不容忍使用誘餌的獵捕方式。赫格里佛建議我們放棄打獵，改爲探索肯亞峰。如果他是想逗我開心，那麼他成功了。

2

「所以妳看，我是很重要的。」第二天下午和我的密友艾薇共享午茶時，我故作嚴肅地說道。「他們派出了整個部門的負責人來接待我，顯然我富有的名聲已經傳遍了整間博物館。」

「妳太高估自己了，」她微笑地回應道。「他們應該是看在菲利普的面子上才這麼做。不過說眞的，難道得知菲利普對希臘的熱愛，妳一點都不感到驚訝嗎？我認爲這是件很有趣的事。」

「我不知道該怎麼想，」我說道，伸手倒了杯茶。「他從來沒對我提起過這些。」

「我想你們在蜜月旅途中，談論的想必是完全不同的話題吧。」艾薇道。

「我不記得我們談過任何特定的主題，他經常埋首書寫日誌，我想是在記錄我們每日的行程，而我多半時間都在看書。他在替我購置書籍方面相當大方。」

「他眞是太不應該了，竟在妳了解到他或許十分迷人前便死去。」

「是啊，他留給我這麼一大筆財富，實在太可惡了。」我大笑道。「當然，直到這該死的哀悼期結束前，我尙無法徹底享受金錢帶來的樂趣。」話聲一落，我立刻臉色刷白。「我不是那個意思。」

艾薇握住我的手。「我知道。」

「我從沒想過會是這種情況，才初入社交界不久，便已經成爲了寡婦。」

「哀悼期不會永遠持續下去。」

「其實我不確定自己是否介意，艾薇。想想我現在的人生：一個人獨居，有自己的僕役，還能完全掌控屬於我的財產。我可以做任何我想做的事。」

「只除了還不能隨意出席社交活動。」

「當然，但我並不眞的想念那些。我的確曾經覺得那很有趣，也得意於能讓許多男人愛上我，然而若是沒有嫁給菲利普，我如今會是什麼情況？」

「妳仍會住在妳母親的屋簷下，天天被人測量腰圍。」

「一點也沒錯，那將是令人無法忍受的命運。但現在我擁有了前所未有的自由，如果菲利普還活著，我的人生和住在父母家時，會有任何不同嗎？」

「身爲未婚女子，我可不敢評論已婚婦女的生活。」艾薇淘氣地說道。

「不過妳很快就能親自體驗了，再過兩週就是妳的婚禮。」

「是啊，」艾薇歎息道。「我不確定該怎麼想。」

這時戴維斯走進房間，通報又有兩位客人來訪。

「親愛的，眞高興又見到妳。」愛瑪．柯蘭伸出雙臂朝我走來。「時間過得眞快，妳丈夫過世都一年了。」

「是啊，謝謝妳們好意拜訪我。」我說道，用同樣虛假的微笑回應她，禮貌地請對方就座。

「妳好嗎，艾蓓拉？」

「很好，謝謝妳。」艾蓓拉．棠麗答道，接過我遞上的鬆餅。

「我等不及要參加妳的婚禮了，」愛瑪對艾薇說道。「我母親告訴我，是沃斯親自爲妳裁製婚紗。」

「是的，它美極了，我很期待能穿上它。」艾薇答道，與之前只有我們兩人時相比，顯得沉靜不少。

「我不知道該穿什麼。」愛瑪繼續說道，而我一點也不相信她。她醒著的大半時間裡，都在談論她數量龐大到驚人的各式衣物。不幸的是，儘管她父親投入了大筆金錢來裝扮唯一的女兒，愛瑪的衣著卻反映出她那令人不敢恭維的品味；她總是選擇過分鮮豔的顏色，與完全不適合她的款式。我承認她的容貌不差，但人們只會注意到她身上那件刺眼的亮黃色禮服，而忽略了她的長相。她手邊那把棕色陽傘更加強了效果，讓她看起來就像是朵單薄細瘦的向日葵。「我確信再過不久，我們就會開始計畫我的婚禮了。在此之前，我打算好好享受人生。」

「我不懂妳的意思。」我說道，很清楚愛瑪又想藉機攻擊我了。

「妳應該比我們都更了解婚姻生活的可怕，愛蜜莉。已婚婦女可不像單身女子那樣，可以在舞會裡盡情享樂，不過妳其實並沒有機會，眞正適應爲人妻子的身分，對嗎？」

「是的，菲利普很好心地，在我感到無聊之前就先死去。」我不客氣地回應道，讓艾蓓拉倒抽了口氣。「當然，我只是在說笑，艾蓓拉，請別被我家的鬆餅噎死了。」

「聽妳如此談論妳的夫婿，眞令我感到震驚。」愛瑪冷冷地道。「艾胥頓爵士是我所認識的人中，品德最高尚的紳士之一。」

「他是我見過最好的男人。」艾蓓拉贊同道。

「我以爲妳會更費心地維護他的榮譽。」愛瑪繼續說道，扭絞著她那副醜陋至極的棕色手套。

「我必須坦承，我對舉行婚禮感到有些緊張。」艾薇插口道，勇敢地想改變話題。「我不知道該如何扮演好一個妻子的角色。羅柏一直對我很好，我父母也很滿意這樁婚約，我相信我們在一起會很快樂，但我無法想像我的生活將會是什麼樣子。」

「他有間很漂亮的房子。」艾蓓拉道，又從桌上拿起一塊蛋糕。「妳也一定會有筆豐厚的津貼。」

「艾薇的父親會確保這一點。」我說道。

「妳一定要仔細聽好，妳母親在婚禮前對妳所說的一切，親愛的。」愛瑪語氣嚴肅地說道。「妳會發現婚姻中有某些事，將令妳感到相當震驚；她可以告訴妳該怎麼應付，以及如何忍受那無可避免的情況。」

「我想那一定很可怕。」艾蓓拉說道，一雙牛眼睜得很大。「我姊姊在婚禮過後，把自己鎖在房間裡三天不肯出來。」

「妳不該說出這種事，艾蓓拉。」愛瑪怒瞪著她的朋友。「我們只需要提醒她注意就夠了，其他的該由她母親來協助她做好準備。」

「別荒謬了。」我怒聲道。我很了解愛瑪的個性，知道她會抓住任何機會來打擊我，而我一點也不在意；然而艾薇要比我纖細敏感多了，她絕對無法抵擋愛瑪惡意的言詞攻擊。

「我們只是想幫助朋友成為一位好妻子。」愛瑪說道，嗓音甜膩得令人作嘔。「我明白當妳曉得自己再也無法擁有幸福的人生時，自然很難去想像愛情和婚姻這種快樂的事情。」

「我向妳保證，情況正好相反。艾薇，我可以與妳分享一句，菲利普在新婚之夜給我的忠告：放輕鬆。如果妳能做到，就會發現那其實會是一段頗爲愉快的經驗。」我享受著在座女士們臉上驚駭的表情。艾蓓拉的蛋糕掉在桌上，愛瑪則站起身來。

「沒想到妳竟會說出如此不知羞恥的話，愛蜜莉。妳很幸運菲利普無法在此目睹妳失禮的言行。」

「請妳尊稱他爲艾胥頓爵士，愛瑪，我不認爲妳與子爵大人已熟識到可以直呼他的名字。」

「我看得出儘管妳已進入半哀悼期，但仍未準備好接待訪客。」愛瑪說道，徒勞無功地試圖扳回顏面。「我們就不再繼續打擾了。」她領著仍然嚇到無法開口的艾蓓拉走出房間，我注意到後者仍不忘帶走最後一塊茶點蛋糕。

艾薇震驚地看著我。「妳做了什麼？」

「我這輩子沒這麼開心過，我一直都無法忍受那兩個蠢婦。菲利普和我結婚前，愛瑪總是向他投懷送抱，而且無法接受他從未正眼看過她。我們的婚約公布之後，她想盡了各種辦法來折磨我。」

「可是妳並不愛菲利普，總不會是在嫉妒吧？」

「當然不是，但如今他不在了，我反而逐漸能欣賞起這個男人和他的品味。至於那兩名妖女只是想來炫耀自己運氣好，沒有年紀輕輕就成了寡婦，順便趁機用妳的婚禮來恐嚇妳。」

「我想她們並無惡意。」

「隨妳怎麼想吧，但我太了解愛瑪和她的伎倆了。她不喜歡自己比我們晚出嫁的事實，所以一定會盡快找到對象。無論那個可憐的男人是誰，我都爲他感到遺憾，他絕對無法從自己的新娘那裡得到任何快樂。」

「妳實在變得一點都不像妳了，愛蜜莉。要不要再多喝點茶？」

「不用了，艾薇，我很好。我才剛領悟到，以我現在的身分，可以比未婚女子更有資格對許多事物發表意見，而不會被視爲離經叛道。別擔心，我會寫一封完美的道歉信送去給她們，請求她們的原諒。沒有人能拒絕一位哀慟逾恆的寡婦。」

「妳眞是太壞了。」

「我想在舞會裡，我會樂於和其他寡婦們坐在一起，評論年輕淑女們的未來，閒聊所有人的八卦。」

「等妳重回社交界時，我不認爲妳會和那些寡婦待在一起。」

「也許妳說對了，但無論如何，短期內我並不打算放棄我新近擁有的自由。剛才被那些妖女打斷之前，我們在談些什麼？我確定它要比我們目前的話題討喜多了。我有沒有告訴妳，我開始閱讀《伊里亞德》了？」

「沒有，妳沒提過，妳越來越像是位才女了。」艾薇笑道。「但說實在的，愛蜜莉，妳剛才說的都是眞的嗎？」

「當然都是眞的。」

「我指的是菲利普告訴妳的事。」她追問道，不敢迎上我的視線。

「是眞的，艾薇。現在想想，菲利普跟我談話時，我也許該聽得認眞一點，他給過我許多很好的建議。」

那天晚上我頭一次夢見菲利普。他看起來非常俊帥，就如同那些希臘古瓶上的人物。他正在進攻特洛伊城，淡棕色的髮絲在風中飛揚，高聲呼叫著：「凱莉絲妲！凱莉絲妲！」

第二天早上我決定要繼續閱讀荷馬。

一八八七年　三月二十五日　開羅　牧人酒店

過去一個月都在埃及扮演觀光客；這裡的景物實在令人歎爲觀止，但眼前任何古老的事物都只會更讓我渴望回到希臘。赫格里佛今天又去探索金字塔——我拒絕了與他同行的邀約，選擇穿梭在各家商店裡，尋找托勒密王朝時代的古物。找到的大多數物件都引不起我的興趣，它們看似混合了希臘與埃及兩者的風格，然而完全沒有抓住任一方的精髓。原本想尋到某件有著亞歷山大大帝面相的優質古物，但只找到一堆要價離譜，卻根本不值一顧的錢幣。

經過短暫考慮，我決定遵從家族要我娶妻的期望。我了解這是無可避免之事，也看不出對這個話題有任何爭辯的必要；只是尋妻的過程，肯定會讓這次的社交季格外令人厭煩。

3

我很訝異地發現自己非常喜愛閱讀古典文學作品，也開始花上大量時間拜訪大英博物館。由於不確定該從何處入門，我決定讓我的夫婿來引導我新發現的這項興趣，並從研究他捐贈給博物館的那些古董珍藏開始。莫瑞先生很高興看到我如此頻繁地造訪，我也很得意能展現我對荷馬已經有了基本的認知。

「正在努力工作嗎，艾胥頓夫人？」他在我忙著素描「帕里斯的判決」古瓶時朝我走來。

「能帶給我如此喜悅的事，不該被稱之爲工作。」

「您閱讀荷馬的進展如何？」

「『阿基里斯的怒火狂燃，噢，女神們哪／帶給希臘人民無盡的哀傷……』」我微笑地引述。

「查普曼？」菲利普的書房裡有著許多本荷馬的偉大著作：四冊英譯版本，以及一本希臘原文。後者顯然超出我的能力所及，所以我選擇了查普曼的譯本，因爲那是我唯一熟悉的名字，儘管我只是在濟慈的詩句裡曾讀到過它。那些大膽無畏的詞句立刻吸引住我，激發出我的熱情，使我日日沉迷其中。

「我覺得從他開始是個不錯的選擇，而他也並未令我失望。」

「那是當然的，不過他對我而言，有些太富於奇想了。」

「太過於伊莉莎白時代的風格？」

「是的，波普的版本比較適合我。『阿基里斯的怒火，替希臘帶來可怕的災難／天上的女神啊，吟唱著數不清的哀慟！』」

「非常優美而直接。」我同意道。「但目前我還是繼續研讀查普曼的版本就好。」

「當然，艾胥頓夫人。我不打擾您畫畫了。」

我把注意力轉回眼前的古瓶上，決意要成功捕捉到愛芙羅黛緹優雅的風姿。一段時間後，當我正在比較我的作品與原型時，突然有種被人注視的感覺。我轉頭望向身後，以為會看見莫瑞先生，結果卻是一個我從未見過的男人。他站立的姿勢，看似正在欣賞「帕里斯的判決」古瓶旁邊，掛在牆面上的古代壁飾，但他的眼睛卻直勾勾地盯著我看。我很不習慣被人如此瞪視，坦白說這令我有些不安。我們的視線相遇時，他並沒有移開目光，只是稍微把臉側向一邊，也因此露出右頰上的一道疤痕。我試著重新專注在素描上，但我發現我的眼睛仍不時瞥向那名逗留在展示廳裡的陌生人。當我聽見一串腳步聲接近我時，差點慌得從椅子上跳起來。

「希望我沒有驚嚇到您，艾胥頓夫人。」莫瑞先生微笑地走向我。

「當然沒有，我——」我往身後瞄去，那個男人已經不在了。「我很高興這麼快又見到你。」

「我無意打擾您的繪畫時間，但我想把這個送給您。」他遞來一本他所撰寫的《神話解析》。我微笑地謝謝他，很高興能有這個藉口分心，不再去想那個不受歡迎的注視者。

在我追求學問的同時，日子很快地過去。艾薇的婚禮順利舉行，我當然也穿著一件適合目前身分的暗灰色禮服出席。那是個充滿歡笑的場合，但我必須承認，當我想到我對自己的婚禮幾乎沒有什麼記憶，不由得感到有些憂鬱。當時我只是漠然做著該做的事，並未投入任何感情。看見艾薇朝站在聖壇前的自己走來時，羅柏的眼裡散發出喜悅的光芒；我想到當天我走向菲利普時，甚至不曾正眼看過他。他看到自己新娘的那一刻，是否眼裡也閃動著同樣的光彩？

艾薇婚後未滿一週，愛瑪也宣布與哈維爾爵士之子訂婚的喜訊——不過是他的次子。希望能找到更好對象的愛瑪曾經拒絕過他，但她的父母堅持要她答應這樁婚約。我非常高興看見她落得這樣的結果。

艾薇與她的新婚夫婿決定以環遊歐洲來度過蜜月，巴黎也是其中一站。我正愉快地閱讀她的來信時，我母親再度來訪。

「愛蜜莉，柯蘭太太私下告訴我，妳針對愛瑪的婚約，做出了一些不合宜的批評，使得那個可憐的女孩驚慌不已，現在她拚命懇求要取消婚約。」

「我可以向妳保證，我對她所說的話，只會帶給她安慰。她是因爲只能嫁給次子而不滿意。」

「我想妳說得沒錯。幸好她有一筆豐厚的嫁妝，他們的生活應該無虞。」

「只要她丈夫沒把她的錢全都花光。」我說道。

「妳說話不該如此苛刻，親愛的，這對妳沒有好處。我眞不知道妳最近是怎麼回事。」她朝拉開的窗簾哼了一聲。「我是從艾略特夫人家過來的，她想邀請妳參加她下週三要舉辦的一場小型晚宴，那會是妳慢慢回到社交圈的一個很好的開場。」

對我而言，艾略特夫人的宴會令人憎厭的程度，僅微遜於在暴風雨中橫渡英吉利海峽。身為我母親的密友，艾略特夫人肯定會整晚站在她那一邊，一起批評我的衣著（顏色太淺）、我的房子（太過明亮），以及我最新的閱讀習慣（過於學術性）。我偷偷瞄了一眼被我用艾薇的來信遮住，菲利普那本裝訂精美的《伊里亞德》，然後歎了口氣。

「我認為我尚未準備好，母親。」

「妳不能永遠躲藏在悲傷後面。」

「我以為妳要我效法女王。」

「我沒有要妳全然照做，孩子。妳對哀悼的定義實在令我困惑，妳穿著如此隨興，卻又完全不參與任何社交聚會，我真不知道該怎麼想。」

「妳什麼也不必想。我的衣著非常得體，沃斯先生親自監督所有細節，我一整年裡也只穿著黑色斜紋布料。至於社交聚會……」我遲疑了片刻，不確定該說什麼。我並不想困住自己，但也不願被迫接受我母親那些可怕朋友的邀請。「現在就回到倫敦的社交圈，對我來說太痛苦了，那只會讓我想起菲利普。」

「我相信妳一定很難過。」我母親回應道，顯露出她從未對我展現過的同情。「這也令我想到，我們的女王陛下這麼多年來，仍然時時表露她對已逝夫婿的深情。」我決定對這段話不予置評。

「因此我打算去巴黎。」我的話讓我自己也感到意外。

「巴黎？」

「是的，菲利普跟我度蜜月時，並未在那裡停留，所以我將不會有任何甜蜜或苦澀的回憶。」我停頓了片刻以加強效果。「我今天收到艾薇來信，她跟羅柏會在巴黎待上數週，而我計畫要去拜訪他們。我會趁這個機會和沃斯先生見面，好訂製一批新裝，也可以抽空去趟羅浮宮，菲利普曾提過想帶我去參觀。」我小心注意著母親臉上的表情。

「妳不會是想獨自旅行吧？」她說道。「我不喜歡這樣，愛蜜莉，這一點也不合宜。」

「為什麼不行？」我反問道，對自己藉死去夫婿的名義來捏造故事有些罪惡感。「那會讓菲利普很高興。」

「菲利普會希望看見妳受到家人良好的照料。我能了解妳在倫敦也許待得有些不自在，妳不妨去拜訪他的姊姊吧，她一定會很高興見到妳。」

我絲毫沒有與菲利普的家人長期相處的意願。他們是眞正在為他哀悼，我卻只能假裝曾是與他最親近的人，在這種情形下去拜訪他們，絕對會是一場災難。

「不，我要去巴黎，一切都已經決定好了。我出發前會邀妳和父親過來用餐。」

「由誰來擔任妳的伴護？我不可能在這麼短的時間內成行。」

我偷偷放心地吁了口氣。「我會帶我的女僕一起去，我已經不是未婚少女了，母親，也絕對有能力獨自旅行。再說艾薇也在那裡，社交季結束後，也必定會有很多人前往巴黎，我相信我不會孤單的。」

「我沒想到妳打算在那裡待那麼久，妳應該會回英國過聖誕節吧？」她搖搖頭。「我不認為我該允許妳去。」

「幸好我有權自己做決定，母親，我是個寡婦，不必請求任何人的允許。」不確定該如何回應女兒的這句聲明，我母親迅速改變了話題，談起相形之下顯得比較安全的社交圈八卦。我從不曾如此希望會有客人——任何人都好——來拜訪我，好讓我能免於被迫聽她議論某某人的婚禮計畫、誰跟誰的婚約破裂、我該如何改進屋內裝潢等等足以將人逼瘋的冗長叨唸。幸運的是，管家在不久後入內通報，眞的有客來訪。

「帕瑪爵士來拜訪您，夫人。」戴維斯恭謹地說道，我吩咐他立刻請客人進來。我很喜歡那位令人如沐春風的長者，他也是我和夫婿短暫的婚姻生活中，曾設宴款待的少數幾人之一。母親和我愉悅地與他閒話家常，不時發出歡笑聲。但無可避免的，我們的話題還是回到了菲利普身上。

「眞是場悲劇。」帕瑪爵士說道。「但我們都必須向前看，尤其是妳，孩子，妳往後還有大好的未來。」我開始懷疑，是否該改變對這位長者的看法。

「我也是一直這麼告訴她，」我母親道。「她不能永遠待在這間屋子裡，我們得設法讓她重新回到社交圈。」

「我向來把菲利普當成自己的孩子一樣，」他繼續說道，我在心中默默感謝他並未理會我母親所說的話。「我們在大英博物館裡共度了不少愉快的午後時光。」

「您對希臘也很感興趣嗎，帕瑪爵士？」

「我甚至比菲利普更爲熱衷，親愛的。我年輕時代對考古學略有涉獵，不過那些故事還是等以後有機會再說吧。」

「我近來正在閱讀《伊里亞德》，它眞是引人入勝。」

「太好了，妳支持哪一邊，赫克托還是阿基里斯？」

「當然是赫克托，阿基里斯太過傲慢了。」

「處於哀悼期間，很難找到打發時間的方法。」我母親說道，怒瞪了我一眼。

「我必須承認我很意外，一個描述戰爭的故事竟會如此打動我。這令我不禁想到，也許我該對希臘神話先有一番了解，而不是直接就開始閱讀荷馬。」

「我相信菲利普的書房裡應該有本《神話的年代》，對妳或許會有幫助。」

「作者是布爾芬奇？是的，我記得在書架上看過這本書。」

「愛蜜莉很喜歡看書。」我母親說道。

「他在書中討論了《伊里亞德》，對故事背景有基本的認識，能讓妳更容易專注於詩句中。」

「這是個好建議，帕瑪爵士，我今天下午就會把它找出來。」

「您的公子們也喜愛經典文學作品嗎？」我母親問道。她這種永不放棄，想將我嫁給任何一位合格單身漢的堅持，實在令我歎爲觀止。顯然帕瑪爵士的兩個兒子也在她的名單上，我看得出來，她正在默數我的哀悼期還有多少天會結束。

「很可惜，他們不感興趣。」

「他們成家了嗎，帕瑪爵士？」我母親問道，眼睛直直盯著我看。我們都心知肚明，她對全英國二十五歲以上貴族男子的婚姻狀況瞭若指掌。

「還沒有。」他答道。「提到希臘文學，讓我想起了一件事。菲利普生前讓我看了一篇他撰寫的論文。」

「我從不知道菲利普還是位學者，帕瑪爵士。」我母親插口道。

「他比一般人所了解的更有深度，布隆尼夫人。」帕瑪爵士再度轉向我。「我把論文還給他時，也加上了一些我個人的意見，妳能否找到那份手稿，把它交給我，我想將論文正式發表，作爲對菲利普的紀念。」

「那眞是太好了，」我母親微笑道。「愛蜜莉將會非常感激有您的幫助，她自己是絕對沒有能力來完成這件事。」

「恐怕我不知道該從何找起。」

「我很樂意到他的書房裡看看，菲利普的文件應該都放在那裡。不過當然不是現在，妳不妨考慮一下再通知我，我不希望造成妳任何不便。」他說道，用手摸了摸光禿的頭頂。

接下來的閒談又回到一般的話題上，我漫不經心地聽著，心中則在計畫到巴黎後該做些什麼。在訪客都告辭離去後，我領悟到我將需要有人協助我安排前往法國的行程，因此迅速寫了封信，讓僕人送去給某位曾建議要幫我處理旅行事宜的男士。之後我到書房找出一本貝德克爾的旅行指南，心滿意足地窩在窗前舒適的座椅上閱讀起來。不知道過了多久，當我無意間抬頭望向窗外時，看見坐在對面伯克利廣場的長椅上，注視著我家的那名男子，正是在大英博物館裡緊盯著我的那個疤面人。

「我全都安排好了，船票及火車票都已經交給妳，我也替妳訂好了巴黎莫里斯酒店的套房。它的規模雖然比不上大陸飯店，但我想妳會發現它更爲雅致。酒店經理布魯先生會親自到火車站接妳。」經過短短四天，收到我的求助信後，便立刻做出回應的赫格里佛先生再度來訪，與我在書房裡商討旅行細節。

「我眞不知道該如何感謝你，赫格里佛先生。」我微笑道。

「我必須坦承，妳的信令我感到十分意外，我沒料到妳這麼快就想離開倫敦。」他說話時總是直視對方的習慣，讓我幾乎有些不安。

「我也是。」我看著他伸手耙梳了一下微微凌亂的髮絲。「老實說，我之所以決定要去巴黎，純粹是想要逃避某些社交責任。」他笑了。「請不要誤會，」我繼續說道。「待在這裡的確也能找到許多事物令我分心，但我發現自己沒有辦法……我還沒有準備好——」我結結巴巴地停下來，直到他的笑聲大到讓人無法忽視。

「你覺得我很可笑嗎，赫格里佛先生？」我嚴肅地問道。

「是的，艾胥頓夫人，妳太努力想要維持禮貌。一個才剛服完喪的寡婦，怎會想把時間花在沉悶無聊的茶會或晚宴上？我相信我對社會禮俗的看法，與妳相當一致。」

「禮俗當然有其存在的必要。」

「或許是吧，它的確對安東尼·特洛普❶口中的婚姻市場，提供了某些準則。我也承認偶爾會在舞會裡度過一段愉快時光，所以我想不能完全否定這個制度存在的意義。」

「的確如此。如果沒有女士們可供欣賞，你們這些紳士每天早晨在騎馬道上，還能做些什麼？」

「肯定不會是什麼好事。」他朝我傾身說道，彷彿在跟我密謀些什麼。在我提議爲他倒酒時，他示意要我坐著別動，然後自己走過去倒了一杯。

「我決定允許你，在我家中任何時候你想喝杯威士忌，都可以自己動手，反正我也不知道該拿它怎麼辦。」

「妳可以喝掉它。」

「那是個好建議，而且肯定會嚇壞我母親。」我熱切地答道。「她認爲淑女只應該喝雪莉酒，但我討厭它的味道。」他微笑地遞給我一杯威士忌，我接過來啜了一小口，隨即瑟縮了一下。「眞難喝。」

他放聲大笑。「看來妳得另尋其他方法來折磨令堂了。」

「也許下次我該試試波特酒，戴維斯告訴我酒窖裡存放了好幾箱。」我搖晃著酒杯裡金黃色的酒液，我們兩人都靜默了半晌。「你跟菲利普想必曾在這間書房裡，一起度過不少愉快的夜晚。」

「的確如此，艾胥頓夫人。」他意有所指地看著我。「參加過某一場艾略特夫人舉辦的舞會之後，他就是在這裡頭一次告訴我，他愛上了妳。他看著妳如何擺脫了一名伯爵、兩名子爵，還有一位年逾古稀的公爵對妳的糾纏。」

❶安東尼．特洛普是維多利亞時期最成功、多產，也最受尊敬的小說家之一。

「菲利普想達成那幾位子爵無法做到的事。」

「並非如此。他告訴我，他見到一名淑女拒絕了好幾位極具身價的男士，這顯然代表她想追求的，並非僅是頭銜或豐厚的津貼。」

我不知道該如何回應。我從沒想過這個問題，一樁門當戶對的婚姻是我父母爲我訂下的目標，雖然我個人對此毫無興趣。我說過，婚姻只是我用來逃離母親掌握的方法，但我當然不能對赫格里佛先生坦承這一點。

「年輕女子通常並不知道自己到底想要什麼，況且她的喜好多半不受重視，所以最好還是別對追求者抱持太多意見。」我回嘴道，試著表現出不以爲意。

「但妳顯然對艾胥頓另眼相看，因爲經過短暫的追求後，妳立刻就接受了他的求婚。」

我的心沉了下去。「是的。」之後我無話可說，只能沉默地坐在那裡。

「我要請求妳的原諒，艾胥頓夫人，這段談話實在非常不合宜。我不該強迫妳回想起那些令妳傷痛的往事。請勿認爲妳的夫婿提及妳時，有過任何不敬的態度，他只是很自然地想對好友傾吐心事。」

「當然，我原諒你，赫格里佛先生。在你如此仁慈地幫我安排好前往巴黎的行程後，我怎麼還能爲任何事情責怪你？」我重新替他倒滿酒杯，然後改變了話題。「你很快會離開倫敦，回到鄉間嗎？」

「大概不會吧，如妳一樣，我喜歡出國旅遊。」

「那麼或許我們可以在巴黎相會。」我建議道。

「我十分樂意。」

我們繼續閒談了一刻鐘，直至該爲晚餐更衣的時間到來，他才起身告辭。

「赫格里佛先生，」我在他走到門邊時輕喚道，他轉身望著我。「我想以後我們無須拘禮，請直呼我的名字就可以了。」

「謝謝妳，愛蜜莉，這是我的榮幸。」他的微笑萬般迷人，深色眸子裡閃動的光芒，讓他看來更具吸引力。

一八八七年 四月五日 倫敦 伯克利廣場

儘管我熱愛非洲草原，但也不得不承認，倫敦的屋子在相形之下要舒適多了。

在大英圖書館的閱覽室裡訂下了一個桌位，希望這個夏季裡，我的研究計畫能有所進展。在那裡比家中更易於避免友人們的打擾，而靠近博物館裡的古代藝術品[2]，對於啓發我的靈感也多有助益。基於我留在倫敦城裡的時間似乎一年比一年長，我考慮擴展我的古董收藏——並在此地與艾胥頓大宅同樣修建一間展示廳。

4

不到一週的時間，我已經住進里沃利街上的莫里斯酒店，在能俯瞰杜樂麗花園的豪華套房裡安頓下來。抵達巴黎後不久，我便去拜訪了艾薇，並且很高興得知她正愉快地享受蜜月生活。雖然她跟羅柏都非常樂於見到我，但我仍不禁注意到，他們對於我短期內並沒有回到英國的計畫，似乎感到有些憂慮。我承認在他們出發前往瑞士後，我感到十分寂寞，幾乎要後悔沒有帶來任何同伴。早晨我通常會到杜樂麗花園散步，下午則和酒店裡其他的英國旅客們一起喝茶。不消多久，我便習慣了這座城市的節奏。

獨自待在巴黎，和獨自待在倫敦家中，感覺起來有顯著的不同，但我想那多半是歸因於我的心態。進入半哀悼期後，我已經可以隨自己的喜好出入社交場合，巴黎的人們也不像倫敦那般在意我丈夫的死亡。在英國時，每次出門我都感到極端不自在，彷彿每個見到我的人，都知道我並沒有眞正爲我的夫婿哀悼。然而在巴黎，我很少會遇見認識菲利普的人，也因此避免了必須與人談起他的尷尬場面。我的身分地位，讓我經常受邀參加各種晚宴和舞會，但我自覺沒有必要參與任何我不感興趣的聚會。

在這段時間裡，我讀完了查普曼的譯本以及《神話的年代》。但我並未如原定計畫那般開始

❷大英博物館一樓的中庭和東側爲大英圖書館，中庭即爲閱覽室。

閱讀《奧德賽》，而是投入了波普版本的《伊里亞德》。莫里斯酒店距離羅浮宮只有一段步行可至的距離，我在那裡消磨了許多午後時光，欣賞著那些精緻的藝術收藏。參觀完希臘展示廳後，我再度拾起了素描本，開始描繪一塊上面有著一名雅典女孩、以及兩名祭司的帕德嫩神殿雕刻壁柱。但我不甚純熟的畫技無法精確臨摹出我想要的結果，讓我不禁有些後悔當初在家中時，沒有向我母親請來的繪畫老師認眞學習。儘管如此，我仍沉浸於帕德嫩神殿那令人讚歎的美麗，而在博物館裡度過的每一刻，無論我是在閱讀、素描，或是漫步在那些古老文物間，都讓我感到更加親近了我所嫁的那個男人。而由於某種我也無法解釋的原因，我發現自己很歡迎這種感覺。

「有名男子來拜訪您，夫人。」我的女僕在我又一次從羅浮宮漫遊歸來時，向我通報道。

「是一位法國人，夫人。」她加上一句，皺了皺鼻子以示不屑。「我之所以同意讓他留下來等您，是因爲他說他是替艾胥頓爵士送東西來。」

「梅格，既然我們身在巴黎，總是會有碰到法國人的時候。帶他來見我吧，我想看看他送來了什麼。」幾分鐘後，她帶進了一位名叫雷諾瓦的法國男子，他腋下夾著一個體積不小的扁平棕色包裹。

「夫人，聽聞尊夫婿的死訊，令我深感震撼，想不到他竟如此英年早逝。」他深色的眼眸裡燃燒著熱情。「因此您不會知道，我有多高興能有機會將這幅畫送來給您。」他將包裹放在離窗戶較遠的桌子上。我立刻拆開它，並震驚地面對著我自己的臉孔。

我幾乎無法言語。我曾聽說過印象派這種畫風，但只見過少數幾幅作品。雷諾瓦先生捕捉到了我的神韻，並將之美化到極致，畫布上躍動著柔美的色彩與光影。

「你怎麼會畫出這幅畫？」我坐到長椅上。「很抱歉，但我感到有些困惑，我很清楚自己從未見過你。」

「希望它並沒有冒犯到您。」

「不，當然沒有，它美極了，雷諾瓦先生。」

「艾胥頓爵士生前最後一次前往非洲時，曾順道在巴黎短暫停留；他讓我看了一張您在婚禮上拍攝的照片，並要我爲他的新娘畫一幅肖像。關於您的髮色和眼睛的色澤等等，我必須仰賴他的描述，但如今見到您，我認爲他所言非常精準。」

「我不知道該說什麼，你與我夫婿相當熟識嗎？」

「是的，夫人，他總是直接向畫家買畫，而不經過畫商。他比多數人更能欣賞印象派的風格，我認爲這也代表了他超乎常人的智慧。每當他來到巴黎時，都會與我們小聚。」

「我完全不知道這些事。」我頓了一下。「他付清了你的報酬嗎？」

「孩子，這是我送給你們兩位的結婚禮物。我只希望他能夠親眼看見它。」

「謝謝你，先生，我會珍惜它的。」

雷諾瓦先生偏著頭望向自己的畫作。「凱莉絲妲的畫像。我想這是我最傑出的作品之一。」

之後不久，我接受了西莉兒．杜拉克夫人的邀請，到她家中共進午茶。我是在一場晚宴中，經人介紹認識了這位年長的法國女士。她送來的字條措辭迷人風趣，在度過了幾天稍嫌平淡的日子後，我欣然決定赴約。梅格協助我換上另一件灰色的外出服，替我梳理出一個漂亮的髮型，期間不停哀歎著我要一起午茶的對象，並非一位——我引述她的話——「有教養的英國淑女」。

我很幸運一向都生活在美麗而舒適的房子裡，寬敞的房間、漂亮的傢俱、牆面上裝飾著精美的藝術品。然而杜拉克夫人的家，是我生平見過最碧麗豪華的私人宅邸，她的廂房甚至比白金漢宮還要富麗堂皇，雖然這或許是因爲女王與杜拉克夫人的品味不同所致。她在小客廳裡接待我，房間裡鑲嵌著白色的壁板，天花板上雕刻著鍍了金的花朵、邱比特和女神像。大理石壁爐上方掛著一面巨型鏡子，爐架上擺著兩座高聳的金色燭台，中間是座大型的金色時鐘。拼花圖案的地板光可鑑人，所有座椅都包裹著冰藍色的絲質布面，木質部分也都塗上了金漆；同樣材質的冰藍色窗簾被拉開束在兩旁，露出長型的巨大窗戶。杜拉克夫人穿著一件飄逸的茶會服，看起來彷彿是屬於另一個世紀的人物。她親自領我進入明亮宜人的房間裡，示意我坐在其中一張精緻美麗的椅子上。

「如果妳能坐就坐下吧，孩子，雖然我很懷疑穿著那件緊身褡，妳怎麼有可能辦到。」我禮貌地微笑，不敢貿然開口。「恐怕妳將會發現我不太注重禮節，到了我這個年紀，已有足夠的權力不去理會它。如果那會令妳不自在，那麼我爲妳感到遺憾。」她拍了拍手，兩隻體型嬌小的狗兒衝了出來，跳上她的腿。

「我非常自在，謝謝您。」我說謊道，仍然保持微笑。其中一隻狗開始啃咬著她衣服上的蕾絲，接著另一隻也開始跟進。

「凱撒！布魯特斯！下去！」她叫道，把衣料從牠們嘴裡拉出來，將狗兒們放到地上。牠們一動也不動地坐在那裡，抬頭盯著她看。「妳養狗嗎？」

「我丈夫在他的領地上養了一些獵犬，但我尚未去過那裡。」

她沒有繼續追問下去。「從看過妳丈夫要雷諾瓦為妳畫的那幅美麗肖像之後，我就一直想見到妳。我認為他那麼做非常浪漫。」

幸好有緊身褡的限制，否則我可能會在椅子開始不安地蠕動，以為我又得被迫扮演一位深愛已逝夫婿的妻子。「他是個好人。」我淡然地說道，猜想著我多快能開口告辭，而不至於冒犯到她。

「妳想必得經常忍受像這類的談話吧。妳的夫婿如此受到衆人仰慕，對妳來說或許不是件好事。妳認識他的時間並不長，對嗎？」

「是的。」

「妳對他有很深的了解？」

我僵住了，不知道該如何回應。

「別擔心，親愛的，我不是在批判妳。如妳一樣，我丈夫也在我們婚後不久便過世，而他的朋友們令我感到厭煩。他們都假設我對他的認識，就和他們一樣深刻，但事實上我幾乎很少和他說話。那樁婚姻是出自於我們父母的安排，而非由我們自己決定；在他死後，我很難維持曾經與他十分親近的假象。」在我能想到該怎麼回答前，杜拉克夫人扯動了吊掛著流蘇的喚人鈴，一名穿著制服的僕役立刻出現。他身上服裝的顏色，顯然是刻意設計來搭配房內的裝潢。「我一向只喝香檳，妳不介意吧？」

「當然不會。」我接下僕人送上的杯子，開始慢慢啜飲。或許是恢復了一點勇氣，我開口表示從未在午茶時被招待過香檳酒；這段評語引來女主人的放聲大笑，我也跟著露出笑容。酒精鬆懈了我的自制，很快我就和盤托出了我的婚姻背後，那些不爲人知的眞相。杜拉克夫人證明了她是位極具同理心的好聆聽者。

「我最大的難題和妳所說的一樣，就是必須假裝我對他十分熟悉。我知道隨著時間過去，人們會漸漸不再提到他，然而令我困擾的是，越聽人談起菲利普，他就越引起了我的興趣。我在他生前從不曾努力去了解他，我很害怕這將會是我最大的遺憾。」

「當初妳並沒有足夠的時間，凱莉絲妲。我決定稱呼妳凱莉絲妲，它比愛蜜莉要好聽多了。」

「我假設他就和我見過的大多數人一樣容易看透，現在我卻發現他稱得上是位學者，贊助了多間博物館，還慣與藝術家爲友。我以爲他只是個愚蠢的獵人。」

「如果妳婚前就知道這些，在這段婚姻裡，妳會有任何不同的做法嗎？」

這個問題讓我思考了片刻。「我想不會，」最後我坦承道。「我不認爲當時我對希臘古物、荷馬，或是印象派畫家會感到興趣，我唯一的目標是想逃避我的母親。」

「所以妳之前對菲利普是否感到興趣，其實並不重要。就算妳知道他對這些事物所懷抱的熱情，或許也只會認爲它們十分乏味，而無法如同現在這樣欣賞它們。對當時的妳而言，它們就像他的獵物標本一樣毫無意義。」

「也許妳說得對，但如今我卻急於想知道關於他的一切。當赫格里佛先生告訴我，菲利普是如何對我一見鍾情時，我突然有種說不出的感受。」

「別愛上妳死去的丈夫，凱莉絲姐，那將不會帶給妳任何喜悅。」杜拉克夫人示意僕人添滿我們的酒杯。

「噢，我不會的！但我忍不住想多了解他一點。雷諾瓦先生說他買下了許多幅畫，但我們家中並無任何印象派的作品。也許它們被收藏在鄉間的宅子裡，但我認爲不太可能。它們會在哪裡呢？」

「我猜不出來。別花太多時間去憂慮這些事，妳應該享受在巴黎的生活。待在這兒的這段時間裡，妳有什麼打算？」

「我已經達成了逃離倫敦的主要目標，目前還想不出接下來該做什麼。我已經和沃斯先生約好星期二會面，以便訂製一些服裝，除此之外，我並沒有任何計畫。」

杜拉克夫人從她的針線籃裡拿起一把小剪刀，起身來到窗前，剪下了一小塊窗簾布遞給我。

「要他替妳設計一件這種顏色的禮服，我從未見過有誰比妳更適合這種藍色。」

「夫人，我仍在哀悼期間……」

「我堅持妳得叫我西莉兒，否則妳會讓我覺得，我已經老到可以當妳的祖母了——雖然我也的確夠資格。穿哀悼服是種愚蠢的習俗，沒有男人願意穿它，所以妳通常只會看見他們在手臂上佩戴一圈黑紗，但對我們女性來說可就不同了。我當然不希望見妳遭到社交圈排擠，但日子過得很快，用不了多久，妳就可以自由穿著任何妳想穿的衣服。」

「男人不需要穿哀悼服是因爲，他們的衣物本來就已經夠暗沉了，妳不覺得嗎？」

「妳說得沒錯，凱莉絲姐。」西莉兒笑道。「記住要沃斯盡快趕製好那件禮服。」

我向她致謝，然後將那塊布料收進提袋裡。回到莫里斯酒店的一路上，我感覺有如身在雲端。然而在酒店前步下馬車的那一刻，我再度有股被人窺視的不安感，並突然害怕若是我轉過身子，將會看見那名臉上有著疤痕的男子。我偷偷地四下望了望，但並未看見任何可疑人物。我很快地把一切歸咎於，在午茶時喝了太多香檳的緣故；下次和西莉兒午後小聚時，我會堅持要喝茶。

一八八七年　四月十一日　倫敦　伯克利廣場

今晚的舞會無聊至極。赫格里佛跟我幾乎只到場露了下臉，之後便立刻離去，前往革新俱樂部消磨掉整晚時光——他嚴詞拒絕去卡爾頓俱樂部，堅稱與那些保守黨員交談，要比在密德頓公爵夫人熱死人的舞會裡跳舞更令人厭惡。他太熱衷於政治，但革新俱樂部的食物的確美味多了，所以我很快就表示同意。

安妮堅持要介紹我認識她的朋友，赫克斯利小姐。後者似乎極其熱衷要成爲艾胥頓夫人，光是這一點就足夠澆熄我對這位小姐的興趣，儘管安妮確保她擁有許多美德。也許我該提醒我的姊姊，只要我仍保持單身，她的兒子也將一直是我的繼承人。

5

我與西莉兒的來往越趨密切，同時這也大大改進了我的社交生活。她將我加進她的密友名單中，經常邀請我到家中與她共進晚餐。我仍然選擇不去參加舞會或大型宴會，因爲我不認爲只能跟其他孀居婦女們坐在一起，看著我的同輩們穿著美麗多彩的禮服跳舞，能帶給我多少歡樂。我會一直等到我也能下場跳舞時再說。

我很快就接到了母親的來信，她似乎認爲，西莉兒與某些驚險地躲過了法國恐怖統治時期的貴族有親屬關係，因此很鼓勵我繼續這段友誼，要我忽視對方任何古怪的行爲舉止，著眼在我可以藉此擴張的人脈。如果她知道我經由西莉兒認識了哪些友人，或許就會有截然不同的想法了。

不久之後，羅柏和艾薇回到了巴黎，我很高興能再度見到他們。艾薇留下她丈夫去回覆信函，跟我一起來到杜樂麗花園，在那裡我們可以毫無顧忌地私下交談。沿著園中寬廣的中央步道，我們可以對整個花園的美麗景色、作爲背景的凱旋門，以及協和廣場上拉美西斯二世[3]的方尖碑一覽無遺。儘管布隆森林才是較爲時尚的散步地點，但我仍偏好從我在莫里斯酒店的房間裡，就能望見的杜樂麗花園。

「妳一定猜不到我昨晚做了什麼，」我開口道。「西莉兒帶我去參加了一場最美好的晚餐聚會。與會者全都是藝術家，他們是來慶祝雷諾瓦先生的新婚之喜。西莉兒煽動我替他畫一幅人像作爲結婚禮物，我採用了希臘古瓶式的風格，將他畫成了抱走海倫的帕里斯。」

「噢，愛蜜莉！妳沒有眞的爲他們畫像吧？妳一點都不驚慌嗎？」

「那只是個玩笑，懂嗎？沒有人期望我畫功精湛，而我也當然畫得很差。」

「但妳眞的認爲妳該跟那些人往來嗎？」艾薇微微停頓，漲紅了臉。「愛蜜莉，那些女人在沒有婚誓的情況下，與男人們同居多年。我曾聽說愛麗絲．赫賽德是有夫之婦，卻帶著孩子跟莫內先生一起生活。妳必須考慮到妳的身分地位。」羅柏的影響力，顯然大大降低了我的朋友在婚前曾有過的任何自由主義傾向。

「西莉兒在巴黎社交界享有崇高的地位，她跟藝術家們的往來眾所皆知，但並沒有人以此來攻訐她。」

「她的情況不同。」

「是的，她丈夫死得比較久。」

「我不是那個意思，」艾薇道。「杜拉克夫人顯然不會再嫁，但妳將來還有段很長的人生。」

「親愛的艾薇，婚姻眞的讓妳改變了那麼多嗎？我不敢相信妳竟然在訓斥我。是我母親派妳來的？」我微笑道。

「天啊，千萬別這麼想！」艾薇的栗色鬈髮在我們一起大笑時輕盈地跳動著。「我承認身爲已婚婦女，的確改變了我對某些事物的看法。我是那麼希望看到妳能再度快樂起來，愛蜜莉。」

❸埃及歷史上最爲重要的法老之一。

「我現在就很快樂，艾薇，我不記得我曾如此愉快地專注在任何事物上。但我願意承認，我從未想過我會如此思念菲利普，這實在令我非常意外。我們對彼此幾乎毫無了解，然而他卻四處向朋友宣告對我的愛意，訂製我的畫像，還替我取了一個希臘名；我很想知道是什麼啓發了他的靈感。」

「我很確定是妳的美麗。」艾薇笑道，使她嘴角兩邊的酒窩更加明顯。「也許愛好探險的獵人是他的僞裝，眞正的他其實是個無可救藥的浪漫主義者。」

「妳儘管笑吧，」我說道，語氣變得嚴肅起來。「但我總覺得我必定有著某種人格缺憾，否則在我們相處的那段短暫時間裡，我怎會沒看見他的任何優點？他顯然比我更加有洞察力。」

「我想是妳並沒有認眞去看，親愛的，但這些眞的重要嗎？如今眞正有意義的是妳已懂得如何多去注意在妳身邊的人，尤其是那些瘋狂愛上妳的合適單身漢們。菲利普當然絕不缺乏女性愛慕者，有一大群任他挑揀的新娘人選，而且每一位背後都有個兇猛不輸妳母親的準岳母在虎視眈眈，但他卻選擇了妳。」

我開始大笑，然後突兀地停下，攫住艾薇的手臂把她拉近我身前。

「妳看到那個男人了嗎？」我微微側頭，好指出慢慢走在寬廣步道的另一側，稍稍落在我們後方的一名男子。

艾薇點點頭。

「我想他在跟蹤我。」

「妳怎麼會這麼想？」

「我在倫敦時，就曾經有兩次逮到他在看我。」

「妳確定是同一個人？」

「我絕不會認錯他臉上的疤痕。」他遲緩的腳步正好完全配合著我們行進的速度。「他會選擇跟我同一時間來到巴黎，妳不覺得很奇怪嗎？」

「這應當只是巧合吧，愛蜜莉，他有什麼理由要跟蹤妳？」

在我能回應前，我看見某位高大英俊的男士正大步走向我們。認出對方的身分後，我朝他揮手，很高興我們身邊多了一位紳士相伴。那個無名男子的出現，讓我感到有些慌亂。

「艾胥頓夫人，柏蘭登太太，眞意外會在這裡遇見妳們。」克霖．赫格里佛說道，瀟灑地行了個禮。「我才剛抵達巴黎不久。」

「眞高興見到你，」艾薇回應道。「你是從倫敦過來的嗎？」

「我到柏林辦事。」他伸出手臂讓我挽住，我們三人繼續漫步前進。「恭喜妳的新婚，柏蘭登太太，希望妳過得十分愉快。」

「的確很愉快，謝謝你。」艾薇瓷偶般白皙的肌膚散發出光彩。「也許你的出現可以解救艾胥頓夫人，免於不受歡迎的愛慕者的騷擾，她似乎認爲有人從倫敦跟隨她來到這裡。」

「是什麼人？」他看著我問道，我四下望了望，但並未看見那名臉上有疤痕的男子。

「我不知道他的名字，但顯然你把他嚇走了。」我說道，強迫自己露出微笑，表現出不以爲意的樣子。

「妳不知道那個人是誰？」

「一無所知。」

「而妳在這裡和倫敦都曾見到他？」

「是的，一次是在大英博物館。當時我感覺有點怪異，但並未多想，直到之後我又看見他在伯克利廣場上，望著我家的前門。我吩咐戴維斯盯住他，他整個下午都在那裡。」

「妳向當局提報了這兩次事件嗎？」

「沒有，當時我不覺得有這麼嚴重，他並沒有眞的對我做出任何事。」我答道，突然感覺自己有些可笑。「艾薇說得對，這只不過是巧合罷了。」我不在意地說道。

赫格里佛先生停下腳步，觀察了一下四周，對附近並無可疑人物滯留的情況似乎感到滿意。

「我相信妳們兩位應該都採取了保護措施，以防備近來令整座城市紛擾不安的飛賊了吧？」

這名神秘的大盜，數週來已成爲巴黎市民間炙手可熱的話題。他避人耳目地潛進屋舍中，在所有財物中只偷走最名貴的珠寶，而且從未留下絲毫可供追緝的線索。通常受害者甚至無法確定自家是在何時遭竊，因爲他們並未注意到丟失了任何東西，直到起意想配戴某條項鍊或某對耳墜時，才赫然發現它們已經失蹤。

「我身邊並沒有任何會引起他興趣的東西，」我說道。「根據報上所言，那名大盜的品味偏向比較花俏的珠寶，而我在哀悼期間僅被容許配戴一些黑玉首飾。」

「羅柏每晚都會把我的珠寶放進飯店的保險箱。」艾薇說道。

「很好。」赫格里佛道，一面繼續邁步前進。「艾胥頓夫人，除了不受歡迎的愛慕者之外，巴黎是否如妳所希望的，讓妳暫時紓緩了身心？」

「當然，而且超乎你的想像，赫格里佛先生。我很懷疑我還會想回到倫敦。」

「我能理解，但別忘了，妳不能永遠留在這裡。妳在聖托里尼的別墅仍在等候妳的駕臨。」他用低沉的嗓音戲劇化地揶揄道。「除了在杜樂麗花園裡散步外，妳還做了些什麼？」

「愛蜜莉對整座羅浮宮瞭若指掌，你絕猜不到她花了多少時間待在那裡。」艾薇顯然對我這項追尋學問的新興趣感到驕傲。

「艾薇過於謬讚了，」我說道。「在那座偉大的博物館裡待了那麼久的時間後，我可以很有自信地說，我相當熟悉的區域約莫只有六呎平方大小。那裡的館藏實在太驚人了，就算一輩子待在裡面，也不可能看完所有東西。現在我能去拜訪的時間又有了更多限制，因為在雷諾瓦先生面前出過糗之後，我決定要重新開始繪畫課程。」我把前因後果告訴赫格里佛先生，他聽完後感到十分有趣。

「很高興看到妳並未忘記要恪守端莊禮節。非常好，妳母親一定會以妳為傲。」

「尤其是當她發現我浪費了一個大好機會，跟全大英帝國最有身價的單身漢之一談論這種事，而非與他調情。」

「我不知道該覺得受寵若驚，妳竟願意向我透露打算追求學問的計畫，還是該羞愧於妳不認為值得與我調情。」

「赫格里佛先生，若你週二晚上有空的話，我想邀請你跟我們一起到英倫咖啡館用餐。」艾薇說道。「愛蜜莉也會去，還有我們其他幾位友人。」

「聽起來有趣極了，柏蘭登太太。」赫格里佛先生微笑道。

稍後他先行告退，計畫和一群紳士們一塊兒去騎馬。

「他眞好看，愛蜜莉，」艾薇在他離開後歎息地說道。「我不記得曾見過像他那樣俊美的男子。我們不能從身邊的友人中找一個嫁給他嗎？我很希望能把他留在我們的朋友圈裡。」

「我確信他短期內並沒有結婚的打算。」我答道，發現自己非常厭惡克霖．赫格里佛已婚的這個念頭。「他經常旅行，或許比較偏好保有他的自由。」

「人們在菲利普向妳求婚前，也是這麼形容他。」

「我們已經同意菲利普是位品德特別高潔的紳士，親愛的，想在這麼短的時間裡找到兩位這樣的男士，實在超乎任何人的期望。」

一八八七年　四月十四日　倫敦　伯克利廣場

婚姻市場越來越讓人難以忍受，寧願盡快解決掉這樁麻煩事。有意在那群日復一日來到我面前展現自己的小姐們之中，找到一位我能接受的妻子，但前景似乎並不看好——我想要一個並不愚蠢得可悲的配偶。老實說，我眞正想要的是能夠令我著迷的妻子，但既然我最大的考量是盡快製造出一名子嗣，顯然我並無餘裕四處搜尋我的海倫，那會花上太長時間，而且幾乎能確定將會是徒勞無功。

今天晚餐之後（食物令人難以下嚥），與帕瑪爵士爭論了近兩小時，仍無法說服他愼重考慮我的理論——阿基里斯品格高貴，只是身處於無可解決的困境中。他的暴躁，看似自戀的行爲，以及反社會傾向，均爲他的遭遇所造成的結果，而非品德上的缺失。我們能要求任何人——包括阿基里斯，在歷經那些苦難後能夠有不同的行爲表現嗎？

6

英倫咖啡館的美食從來不曾令我失望過，而在艾薇的晚宴聚會中，那位知名的大廚更是超越了自己以往的表現。艾薇大手筆規劃了當晚的菜單，我確信那頓晚餐的菜色絕對不輸多年前在這裡舉行的「三皇晚宴」[4]，甚至還有可能勝出。當時沙皇亞歷山大二世曾抱怨沒吃到鵝肝醬，大廚宣稱是因爲季節不對；那晚我們可沒有碰到同樣的問題，儘管我不知道他們是怎麼做到的，竟能在夏季裡設法找到了鵝肝。每一道菜都十分精緻美味，但還是那道料理簡單，卻讓沙皇渴望不已的美食最能得我歡心；那在我口中比奶油還要滑順的口感，嚐來令人如登極樂。

上完甜點後，晚宴很快就結束了。克霖提議護送我回飯店，並吩咐侍者招來出租馬車。但是踏出餐廳大門後，我提出要求想散步回去，傍晚的氣溫涼爽，空氣感覺非常清新，尤其我才剛剛飽餐了一頓。這座城市裡的氛圍比之倫敦大不相同；巴黎有種能激勵人心的能量，在這裡，色彩似乎更顯柔和，就連呼吸都變成一種令人愉悅的行爲。

「我說不想再回倫敦是眞心的。」我開口道，抬頭望向清澈的夜空。

「我能理解妳的感受，不過也別完全漠視了倫敦所能提供的樂趣。我想妳還沒有機會徹底體會過它們。」

「我知道你說得很對，但在我心中，倫敦與我母親密不可分。直到這個難題得以解決前，我絕無可能安適地待在那裡。」

「我想若妳能同意嫁給某個財產龐大、脾氣暴躁的年老公爵，製造出好幾打子嗣，並且凡事都尋求她的意見，那麼妳必定能與她相處愉快。」

我大笑出聲。「你似乎很少留在英國，你都在做些什麼？」

「跟妳丈夫沒什麼太大不同。」

「請原諒我，赫格里佛先生，但我們結婚的時日並不長，除了知道他常去非洲狩獵外，我不能說我很了解菲利普平日的行事。」

「狩獵的確佔據了我們很多時間，雖然近年來我已不再像艾胥頓那麼熱衷。」他的嗓音在提到逝去的朋友時沉靜了下來。「在劍橋求學時，我們便決定要遍訪所有經典古物出土之地。前往羅德斯島尋找巨人像遺跡那次——我必須指出，它們似乎並不在那裡——我們還在港口造成了不少騷動。」

「兩個受誤導的年輕人。」我微笑道。

「一點也沒錯。我在柏林認識了一個叫做薛勒曼的傢伙，他給了我十分詳盡的說明，如何前往他相信是古特洛伊城的遺址。」

「你們去了嗎？」

「沒有，我們打算從尋找巨人像開始，因爲我們有位大學同窗正好要前往賽普勒斯，於是我們決定跟著他一路到羅德斯島。而下一個學期結束後，我們去了羅馬，但很快又因爲其他要務而

---

❹沙皇亞歷山大二世、普魯士國王威廉一世及德國鐵血首相俾斯麥。

不得不放棄那趟行程。」

「我很想去那裡看看。」

「羅馬？」

「不，我比較喜歡希臘。我指的是我很想去看看特洛伊。」

克霖笑了。「我很難想像妳跋涉在土耳其鄉間的模樣。」

「我以爲你對女性應被容許去做的事，抱持著較爲自由派的看法。我並非提議要加入你們可怕的狩獵之旅，也不認爲土耳其境內的每塊石頭後面都躲藏著野獸，等著攻擊無助的人們。」

「原則上我不會反對妳前往特洛伊，但我承認，我並不視妳爲喜好冒險的那種人。」

「你這個惡棍！你一點也不了解我。」

「妳會把整個衣櫃都帶去嗎？」他大笑道，我領悟到他是故意在調侃我。

「艾菲索斯不就在土耳其嗎？也許我可以順便去探訪一下。我會從阿特密斯神廟寄信給你，並且保證不會在那裡以晚宴服現身。」

「我不知道妳對古董有興趣。」

「菲利普啓發了我。」

我們來到了里沃利街，就快要抵達莫里斯酒店。「我們繼續走下去吧，我想看看夜晚的河景。」我們朝著另一個方向走去，最後來到著名的新橋上。空氣變得清冷，我甚至連條披肩都沒帶；克霖站得很靠近我，好替我擋住從河面吹過來的冷風。

「你能想像有多少人曾經走過這座橋嗎？」我問道。「它已經存在三百年了。你想瑪麗·安東妮❺是否也曾站在這裡，隔著塞納河眺望著巴黎市？」

「可能性不大，我想她應該會比較喜歡凡爾賽宮的景致。」

「我們覺得這座橋已經很古老，但若是在雅典，有誰甚至會對它評論一句？如果我在希臘，任何少於兩千年以上的東西都會不值我一哂。」

「那麼妳將錯過某些值得一看的羅馬遺跡，親愛的。等妳要啓程前往聖托里尼時，不妨計畫一段到雅典遊覽的行程。」

「那得看它是否合乎我去探訪特洛伊的計畫。」

克霖搖搖頭，伸出手臂讓我挽住。走回飯店的一路上，我不禁思忖著當他在橋上如此靠近我時，我所感受到的那股愉悅。

第二天下午克霖來探望我，我必須承認我很高興見到他。我早已決定好晚上要在房裡用餐，並邀請他加入我，他欣然地接受。

「我該什麼時候再來？」他問道。「我得先回去更衣。」

「別說傻話了，」我答道。「我們不需要盛裝打扮。我已經吩咐了一頓清淡的晚餐，並要他們提早送來。就只有我們兩個人，我也不認爲這裡潛伏著社交界派來的密探，準備大肆宣揚我們竟打算穿著白天的日常服來吃晚餐。梅格或許會感到有些震驚，但她絕對會復元的。」

❺曾被譽爲奧地利最美的公主。十四歲嫁入法國波龐王室，十九歲成爲法王路易十六的皇后。後因法國大革命遭到囚禁，在路易十六被處斬之後，也被交付審判而被送上斷頭台。

「我以爲女士們都喜愛爲晚餐打扮。」

「如果我能穿上除了哀悼服以外的服裝，我會更喜愛一點。」

「是啊，我看得出來。不過以此來榮耀妳的丈夫，有助於妳的名譽。」

「我並無意對菲利普不敬。」我遲疑地說道。

「那當然了，我知道妳愛他。」

我閉上眼睛深深歎息。

「我很抱歉。」

「請不必道歉，克霖，只是我往後的人生，不能總是活在我死去丈夫的陰影下。」我頓住。「我並不想聽起來如此冷酷，你能了解我的意思嗎？」

「我想我了解。」他說道，稍停了一下。「我也很希望能在與妳談天時，不會感覺到菲利普的回憶纏繞在我們四周。」他凝視我的雙眼。「我這麼說是否冒犯了妳？」

「一點也不。」我向他保證，無法避開他的視線，並因此覺得有一股奇特的興奮感。「恐怕我對菲利普的了解，並無我應有的那麼深刻。我們的婚姻生活極爲短暫。」

「要發展眞正的伴侶關係需要時間，」他道。「對於這個話題妳無須再多談。告訴我妳的計畫吧，妳預計何時要動身前往聖托里尼？」

「我還不確定。我在巴黎住得很開心，短期內不打算離開。」

「妳想妳會在這裡待上多久？」

「我不知道。我的哀悼期[6]要到接近聖誕節時才會結束，在此之前，其實我並不能眞正做些什麼，所以倒不如就留在這裡。」

「妳現在是處於半哀悼期❼。」他說道，用手耙梳過他濃密的髮絲。這似乎是他經常做的動作，我懷疑是否因為這個習慣，讓他並未像菲利普那樣蓄著全部向後梳攏的髮式。

「是啊，但這算不上什麼了不起的大事。我可以到任何我想去的地方，但還是得注意不能玩得太過愉快，當然也不能跳舞。」

「妳喜歡跳舞？」

「我熱愛跳舞。」

「我承認我從未多想過關於哀悼期的事，妳認為它有助於幫妳應付喪夫之痛嗎？」

「幫助不大。」我微笑道，很欣賞他的直接。「小心點，克霖，否則我們的話題又會回到菲利普身上。」

「男人不必遵守這種嚴苛的規矩，但我不相信他們對妻子的哀悼之情，會遜於女子喪夫的傷痛。也許這個社會對妳們女性要求太苛刻了。」

「真是十分開明的見解，我印象深刻。」我微笑道。「但說實在的，我認為這非常不公平。」

克霖向後靠在椅背上，凝視著我好半晌。我思忖著是否該打破沉默，開口說些什麼，然而卻

---

❻哀悼期的長度取決於哀悼者與死者的關係。寡婦需著喪服兩年；子女哀悼父母（反之亦然）期限為一年；哀悼祖父母或手足為期六個月；叔伯姑姨兩個月，叔公姑婆輩六週；堂表親戚等四週。

❼維多莉亞時期的寡婦哀悼期共分為三段：第一段為期一年零一天；第二部分為期九個月；最後一段又稱為半哀悼期，長度為三至六個月，目的是為了提供哀悼者一段回歸社會的緩衝期。

發現自己爲他深邃的雙眼所迷惑。

「與我共舞，愛蜜莉。」他輕聲道。

「什麼？」

「與我共舞。」

「這裡沒有音樂。」

「我會用哼的。」

「我不該這麼做，我現在仍在哀悼中。」

「但妳還沒有死。」他說道，站起身來，視線一直沒離開過我。我把手伸向他，我們開始在小客廳裡舞起了華爾滋。他的優雅令我有些意外，但更讓我驚異的是，我的肌膚因他的碰觸而起的反應。他手掌擺放在我腰間所引發的感覺，讓我深吸了好幾口氣；當他終於放開我時，我雙手顫抖地跌坐回椅子上。

「我想我該走了。」他靜靜地說道。

「是的，也許你說得對。」我同意道，不確定該怎麼想。「但是我們尚未用餐。」

「我發現我已經不餓了。」他說道，眸光中閃耀著我從未在任何人眼中見過的深刻光芒。他親吻了我的手，唇瓣流連了超乎必要的時間，然後迅速離開了我的房間。

一八八七年　四月二十一日　倫敦　伯克利廣場

昨晚在柏蘭登家遇見一位美得驚人的女孩——布隆尼伯爵之女。沒能和她共舞，因爲她的舞卡早已塡滿。與赫克斯利小姐見面的情況比想像中還要可怕。絕對要向介紹我們認識的安妮好好抱怨一番。那位小姐不只有辦法連續講上一刻鐘不必換氣（而且話題如此乏味，讓我在僅僅三小時後便對它們毫無記憶），還有招攀緊男士手臂，彷彿永遠不打算放開的絕技。最後終於設法將這顆燙手山芋硬塞給了赫格里佛，但他可就無法像我一樣，能夠那麼輕易地逃離魔掌了，因爲他找不到一個比自己更俊帥的朋友，可以把人移交過去。

仔細思考了帕瑪爵士對赫克托與阿基里斯的看法，可惜無法贊同。凡人可以將赫克托當成勉勵自己的目標，但阿基里斯卻會是他的夢想。有誰不會較爲偏愛後者？

7

之後我在雷諾瓦的推薦下，很快聘請了一位名叫尙恩．龐提耶羅的繪畫名師，每週兩次來指導我作畫。他的母親是法國人，父親是義大利人，而這兩種血緣似乎在他的靈魂中永無休止地爭戰著。他偏好義大利食物、法國美酒；義大利的音樂、法國的美女。一旦我弄懂了他說話的方式——混雜了義、法兩種語言，我們便相處得極爲融洽。他並未苛責我有限的繪畫技巧，而我則會在他來授課的日子裡，特別安排一道義大利麵點作爲午餐。

「妳窗外的景色太法國風味了，妳不能繼續待在這裡學習。」某一天他這麼告訴我。

「恐怕我們到哪裡都無法避開法國式的風景，只能將就了。不如到公園去好了，今天天氣很暖和，陣陣微風應該能令人神清氣爽。」龐提耶羅先生哼了一聲，打包好我的繪畫用具，領著我來到羅浮宮，然後指示我臨摹法蘭契斯可．瓜第描繪十八世紀威尼斯慶典的十幅畫作。

「我對古董非常有興趣，龐提耶羅先生，也許我可以改爲素描一些羅馬的藝術創作？大展示廳裡的浮雕石棺如何？」他忽視我的問題，開始講解我面前那幅畫作的光影運用方式。我歎了口氣，認命地拿起筆來。沒過多久，我們的課程就被一名個子矮小，膚色頗爲蒼白的英國男士打斷；我的老師很快爲我介紹了這位名叫歐文．埃瓦特的男子。

「妳對他的工作應該會很感興趣，艾胥頓夫人。」龐提耶羅先生微笑道。「他專門仿製古物。」

「眞的嗎？」我問道。「我很樂於參觀你的作品。除了風景之外，龐提耶羅先生不許我畫其他東西，但我很想素描一些希臘古瓶。」

「黑繪跟紅繪❽，您喜歡哪一種？」埃瓦特先生沒等我回答便繼續說道：「我個人偏好黑繪。當然了，只憑素描絕無法徹底表現出它的美，因此我喜歡完整地複製。」

「那樣也可以提高價錢。」龐提耶羅先生道。「歐文爲許多英國貴族複製過古物，他們甘心花大筆金錢買下明顯的贋品。」

「我仿製的痕跡絕不明顯，」埃瓦特先生道。「世界上某些一流的博物館裡，都能看到我的作品。」

「你的幻想力太豐富了，歐文。」龐提耶羅先生道。「來看看我學生的畫作吧，還算不錯，對嗎？」

埃瓦特先生從我肩後探出頭，看了看我畫筆下毫不出色的瓜第風景臨摹，然後聳了聳肩。

「筆觸尚可，缺乏熱情。帶她去其他展示廳吧，龐提耶羅，如果她喜歡的是古物，就該讓她盡情去畫；畢竟她是付你報酬的人。」

「錢、錢、錢，你滿腦子裡只想到錢。」龐提耶羅先生半開玩笑地說道。「重要的是藝術，她該從打好根基開始。」

「艾胥頓子爵是您的夫婿？」埃瓦特先生問道。

❽黑繪指在紅或黃褐色泥胎上用特殊黑漆描繪紋樣；紅繪則相反，爲黑底紅描。

「是的，他一年多前死於非洲。」

「我記得聽說過這個消息。請接受我向您致哀，我相信整個藝文界都將會深深懷念他，他是位極佳的贊助人。」

「謝謝你，埃瓦特先生。」我答道，接著改變了話題。「你在巴黎擁有工作室嗎？」

「沒有，我比較喜歡在倫敦工作。」

「倫敦空氣裡的煤灰，有助於讓他的雕塑品看起來更古老。」龐提耶羅先生笑道，同時用犀利的眼神評估著我的畫。「今天就到這裡結束吧，艾胥頓夫人，我看得出來妳並不專心。」他歎息道。「我想歐文應該很樂意帶領我們去參觀古代雕塑展，也許他會讓妳替他挑選下一件他打算複製的古物。」

「我可能會付錢請他訂製一尊雕像。」我微笑道。龐提耶羅先生皺起眉頭。

「把妳的錢花在雷諾瓦或希斯里身上，會比較有價値，至少那樣妳買到的是眞品。」

「或許如此，但只要埃瓦特先生能製作出美麗的成品，我認爲他是從何處得來靈感這一點並不重要。」

「仿作只需要機械式的技巧，」龐提耶羅先生道。「藝術家的天才是無法被複製的，贋品欠缺的就是那股精神。」

埃瓦特先生露齒一笑。「我不認爲你分得出其中的差別，我的朋友。」

來到希臘展示廳的一路上，兩人仍在不停鬥嘴，直到一座月亮女神阿特密斯的美麗雕像讓我驚豔地抽了口氣，他們才停下來。

「您喜歡它？」埃瓦特先生問道，我點點頭。「你覺得怎麼樣，龐提耶羅？」

「非常精緻。」

「它擁有創作者的精神嗎？」

「是的，」龐提耶羅先生迅速回答。「別試圖宣稱那是你的仿製品，沒有人會相信你的。」

「我是可以仿造得維妙維肖，但這並非我的作品。然而它的確是仿製的，出自於羅馬時期；他們模仿了西元前四世紀，一個名叫萊奧卡雷斯的希臘人用青銅所鑄的雕塑。你們會認爲它是贗品嗎？」

「當然不會，這是古董。」

「它的確很古老，卻是一樣更古老的古物的複製品。」埃瓦特先生轉向我說道。「羅馬人很喜歡複製希臘雕塑。您去過雅典的國家考古博物館嗎？在那裡可以見得到眞正的希臘雕像。」

「我一定會去的。」我回應道，仍然注視著美麗的阿特密斯像。

「妳會比較喜歡羅馬。」龐提耶羅先生道。

我很快地打斷他，以免他又開始另一段歌頌義大利的冗長獨白。「埃瓦特先生，你想千百年後，我們的後代會在博物館裡看著你的作品，讚賞著它們的藝術價值，就像我們讚賞著這尊雕像一樣嗎？」

「別鼓勵他。」龐提耶羅先生斥責道。我們轉過一個角落，我很驚喜地看見克霖．赫格里佛坐在展示廊另一頭的長椅上。他見到我時立刻站起身來，我向他介紹了我的兩位同伴。他如同往常一樣展現了絕佳的禮貌，並請求陪同我們繼續接下來的參觀行程，但埃瓦特先生在這時向我們告辭。

「抱歉我必須離開了，」他開口道。「我另外與人有約。很高興有機會認識您，艾胥頓夫人。」

之後不久，龐提耶羅先生也因爲與下一位學生約定的時間已到而離去。克霖從他手裡接下我的畫具，我們倆繼續在博物館裡漫步。

「恕我直言，愛蜜莉，但妳在選擇同伴時，也許該多考慮一番。歐文．埃瓦特不是妳該往來的對象。」他溫和但堅定地說道。

「我覺得他頗討人喜歡。」我回嘴道，感覺雙頰脹熱。

「別太天眞了。」

「我看不出你有何理由反對我與他爲友。」我十分震驚他竟如此迅速地試圖控制我的一部分人生，這是因爲我在不合宜的情況下與他共舞造成的結果嗎？

「他的職業使他毫無榮譽可言。」

「我沒想到你會認爲一位藝術家缺乏榮譽。」

「親愛的，他不是藝術家，他是一名僞造者。」

「我不覺得他做錯了什麼，不是所有人都負擔得起買下眞品，我個人就很高興能有機會，擁有某些博物館珍藏古物的複製品。」

「妳可以利用大英博物館鑄造部門的服務，愛蜜莉。公開複製藝術品，和私下仿造之間有著極大的差異，而埃瓦特先生顯然屬於後者，妳不該和這種人有所牽連。」

「我不同意你的說法，埃瓦特先生對他的工作毫無隱匿，他無意欺騙任何人。再說，我沒想到像你這樣思想開明的人，會因為我選擇與誰為友而教訓我。至少我並沒有打算與他共舞。」我怒視著克霖，他毫不退縮地迎上我的瞪視。

「我只是想幫助妳，愛蜜莉，我沒料到會得到如此不成熟的回應。」

「既然你不是我的夫婿，我很高興我不必在意你的看法。」我不客氣地說道。「日安，赫格里佛先生。」我從他手中搶回我的素描簿，然後大步走出博物館，為我無須向任何男人解釋自己的行為感到異常欣慰。

「他實在太令人生氣了！」那晚和西莉兒坐在她的馬車裡，前往葛登．班奈特家時，我不滿地對她抱怨道。「妳能相信他竟敢那樣對我說話嗎？」

「從我聽過的一些關於他的傳聞來判斷，我得承認我的確有些意外。」

「他根本就是個偽君子，我拒絕再浪費時間去想任何關於他的事。」

「那是當然的。」西莉兒嘲弄地回答，甚至沒費心假裝相信我的話。「我認為他是個很有趣的男人。」

「我不在乎。我有沒有跟妳說過，菲利普成功獵到大象的故事？」

「是的，親愛的，妳說過了。我以為妳不喜歡狩獵。」

「我是不喜歡，但菲利普似乎有種高貴的能力，能與動物心靈相通。」

「如果他真能跟動物們心靈相通，就不會想要獵殺牠們才對。我認為妳重新對菲利普感到興趣這件事，令人相當不安，而且不會有好結果。妳該往前看才對，凱莉絲妲；菲利普是個好男人，但他已經死了，妳無法再從他那裡得到任何東西，尤其是愛。」

「當然，妳說得對，但我忍不住遺憾當初沒有機會多了解他。每次聽到關於他的新事蹟，我就更加受到他的吸引。亞瑟．帕瑪昨天來拜訪我時，告訴我菲利普甚至安排了他們其中一位嚮導之子到英國讀書，因爲那個男孩能說一口流利的英語。」

「菲利普擁有高尙品德這一點無庸置疑，我只是希望妳能記住他已經死了。」

「我很清楚這一點。」我尖銳地答道。

「我想這正是他如此吸引妳的原因，畢竟他無法守在一旁，告誡妳該謹遵社會禮俗的規範。」

「這的確是個優點。」我承認道，慢慢回復了好心情。

「那位亞瑟．帕瑪是何許人？他跟克霖．赫格里佛一樣英俊嗎？」

「一點也不！他哥哥安德魯才是外貌比較出衆的一位；我跟他並不熟，所以無法評論他的個性。他們的父親是菲利普的好友，爲人非常和善，他們常在一起研究希臘古物。我都忘了曾經答應要幫帕瑪爵士找尋幾份菲利普的手稿。不過提到亞瑟，身爲家中的次子，他的前途並不看好；更糟的是，他似乎不怎麼聰明。」

「他可以娶個富有的女繼承人。」

「那麼他恐怕得到其他的地方去找了，我永遠不會把他視爲丈夫的人選，況且我絕對不會考慮再婚。」

「這是個明智的決定，凱莉絲妲，維持對自己產業的掌控權。」西莉兒說道。「那個帕瑪小子的父親，爲何想要菲利普的手稿？」

「那是菲利普生前著手撰寫的一篇論文，帕瑪爵士想幫忙完成它，並正式發表以作爲紀念。」

「這是向菲利普致上敬意的好方法。」她歎了口氣道。馬車在接近目的地時減慢了速度。「恐怕這又將是一個乏味的夜晚。」

令人高興的是，西莉兒的預測並不正確，今晚過得讓人意外地有趣。班奈特先生的家是過度裝飾的最佳範例，到處都擺滿了浮誇豔麗的藝術創作，以及他從世界各地帶回來的戰利品。或許沒人敢說這是間裝潢極具品味的房子，但卻成功地反映了屋主的性格。

「艾胥頓夫人！」我聽到某個開朗的嗓音叫喚我。

「席渥小姐，眞高興見到妳。」我頭一次在艾薇家的晚宴上見到席渥小姐時，她可造成了一場不小的風波。這位來自美國的年輕女子最近剛從布林莫爾學院畢業，她先進的思想和老派作風的約翰．哈里斯爵士——艾薇父母的朋友——格格不入；當她建議我應該開始學習閱讀古希臘文時，更是徹底激怒了哈里斯爵士。

「我一直想去拜訪妳，但總是抽不出時間。這位是妳的朋友？」

「西莉兒．杜拉克夫人，瑪格麗特．席渥小姐。」我替她們兩人做了介紹，如同每次認識新的友人時一樣，西莉兒很快地在心中對席渥小姐做了番評斷，並且似乎對她所看到的頗感滿意。

「很高興認識妳，瑪格麗特，」西莉兒說道。「凱莉絲妲曾經跟我提過妳。妳的禮服非常有趣，我稍後得跟妳好好談一談。」她沒等席渥小姐回答便轉身走開。

「她不贊同我的穿著？」席渥小姐問道，低頭望著自己身上那件，我認爲既特別又漂亮的服裝。她捨棄了時下流行的式樣，選擇了一件顯然不需要緊身褡的高腰長禮服，讓她看起來美麗而優雅。

「正好相反，我想她是打算爲自己訂製一件來穿——或許還不止一件。」

「顯然她有絕佳的品味。」席渥小姐微笑地回應道。「我們一定得喝點香檳，那是唯一能讓這場晚宴不至於無聊到底的方法。」她召來一名男僕，後者很快爲我們端來了兩杯。「妳閱讀荷馬的進展還順利嗎？」

「非常順利，席渥小姐。我考慮過妳的建議，學習希臘文以便能閱讀荷馬的原文，所以我打算返回英國後要聘請一位家教。」

「妳不會後悔這麼做的。」

「在此之前，我很想了解妳對各種荷馬英譯版本的看法。妳明天下午有空和我一起喝茶嗎？」我們討論好見面的時間，接著瑪格麗特被一群美國人簇擁而去，我則走向正與安德魯．帕瑪談話的艾薇及羅柏。

「我們曾經見過面，」帕瑪先生說道，親吻了我的手。「在妳的婚禮上。」

「當然，」我答道。「謝謝你在菲利普過世之後送來的慰問信。」

「他是位傑出的紳士，更是個好朋友，我只遺憾在非洲時沒能爲他多做點什麼。」

「你們在他生前最後一段日子裡，陪伴他從事他最熱愛的狩獵活動，爲此我相當感激。」

在說話的同時，我領悟到這是我頭一次能自在地談到菲利普。「他告訴過我很多次，他有多高興能有你們作伴。」

「他跟妳提過我們之間的友誼？」

「我必須坦承，由於我們結婚的時間並不長，我對菲利普的了解，多半是來自於與他的通信。我們完婚不到幾個月，他就動身去了非洲。」

「是的，我記得。」他答道，露出迷人的微笑。「現在輪到我坦白了，我很意外他在婚禮過後，這麼快就拋下了如此美麗的新娘。」

「說話當心點，帕瑪。」羅柏開口道。

「我向妳致歉，艾胥頓夫人。」

「沒有必要，帕瑪先生。我知道那場狩獵之旅，是早在我們的婚期決定前就已經安排好的，我無意要求他改變行程。再說，他打算成行的態度十分堅決。」

「是啊，」他停頓了一下。「不知道是爲了什麼原因。」

「我相信是跟一頭大象有關，對嗎，愛蜜莉？」艾薇插口道。「他一直都想獵到一頭大象。」

「妳說得沒錯，艾薇。」我望向帕瑪先生。「我承認我不記得細節了，不過那的確跟大象有關。」

他放聲大笑。「妳眞是迷人又有趣。沒有必要用細節折磨妳美麗的腦袋了，艾胥頓夫人。總之妳的夫婿實踐了他對朋友的承諾，證明了他是我們所有人中，最值得敬佩的一位。我們這群人裡面，沒人能像他那樣與嚮導們溝通無礙；若是沒有他在，我們全都會無所適從。」

「他的確很値得信賴。」我希望自己聽起來，並不讓人感覺心虛。

「妳喜歡巴黎嗎？」帕瑪先生問道。

「我熱愛巴黎。」

「它跟倫敦完全不同，對吧？這裡好玩多了，妳去過劇院嗎？」

「沒有，那似乎不太合宜，我現在仍處於哀悼期。」

「是的，我注意到妳可怕的衣著了。」他帶著笑意的調侃令我無法對他生氣。「舍弟和我週四晚上要和一群友人上劇院看戲，妳一定要加入我們。」

「別破壞她的聲譽了。」羅柏插口道，語氣裡帶著一絲幽默。

「我不認爲她去觀賞一場高尙的戲劇演出，有什麼不對。」艾薇說道。「那也許會很有趣，愛蜜莉，妳應該去。」羅柏表情嚴肅地看向妻子，但並沒有說話。

「我會考慮你的邀請，帕瑪先生。」

「我不能再要求更多了。」他答道，誇張地行了個禮。

「愛蜜莉，妳看，克霖．赫格里佛在那裡。他今晚看起來眞英俊。」艾薇壓低嗓音對我說道。我還沒機會告訴她，我和克霖之間發生的爭執。

「我不想跟他說話。」我低聲道，瞥見房間另一頭有位熟人，於是想藉機離開，但還是沒來得及避開克霖。

「晚安，艾胥頓夫人。」

「赫格里佛先生。」我無法強迫自己迎視他的目光。「請恕我失陪了。」我轉身走開時，看見安德魯．帕瑪揚起眉頭咧嘴一笑。

稍後當眾人開始準備入座用餐時，我發現自己很不幸地正好站在克霖附近，他走過來托住我的手臂，護送我進入餐室。

「請原諒我。」他低聲道。

「我對此無話可說。」我答道，試著忽視他的碰觸帶給我的感覺。

「我明天能去拜訪妳嗎？」

「我希望你不要來。」

「我真的令妳如此氣惱？」

「我已經有一位父親了，赫格里佛先生，不需要另一位代理者時時監督我，評判我的一舉一動。」

「公平一點，我並沒有像妳形容的那樣。我只不過是建議妳——」

「你是在暗示，你比我更清楚我該結交什麼樣的朋友。」

「妳完全誤解了我的意思。」

「那麼你做何解釋？」

「我只能說，並非每個人都如同表面看起來的樣子。」

「我不懂你的意思。」

「就把它當成是一位朋友的忠告吧。」

「我想我有能力照顧自己。」

「我認爲妳反應過度了。」我們來到餐桌前，我沉默不語的抽回手，希望他不會是我用餐的同伴。我很高興看到帕瑪先生出現在我身旁。

「赫格里佛！看來你還是不懂得怎麼對待一位淑女。他讓妳感到苦惱嗎，艾胥頓夫人？」

「是的。」我回應道，感覺找到了一位盟友。

「我可以向妳保證，我是出於善意。」克霖說道，瀟灑地行了個禮，然後走向他自己的座位。

「赫格里佛的相貌如此英俊，讓他無論做什麼都能免於受到責難。」帕瑪說道。「很多人起初都會被他表現出來的良好禮儀所矇蔽。」

「你無須擔心，我不會被他的詭計迷惑。」我在男僕的協助下坐進位子。「眞幸運是你坐在我旁邊。」

「恐怕我是使了一些小手段，艾胥頓夫人，我掉換了座位卡。妳會原諒我的不誠實嗎？我只是希望能有機會再次說服妳，跟我一起前往劇院。」

我們整頓晚餐的前半段都在愉快地互相交談，之後爲了不顯得失禮，我把注意力轉向坐在我另一側的年長紳士。

「我忍不住注意到您的戒指，傅尼爾先生。」我說道。「它是來自希臘嗎？」

「這是邁錫尼的裝飾用印信，艾胥頓夫人。」他回答道，輕撫著戒面。「是在施里曼[9]挖掘的某個墓穴裡發現的，我喜歡把它想成曾屬於阿伽曼農所有。」

「我知道您有相當豐富的古物收藏。」

「的確如此。妳已逝的夫婿和我一樣，對古老的事物充滿了熱情。」

「您與他相熟嗎？」

「算不上熟識，但是不時會見面，通常是在彼此競標某只希臘古瓶的場合。」

「它們的確非常美麗，不是嗎？」

「是啊，妳有最喜歡的嗎？」

「有，」我答道，露出大大的微笑。「是大英博物館裡的珍藏品，上面描繪著『帕里斯的判決』。」

「我想我知道妳說的是哪一只，那是由一位知名畫家繪製而成。」

「是的，我很訝異後人能夠如此正確地辨認出藝術家的作品，即使上面並沒有他們的署名。」

「一位藝術家的風格，通常就和他的簽名一樣易於辨認。」

「我知道您說得對，但在我開始研究希臘古瓶之前，從來沒想過竟有這種可能性。對外行人而言，瓶身上都是些看起來相當制式的圖案。」

「直到妳開始注意到細節。」

「一點也沒錯，就是那些細節讓那只『帕里斯的判決』古瓶如此珍貴。我幾乎要希望菲利普

❾海恩利西·施里曼爲德國著名考古學家，曾挖掘出數座古城遺址，其中包括邁錫尼古城。

並未將它捐贈給博物館了。」

「我知道他堅決認爲，最珍貴的文物都該放在博物館裡，但我並不全然贊同他的想法。」

「爲什麼？」

「我花了大量金錢贊助考古挖掘行動，博物館通常無法負擔如此鉅額的開支，我看不出爲我的投資索取報酬何錯之有。」他取下手上的戒指，舉到我眼前。「妳比較喜歡哪一樣，看著它，還是感覺它戴在妳的手指上？」

「它美極了。」我喃喃道，輕觸雕工精美的戒台。戒面上是一群希臘士兵們拉著特洛伊木馬的圖案。「但不是該讓學者們也有機會，來研究像這樣的珍貴古物嗎？」

「我很樂意允許他們來參觀我的收藏。」

「我認爲把它們擺在博物館裡，可以確保將會有新一代的學者誕生。人們會藉由欣賞它們而得到啓發，至少我就是如此。如果沒有機會看到這些古物，人們又怎麼會對某個古代文明感到興趣？」

「書本的用處就在這裡，而且我並沒有說博物館不該擁有任何古物——只是我該有優先挑選的權利，畢竟若非有我這種金主的存在，他們將會一無所有。」

「您當然有權留下一些寶物，但最珍貴的應該屬於博物館。」

「妳的熱誠實在令人激賞啊，孩子。」

「請不要認爲我太過無禮。」

「一點也不會。告訴我，艾胥頓爵士最後是否找到了那尊阿波羅半身像？」

「我不太確定您指的是什麼。」

「以他的描述來看，那是尊了不得的珍品，據說是普拉克希特利斯的創作，他是希臘最偉大的雕塑家之一。妳知道普拉克希特利斯嗎？」

「只要是對希臘工藝稍有初淺認知的人，都不可能沒聽過他的名聲。」

「能擁有這位大師的任何作品，都是值得驕傲之事。我最後一次在巴黎遇見艾胥頓爵士時，他正在四處尋找那尊阿波羅像。那已經是一年多前的事了。如果他真的找到了，那麼妳就擁有了一件傑出的珍藏品；若是哪天妳打算出售它，請立刻通知我。」

帕瑪先生傾身靠近我。「別告訴我，妳也對那些冷硬的老舊東西感興趣。」

「我覺得它們很有趣。」

「妳眞是太可愛了。」他喃喃道。「我堅持妳得陪我一起去劇院。」

一八八七年　五月六日　倫敦　伯克利廣場

很遺憾這麼多天來，這僅是我第二次造訪我在大英圖書館閱覽室裡的桌位。在社交季期間，委實難有機會成就任何事，儘管我早已嚴格實行每五項邀約只接受一項的政策。讀完了白金漢公爵薛菲爾所著的《詩詞賞析》，所以還不算是一事無成：「讀過一次荷馬，你將再也不想閱讀其他；因爲所有書本從此相形見絀，顯得乏味已極。荷馬將是你唯一需要的精神食糧。」眞是精闢的見解。

今早在騎馬道看見了布隆尼小姐。她是位騎術精湛的騎士——任何一個騎術如此精良的人，肯定會喜愛狩獵。

8

「妳比我所預期的還要喜歡他。」艾薇驚呼道。

「和他在一起很有趣，艾薇，感覺很新鮮。」我答道，替艾薇和自己倒茶。

「我承認我很喜歡他那個上劇院的點子，但他對菲利普的評語太過直接了，妳不覺得嗎？」

「他沒有惡意。這麼多年來，他是頭一個只想看見我能愉快享受生活的人。想不到吧！」

「我們都希望如此，愛蜜莉。妳很清楚我完全同意妳對社交界和那些規矩的看法，但帕瑪先生對它們的不屑似乎有些過頭了。」

「他很有勇氣，而且直言不諱，我並不認爲這有什麼不對。」

「赫格里佛先生直言無隱的時候，妳對他可沒有如此寬容。」

「妳這麼說不公平，艾薇，這是兩種完全不同的情況。帕瑪先生是想擴展我的眼界，而非限制我。」

「羅柏認爲他是個不錯的男人。」

「他很風趣，而且並不期待我扮演一個哀傷寡婦的角色。」

「我看得出來他的確擁有某種吸引力。」

「謝謝妳。」我微笑道。「他今天下午要帶我去布隆森林兜風。」

「也許我該加入你們當伴護。」艾薇揶揄道。

「寡婦不需要伴護，親愛的。眞可惜梅格下午休假，她會很高興見到我與英國貴族之子出遊。她對法國人存有可怕的偏見。」簡潔有力的敲門聲宣布了瑪格麗特．席渥的到來，她雙手抱滿了書籍走進房間。

「抱歉我來晚了，」她說道，把書放到桌上。「等妳看到我帶來了什麼，就會原諒我了。」

「很高興見到妳，席渥小姐。」艾薇道。

「請叫我瑪格麗特就行了，我可不打算稱呼妳柏蘭登太太。」

「我樂於從命。」艾薇答道，和我一起來到桌邊察看那些書。

「希臘文法、歷史和哲學。」瑪格麗特宣布道，依次舉起它們。「我還帶來了當初去聽演講時所做的筆記。若是妳有興趣繼續鑽研，這裡也有一本拉丁文法入門。學習希臘文當然很好，但妳也不該忽略了拉丁文。」

「這些眞是太棒了，瑪格麗特，謝謝妳。」

「我相信妳家中的書房裡，必定也有這些書籍；不過我向來有個壞習慣，會在讀過的書上做筆記，我想妳或許會用得上那些註記。」

「這讓我有些後悔先答應了與帕瑪先生出遊，我寧願待在房裡研讀這些書。」

「那就留下來啊，」瑪格麗特說道，懶散地靠坐在舒適的椅子上。「我很樂意通知他妳沒空。」

「我不能那麼做。」我歎息道。

「妳說的是安德魯．帕瑪？」瑪格麗特問道，我點點頭。她皺了皺鼻子，轉向艾薇。「妳喜歡他嗎？」

「他出身自良好的貴族家庭。」

「他看起來並不怎麼有趣。」

「帕瑪先生是少數幾位，並不認爲女性應該受制於社會習俗規範的男士。我非常喜歡他。」

「我相信妳傑出的判斷力，愛蜜莉。」瑪格麗特露齒一笑道。「我想他還不算太差。」

「我該走了。」艾薇道，看了腕錶一眼。「如果明天早上想準時離開巴黎，我得回去監督僕人們整理行李。很抱歉沒有機會多跟妳聚一聚，瑪格麗特，但我知道妳跟愛蜜莉一心想討論荷馬，而那並非我擅長的主題，我無法提供任何貢獻。」

「妳該讀讀他的作品，艾薇。」瑪格麗特道。

「他真的很了不起。」我同意道。

「我很樂意把他留給妳們兩位，而且毫無遺憾。」

「她是個甜美、單純的小女人，對嗎？」艾薇離去後，瑪格麗特開口道。

「她是我見過最善良的人。」

「好了，我們回到手邊的正事上吧。我想妳該從研讀馬修．阿爾諾的一系列論述開始，他比較了各種荷馬譯文的優劣處，也是牛津大學裡，第一位以英文而非拉丁文授課的教授。」她抽出一份論文遞給我。「妳會在巴黎待多久？」

「我並沒有任何預定計畫。」

「這個週末我要回英國參加倫敦大學學院的數場演講，妳可以跟我一起去。」

「我現在還不想回倫敦。」

「那就隨妳吧。眞希望我在巴黎有懂得希臘文的朋友，可以請他來教導妳。」

「這事不急，目前我很滿足於閱讀荷馬的英譯本，儘管它有不少缺失。那些優美的詩句令我著迷。」

「我能理解。」

「我很感謝妳的指引。在帕瑪先生到來前，我們還有一點時間，我打算好好利用它們。」

「『英勇的戰士們列陣待發，金色的武器閃動耀眼光芒。』」瑪格麗特引述道。「我們開始吧。」

因爲時間不多，她建議我們大聲讀出亞歷山大‧波普所譯的《伊里亞德》。雖然僅有瑪格麗特尙夠資格宣稱對荷馬具備任何學術知識，但讓我倆都頗感驚訝的是，我在誦讀時，竟也展現出相當的戲劇天分。瑪格麗特十分高興，慫恿我拿著書站到椅子上。書中的詩句很快令我起了共鳴，我發現自己盡可能地以最尊貴的嗓音唸道：

高唱吧，繆斯女神啊！　這是怎樣的厄運
是誰觸犯了天神　帶來可怕的災難
讓拉朵娜之子的怒火延燒
讓無數的戰士喪命
萬民之主侮慢了尊貴的祭司

國王的過犯　使人民滅亡

我是如此沉醉在詩句裡，完全沒有注意到帕瑪先生走進房間，直到他站在我面前。他臉上驚異的神情讓我開始大笑，結果不小心失去平衡，從椅子上滑下來，但幸好並沒有摔倒在地；這對一個穿著緊身褡的人來說，可不是件容易做到的事。

「我們明天再繼續吧，愛蜜莉。」瑪格麗特笑道。

「到時我會讀完阿爾諾先生的講義。」我答道。

瑪格麗特離去後，帕瑪先生轉身望著我。「我是否該問妳們剛才在做什麼？」

「最好不要。」我微笑道，挽住他伸過來的手臂。

我們下樓坐上他叫來的出租馬車。巴黎下午的日光溫暖和煦，柔和的光線映照在城裡老舊的石造建築上；我正專心地欣賞眼前的美景，身旁的同伴開口打斷了我的遐思。

「請原諒我的直率。艾胥頓夫人，但妳的美麗令我傾倒。」

「謝謝你。」我喃喃道。

「我很高興妳同意今日與我一起出遊，即使我懷疑妳是因爲拒絕了我上劇院的邀約，爲了想安慰我才會答應。」

「請別多想，帕瑪先生，接受或拒絕邀約，都是出於我自己的選擇，絕非爲了安撫任何人，或是覺得有義務得這麼做。」

「好極了。這想必是身爲寡婦的優點之一。」

「我不會稱之爲優點。如果我更聰明一些，當初還住在父母家中時，我就該採行這種方式。」

「看來我找到一位能惺惺相惜的叛逆同伴了。」

「我並不叛逆。」

「妳要這麼想也不要緊，但我堅持自己的看法。」

我們來到布隆森林，加入了一長串馬車的行列。一旁的步道上滿是悠閒散步的時髦紳士、淑女們；有不少熟人經過我們的馬車，我們會朝對方揮手致意，偶爾停下來與其中幾位寒暄。

「艾略特夫人在那邊，請別爲她停下馬車。」我懇求道。「她是我母親的密友，最近剛抵達巴黎；我一直沒回應她送來的信，也不想見到她。」

「妳經常不回覆信件？」

「那倒沒有，通常我很勤於回信。」

「妳提過艾胥頓在非洲時，你們經常魚雁往返。」

「我們盡可能保持通信，但在他到達非洲之前，我比較常收到他的信，我想是因爲在叢林間很難尋到郵政服務吧。」

「的確如此。」

「他從倫敦到開羅的一路上，幾乎每天都會寫信給我，但之後我就沒再收過一字半語。」

「那些信必定帶給妳莫大安慰。」

「我想是吧。我常想著要再讀一讀它們，也許等我回到倫敦後，就該這麼做。」

「妳沒把它們帶來巴黎？」

「沒有，爲什麼要帶來？」

「不爲什麼，我只是以爲妳或許會想把它們帶在身邊。」他沉默了片刻，然後輕聲笑了。

我疑問地看著他。「怎麼了？」

「我在笑我自己，竟然嫉妒起妳死去的夫婿。我很高興得知，妳並沒有夜夜讀著他的信和日記來安慰自己。」

「我從未想過要讀他的日記。說眞的，帕瑪先生，這是個怪異的談話主題，我不想提到菲利普。」

「當然，艾胥頓夫人，請容我致上歉意。我們是否該去找艾略特夫人，邀請她加入我們？」

「艾薇說得對——你眞是個惡棍。」

「柏蘭登應該好好管教她，我不能任人如此詆毀我的名聲。」

「我想是你自己毀了你的名聲。」我回應道。

「現在輪到妳嘲笑我了。」

「我不是在嘲笑你。不過能再次歡笑的感覺眞好，即使我的同伴行止如此不合禮儀。」

「希望妳不會在意我的異於常人。我知道我說話過於坦白直率，而且喜歡管閒事；我無法忍受表面功夫，也不喜歡朋友對我有所隱瞞。或許在談到妳與菲利普的話題時，我不該那麼直言無諱；像妳這樣美好的女性，不該承受任何痛苦。」

「我會保留有話直說及發言失當的權利，以便下次有機會時可以用來對付你。至於現在，你看到在那邊的愛瑪．柯蘭了嗎？」我先前就發現她正走在離我們馬車不遠處。

「她不是最近才剛訂婚？」

「是的，她來巴黎採購妝奩。」

「希望她選嫁妝時，會比選擇衣服的品味要好一些。」

「你眞糟糕，帕瑪先生。」

「請叫我安德魯，我不喜歡經常被提醒自己的身分。」

「好吧，安德魯，你可以繼續稱呼我艾胥頓夫人，因爲我非常享受我現在的身分。」他看起來一臉震驚。「你必定知道我是在說笑吧？」

「我實在非常喜歡妳，愛蜜莉。」

我們繼續兜風，毫無忌憚地交談，不時開懷大笑。一整個下午迅速而愉快地過去，太陽逐漸西沉，氣溫也開始下降，等我終於回到莫里斯酒店時，已經感到十分寒冷。我在櫃檯前停步，請領班派人到我房裡替壁爐生火；梅格放假外出，要到晚上才會回來。領班遞上幾封從英國寄來的信件，和一張克霖送來的字條，我一邊走回房間，一邊拆開字條閱讀。他即將離開巴黎，因此寫信來道別。我用力把信塞回信封裡，拿出鑰匙正要開門時，才赫然發現我房間的門鎖已經被打開，而且房門並未關緊。

一八八七年　五月十七日　倫敦　伯克利廣場

從未想過我會永遠感激像布隆尼夫人那樣一隻噴火龍，只因爲她在今晚的晚宴中，安排我坐在她女兒身旁。我原本預期必須忍受社交季裡向來充斥的陳腔濫調，但愛蜜莉小姐聰慧的言談令我萬分驚喜。我不確定自己整晚是否說出過任何完整或有意義的句子。決定明天一定要去拜訪她。

在賴登的店裡找到一只精緻異常的花萼巨爵，五世紀時的文物，也許來自羅德斯島，瓶身上描繪著一場運動競技。傅尼爾當時也在，無可避免地展開了一場競標，幸好他遠比不上我富有。那個愛裝模作樣的渾蛋。我贏了競標，吩咐賴登直接將古物送到博物館交給莫瑞，明知這會激怒我的對手。他痛恨看到任何珍貴的寶物永遠（相對而言）無法再在市面上流通。心中微感懊悔，頗希望能有機會私下收藏那只巨爵，就算只有一陣子也好，但最後還是決定放手。

9

我永遠不會忘記，打開房門時所看到的景象。整個房間一團混亂：書籍散落在地上，內頁皺起或已遭撕裂；抽屜裡的物品全都被傾倒出來。我的畫具被扔得到處都是；雷諾瓦爲我畫的那幅美麗肖像被人從畫框中扯下，幸好畫布本身並未受到損傷。這是整場可怕的事件裡，唯一值得慶幸之處。我站在那裡盯著畫像，被遣來替我生火的男僕走進房中，迅速來到我身旁。

「請您先坐下來吧，艾胥頓夫人，我立刻去找人來幫忙。」幾分鐘內，飯店的經理布魯先生就帶著一瓶嗅鹽出現，但我很快地拒絕了。我不會昏倒，不過我倒是接下了他送上的那杯白蘭地。不久之後，警察也趕到了，而我從未如此感激莫里斯酒店的員工均精通英語這件事。我能說流利的法語，但在承受了如此打擊的情況下，以我的母語來回答問題，再由布魯先生翻譯要容易多了。

「這到底是怎麼回事？」安德魯衝進房間。「我在大廳聽到妳出事的消息，妳受傷了嗎，愛蜜莉？」

「不，我沒事，我進房時就是這個樣子了。」

「有沒有丟了什麼東西？」

「我還沒有機會查看，安德魯。」

「我能幫上什麼忙嗎？」

「不要緊，布魯先生提供了許多協助。」

「最好是如此，畢竟這是他的酒店安全措施欠佳所致。竊賊是如何進門的？」

「看來他撬壞了門鎖。」布魯先生回答道。「我向您保證，帕瑪先生，大廳裡一整天都有員工駐守。我跟您一樣震驚，竟然有人能進入本酒店，做出這種事。」

「這不是你的錯，布魯先生。」我說道，望向安德魯。「安德魯，請你幫我把羅柏和艾薇找來行嗎？」

「他們還在巴黎？」

「他們明天動身前往義大利。」

「我希望他們是要回倫敦，我可以安排妳和他們一起回去。妳不該再待在這裡。」他在我能回應前就走出了房間。

我的朋友們很快地趕來，並且一致同意我該回到英國。盜賊並未偷走任何東西，促使警方認為他是在行竊到半途時被打斷。

「如果妳回房時，他還在這裡該怎麼辦？妳一定得回家去。」羅柏道。

「我沒有理由要離開。」

「萬一他又回來呢？」艾薇問道。

「那個竊賊顯然並未得手他想要的東西，」安德魯說道。「我認為他很可能會故技重施。若他是個單純的飛賊，應該會拿走任何值錢的物品，即使下手中途便被打斷，也一定不會空手而回，總會隨手帶走點什麼。妳並未遺失任何東西這一點，代表這個人也許認為妳擁有某樣非常具有價值的物件。他可能沒有足夠的時間徹底搜索房間，所以肯定會再回來。」

「若您決定留下，艾胥頓夫人，我可以替您更換另外的房間。」布魯先生道。

「妳不會還想留下來吧！」艾薇插口道。「如果他來的時候，妳正好在房裡呢？我連想都不敢去想。」

我並沒有完全被說服，但也必須承認，我不再感到安全無虞。

「情況的確有些怪異，一名竊賊竟會花時間拆下雷諾瓦的畫，卻又不把它帶走。」我說道。其中一名較年長的警員低頭看了看我。「夫人，也許他對藝術的品味，使他決定留下那幅畫。」

兩名酒店員工負責把房間恢復元樣，梅格緊跟在一旁監督，同時不斷對他們投以兇狠的瞪視。這起事件更加深了她對法國的厭惡，而且毫不隱藏地表現出來。羅柏和艾薇提議要留在酒店陪我，但我拒絕了，不希望他們改變原定的計畫，畢竟這是他們在巴黎度過的最後一夜。我決定送張字條給西莉兒，詢問是否能去她家打擾一晚；她立刻便捎來回信，說她的馬車會在莫里斯酒店的門口等著我。她跟瑪格麗特早已約好今晚要共進晚餐，自從在班奈特先生家中認識之後，她們很快就變成了好友，西莉兒向我保證，她們倆都很期待見到我。

「我的天哪！」我到達西莉兒家時，她驚呼道。「可憐的孩子！幸好妳把所有珠寶都鎖在酒店的保險箱裡。」

「沒有任何東西被偷走，這很古怪，妳們不覺得嗎？」我描述完細節後，疑問地說道。

「或許那是個缺乏經驗的笨賊。我也很意外他竟然沒有拿走雷諾瓦的畫，不過印象派的畫作通常賣不到太高的價錢。我們那幾位朋友並未得到他們應該享有的名聲與認同。」

「我想妳說得對。我的素描全都被撕毀，散落在地上；還有妳的書，瑪格麗特，它們也嚴重受損，但勉強還能讀。我實在很抱歉。」

「別擔心這些了，它們算不了什麼。」她回答道，坐在我身邊。

「我確信跟蹤我的那個人，與此事必定脫不了干係。」我說道。「警方向我保證會開始搜索他，但他們並不認為會有任何收穫。他為什麼要一路跟著我來到巴黎，還闖進我的房間？除了顯然並非他目標的雷諾瓦畫作之外，我身邊的所有物品與在倫敦時沒有什麼不同。」

「妳家中有許多僕役在，要入侵行竊會比較困難。」西莉兒回應道。

「是沒錯，但如果我的僕人之一是他的共犯呢？在我來巴黎之前，我的管家曾向我通報，他開除了一名偷翻菲利普書桌的男僕。我很想知道，我到底擁有什麼東西那麼令人感興趣？」我把在菲利普的博物館指南裡，找到一張字條的事告訴她們。

「那名男僕大概只是想找些值錢的小玩意拿去變賣，這種事很常見，」瑪格麗特說道。「我不認為他會有什麼邪惡的計畫。至於那張字條，很可能已經夾在那本書裡許多年了，我看不出它跟妳遭竊一事有什麼關聯。」

「也許妳說得對，」我答道，仍然心存疑慮。「但我很想弄清楚，那字條背後有何故事。」

「妳會繼續待在巴黎嗎？」

「我尚未決定。」

「不要因為這件事，讓妳感覺妳必須立刻逃回倫敦。」西莉兒說道。

「我對是否該離開感到舉棋不定，不過我承認，我很想看看那個神秘男子會不會在倫敦再度出現。梅格想必很樂意回去，她堅稱若在法國待上太長時間，便會碰上可怕的厄運。」

「我已經吩咐我的貼身女僕照顧她了，奧黛蒂迷人又聰明，她們一定會相處得很好。」西莉兒道。「或許這將有助於改善她對法國的觀感。」

「那樣就太好了，」我笑道。「不過恐怕希望不大。」

「我覺得妳該回倫敦，」瑪格麗特說道。「但不是因爲擔心竊賊會再度上門。」

「那麼是什麼原因？」我問道。

「因爲我認爲，妳該去參加我今天下午告訴過妳的那一系列演講。」她轉向西莉兒。「妳同意嗎？」

「我想是吧，雖然我很希望妳能留在巴黎，凱莉絲妲，」西莉兒看著我。「但我想妳心裡，已經決定瑪格麗特會是一位很好的旅行同伴了，對嗎？」

「我承認那些演講很吸引我。」

「那就這麼說定了。」瑪格麗特大聲道。「妳跟我一起回去，而我將會偶爾尋求妳的庇護。我到倫敦之後，會借住在我母親的朋友家中，但她實在無聊乏味地讓人想自殺。」

「我們得喝點香檳，畢竟這幾乎是妳們待在巴黎的最後一晚了。」她召來了僕役，吩咐他端來一瓶香檳和三只酒杯。「沃斯完成了妳的新裝嗎？」她在僕役替我們倒酒時問道。

「還沒有，他會把它們送去在倫敦的分店，讓我做最後的試穿。」

「太好了，我很期待看妳穿上那件藍色禮服。」

「我一結束哀悼期，就會立刻回到巴黎。」我微笑地說道。

那晚我很早就告退回房，感到無比的疲累。瑪格麗特和我搭乘週四早晨的第一班火車離開，不久便在分外陰鬱的天氣下回到了倫敦。

一八八七年　五月二十日　倫敦　伯克利廣場

與傅尼爾共進晚餐，他萬分惱怒競標那只希臘古瓶時輸給了我。建議與他一起去博物館欣賞它，可惜他並不覺得有趣。據聞他正打算收購一批邁錫尼出土的黃金首飾，我很有興趣知道這些古物是經由何種管道流入市面——儘管他向我保證它們的來源清白。

今天其餘的時間都用來處理日常瑣事。帕瑪說服我買下一匹駿馬，我將牠命名爲布西菲勒斯[10]。付了一大筆錢給酒商，總得隨時保持我酒窖裡的存貨不虞匱乏。回程經過公園時，被迫停下與赫克斯利小姐交談。新買下的那匹速度更快的駿馬，應該能確保我未來不至於再面臨這樣的困境。

10

我一直將伯克利廣場的那棟房子視爲菲利普所有，即便我已在那裡居住了兩年多，卻仍自覺像個訪客。然而這次從巴黎回來，看著這座喬治王朝時代的雄偉建築、古典的線條及高大的窗戶，我不由得感到一股回到家中的喜悅。所有僕役都在門廳的巴洛克式樓梯前列隊迎接我，戴維斯也似乎眞心地樂於見到我返家。他向我保證會督促每位員工，嚴加注意是否有跟蹤我的那名男子的蹤影，絕對不會讓竊賊——無論他是誰——闖進我的家中。

廚娘使出了渾身解數，讓我享用了一頓不輸法國美食的晚餐。飯後我來到書房裡瀏覽，一本我在蜜月旅行時帶在身邊閱讀的書籍，引起了我的注意，我把它從書架上取下，搖鈴換來了戴維斯。

「替我端些波特酒過來好嗎？」我試著裝出世故且不以爲意的表情。

「波特酒？恕我大膽建議，夫人，您應該會比較喜歡雪莉酒。」

「我丈夫有座儲量豐富的酒窖，對嗎？」

「是的，夫人。」

「只要我還住在這裡，就沒有道理白白浪費了那些好酒。再說，我從來沒喜歡過雪莉酒。」

---

⑩亞歷山大大帝的戰馬。

「您喜歡哪個年份的波特酒，夫人？」

「我毫無頭緒，就由你來推薦好了，戴維斯。」

「四七年是極佳的年份。」

「那麼就選它吧。」我說道，注意到向來嚴肅的管家離開前，嘴角似乎帶著一絲微笑。我的目光回到手中的書上，皺了皺鼻子。《奧德利夫人的秘密》不是一本年輕的新娘該在蜜月旅行時閱讀的小說；事實上，我母親禁止我將它放入行李中。我當然沒有聽從她，一等火車駛出維多利亞車站，便快樂地埋首於美麗露西的故事裡。如果菲利普有任何不贊同之意，他也並未顯露出來，而是在看到書名時放聲大笑，請求我不要像露西那樣，爲了避免被揭發自己犯了重婚罪，因此將丈夫推下井裡。我記得當時曾向他保證，我毫無嫁給第二個男人的意願，他無須擔心，但任何人在接近水井時，都應該要小心謹慎。我也滿意地注意到他很熟悉書中的情節，顯然也讀過這本小說。

戴維斯端來波特酒，打斷了我的回憶。

「謝謝你，戴維斯。」我接過杯子，揚起一道秀眉，疑問地看著他。「你認爲我會喜歡嗎？」

「一八四七年是本世紀波特酒最佳的年份，夫人，絕不會令您失望。」

我啜飲了一小口，接著沉默了片刻。「美味極了。」這次我的管家眞的露出了微笑。「我看到了，戴維斯，現在知道你也會笑，以後你再也無法讓我對你心生畏懼了。」他顯然不知該如何回應。「我剛才坐在這裡懷念艾胥頓爵士。你爲他工作很久了，是嗎？」

「艾胥頓爵士尚年幼時，我便已開始在他父親家中服務。」

「我從未想像過菲利普也有童年時代，他那時是什麼模樣？」

「總是在惹麻煩，夫人。爬上屋頂，破壞花園的牆壁，挖出一堆大泥坑，經常在產業上四處探險。」

「所以長大成人後，他也喜歡到各國遊歷。」

「是的，夫人。」他靜默地站立片刻。「您還有什麼吩咐嗎，夫人？」

我搖搖頭，允許他告退，然後再度開始啜飲著波特酒。它眞的非常美味。我試著想像小一號的菲利普在鄉間宅邸的樹林間跑來跑去，假裝在獵捕大象的模樣。突然間不知道爲什麼，我想起在巴黎時，傅尼爾先生提及的那尊普拉克希特利斯的阿波羅像。我確定它並不在倫敦這棟屋子裡，所以起身走向菲利普的書桌，拿出他的日誌；它從非洲被送回來後，我便一直將它收在抽屜裡。在我們的蜜月之旅途中，他經常埋首其中，記載下我們所採購的物品，我希望能在上面找到關於那尊胸像的紀錄。

翻閱著皮質封面的日誌，我發現裡面滿是一頁頁各式古物的素描，但沒有一幅看起來是阿波羅像。菲利普的畫功乏善可陳，但仍能讓人輕易辨認出每一項物品。最後我終於在最末幾頁處，看見一幅倉促畫就的阿波羅像，下面寫著「巴黎？」，但沒有其他記載顯示我丈夫是否成功地尋找到，甚至已買下那尊胸像。我正想把日誌放回抽屜時，一段文字引起了我的注意：

凱今晚比任何時候還要美麗。我們交談時，她仍然很少注視我，但我確信這種情形將會有所改變。畢竟，帕里斯都能說服海倫——儘管我並未擁有愛芙羅黛緹的幫助。

我決定從頭開始閱讀，並在其中看見菲利普對於追求我、以及我們婚姻的看法、他籌劃的狩獵之旅、對荷馬的評論，還有一些關於大英帝國施政的感想。他對與柯蘭家共度了一個可怕夜晚的描述讓我發笑，那家人完全不掩飾想將愛瑪嫁給他的渴望，而她當晚變本加厲的調情舉動足以令人羞愧。菲利普用十分幽默的筆觸，哀歎著自己身爲紳士的無奈。

接著很快就來到克霖曾告訴我，關於菲利普如何愛上我的那一夜的記載。看到他的情感躍然紙上，清楚顯示那對他是何等重要的一晚，而我當時卻渾然未覺，讓我忍不住熱淚盈眶。他把我視爲他的海倫。我毫不猶豫地繼續讀下去。

他對我母親的厭惡令我驚訝，而那是肇因於她在我們婚前，從不允許我們獨處這一點，更令我不禁莞爾。如果我們眞的單獨在一起，他會做些什麼？我喜歡他用了整整五頁來計畫，該如何對我父親提出娶我的請求；但我更愛他在我接受了他的求婚後，寫下的那些欣喜若狂的字句。

我閉上眼睛，努力回想著當天的細節。我記得那日稍早時，我曾與母親發生爭執；菲利普來拜訪我的時候，她就坐在客廳的角落做著女紅，並趁他不注意時對我怒目而視。現在我才領悟，她想必早已知道菲利普將要向我求婚，我父親一定會告訴她，而她可能深怕我會開口拒絕。

對母親感到惱怒，使我不顧禮貌地起身走到窗前，看著街上的景物。菲利普隨後來到我身邊。

「愛蜜莉，妳絕對不可能沒注意到，我對妳的愛意一天比一天更加深刻。」我沒有回答。

「我從未見過有任何女子比妳更富有靈性、更優雅、更美麗。當我想到未來的人生時，我無法忍受其中沒有妳的存在。」他握住我的手，深深望進我的眼底。「愛蜜莉，妳願意許我這份榮幸，答應成爲我的妻子嗎？」

當時我感到萬分震驚。儘管他的確比其他男士更勤於拜訪，但我從未注意到他表現出任何特別的情意，至少我對他並無同感。雖然我並不想踏入婚姻，但在背後那兩道灼熱目光的注視下，我望著眼前的男子，決定我寧願要他，也不要再繼續忍受我的母親。

「是的，菲利普，我願意嫁給你。」

他臉上露出一抹燦爛的微笑，眼中跳動著喜悅的光芒。「妳讓我成爲了世上最快樂的男人。」他握緊我的手。「我可以吻妳嗎？」我點點頭，把臉頰轉向他。此刻坐在菲利普的書房裡，我還記得他的唇瓣吻在我頰上的感覺，以及他溫暖的氣息，當他輕聲對我說出：「我愛妳，愛蜜莉。」

當她將那完美無瑕、象牙白色的臉頰轉向我，讓我親吻時，我幾乎要因極度的渴望而發狂。如果她那令人氣惱的母親肯讓我們獨處，即使只有一分鐘也好，我一定將好好利用機會，徹底探索她每一吋如玫瑰花蕾般的櫻唇。但恐怕我能做的，也只有等待了。

我闔上日誌，把它放到一旁的桌上，感覺就像讀到一本令人滿足的小說，書中的女主角成功贏得了男主角的愛情。但事實是，我就是那位女主角，而男主角已經死去；最糟的是，在他生前，我對他根本毫無興趣。我開始流淚，起先只是微微的啜泣，直到我終於忍不住大聲地哭了出來。我再度走到書桌前，打開其中一個抽屜，取出菲利普在我們訂婚後不久送給我的照片。我把它從昂貴的相框裡拿出來，緊緊壓在胸前，從書房一路跑回我的臥室。梅格匆忙地從更衣室衝出來，但我揮手要她退下。不久後我就這樣睡著了，沒有更衣，並且仍緊抱著菲利普的照片。

我應該把第二天早上的時間，用來通知親朋好友們我已回到英國的消息；但我發現我一點也不想這麼做，反而選擇在房間內享用早餐及午餐，直到接近下午一點時，才搖鈴喚來梅格協助我著衣。我的頭脹痛，兩眼因哭泣而紅腫，但不到兩點鐘，我已經又回到書房裡，繼續閱讀菲利普的日誌。當我正讀到一段關於狩獵松雞的紀錄時，戴維斯進入房間。

「克霖．赫格里佛先生來訪，夫人，要我請他到小客廳嗎？」

我感到臉頰漲紅起來。「告訴他我不在家。」

「是，夫人。」戴維斯轉身要離開，我又把他叫住。

「等等！我見見他也好，請他到書房來吧，戴維斯。」

克霖走進書房時，我並未站起身來，甚至沒有抬頭看他一眼。「眞意外會見到你，赫格里佛先生。」我冷淡地說道。

「我知道現在這個時間來拜訪並不恰當，但我剛剛在俱樂部裡遇見亞瑟．帕瑪，他告訴我妳在巴黎發生了什麼事。妳還好嗎？」

「很好，謝謝你的關心。」

「妳看起來氣色很差，要我讓戴維斯替妳準備熱茶嗎？」

「不用了，我什麼都不想喝。」

「不只是因爲遭竊的關係對嗎，愛蜜莉？帕瑪說妳對整件事的反應十分沉穩，但妳此刻看起來——恕我直言，簡直糟透了。」

我看著他英俊的臉孔和滿是同情的雙眼，再度開始哭泣。

他跪到我面前，握住我的手。「怎麼回事？」

「我……我想念菲利普，克霖。我眞的想念他。」

「這是當然的，尤其是在經歷了如此可怕的事件之後。如果有他在妳身邊，妳就不需要親自與警方交涉，或是擔心該怎麼安排回家的行程。」

「不，我不是那個意思。」我起身遠離他。「我不知道爲什麼要告訴你這些。」

「我希望妳能把我當成朋友，愛蜜莉，儘管我曾在羅浮宮對妳說過那些話。請相信我，我從來都無意冒犯妳。」

我歎了口氣。「我或許不該把這件事告訴你。」

「妳可以信賴我，愛蜜莉，我永遠不會欺騙妳。」

「但你是我丈夫最好的朋友。」

「無論他做了什麼，愛蜜莉，我都可以幫妳。」

「無論他做了什麼？他什麼都沒做，錯的人是我。」

「妳？妳怎麼會跟此事有關？是在你們蜜月旅行中開始的嗎？」

「不，從我第一次見到他時，就已經開始了。」我們的目光交纏在一起，但我突然感到有些困惑。「我想我們討論的，似乎並非同一件事。你指的是什麼？」

「不，我大概是搞混了，請妳繼續說下去，是什麼讓妳如此心煩？」

「我從來沒愛過菲利普，甚至沒試過要了解他。我嫁給他，只是爲了要逃離我母親。」我停下來望著克霖，他靜止不動地站著，雙唇微張，彷彿一時之間無法言語。「我看得出來你很震驚。」

「是的。」他低聲道。

「現在他已經死去，而我這一年來聽著所有人告訴我，他是一個多麼美好的男人。我讀了他的日誌，知道了他的興趣，他熱愛些什麼，並且發現自己竟然絕望地愛上了他。」聽到這些話被大聲說出來，連我都覺得它們荒謬可笑。

克霖走近我，雙眼鎖住我的視線。「我不知道該說什麼。」

「請別認爲我太過冷血，我想當他追求我的時候，我還不了解自己，也不懂怎麼去愛人。我願意付出任何代價，只要能回到過去，重新開始。」

「感謝上帝他並不知道這些。他毫無保留地愛著妳，以爲妳跟他保持距離，是因爲妳的純眞所致。」

「我可以從你的語氣中聽得出來，你對我很生氣。」

「不是生氣，也許是失望吧。」

「那麼你對我並不公平。我母親養育我長大，唯一的目標就是把我嫁給同儕中最富有、階級最高的男人，我對此毫無置喙的餘地。除了她認可的事物之外，我無法學習任何我喜歡的科目，或追求令我感興趣的東西。早在許多年前我就已經學到，我的婚姻與浪漫的愛情無關，你能責怪我因此對追求者保持疏離的態度嗎？」

「或許不能，但既然一個女人接受了某人的求婚，至少應該試著讓這樁婚姻快樂美滿。」

「我從未說過我們不快樂，事實上正好相反。我眞不該告訴你這些。」我大步走向房間另一端。

「我一直認爲年輕淑女們的教養有極大的缺失，現在我得到了證明。」

「雖然太遲了，但至少我已體認到他是個多好的男人，再說我並不是在嫁給他的時候，心裡還愛著其他的男子。相信我，在他死後才發現自己愛上他，對我已經是足夠的懲罰了。」克霖一言不發地看著地面。「我知道我讓他很快樂，克霖。」我拿起日誌，用力塞到他胸前。「你不信的話，可以自己看哪。他非常地滿足，你應該憐憫的人是我，我錯失了與他共享喜樂的機會。」

「我比任何人都清楚，妳讓他有多快樂，他每天都這麼告訴我。」我再度迎上他的目光。「我想我只是感到失望罷了，妳打碎了我對完美婚姻的幻想。我眞心爲妳感到遺憾，竟然看不到如此明顯呈獻在妳面前的愛意。」

他眼裡的神情令我氣惱。「謝謝你，克霖，與你分享心事眞是個好選擇。」我回嘴道。「我現在感覺好多了。」

「妳說得對，妳不該告訴我這些，我不知道該說什麼。」

「也許你可以改變一下話題。你剛才進門時，似乎是想跟我討論另一件事，對嗎？」

「其實沒什麼，我只是以爲它與你們蜜月旅行途中，艾胥頓所處理的某些事務有關，顯然是我誤會了。」

「顯然如此。」我決定自行改變話題。「我倒是有件事，可能會需要你幫忙。我想爲菲利普做些什麼來紀念他，也許在大英博物館裡設立紀念碑之類的，我現在還不確定。」

「我想這件事，妳最好與妳的律師商量，愛蜜莉。」我張口欲言，但他舉手示意我安靜。「不要認爲我在生妳的氣，我只是認爲，以後我與妳的任何接觸，最好都與菲利普完全無關。」

「我不懂你的意思？」

「我很難將我眼前的女子，與我摯友所娶的那名純眞女孩的形象合而爲一，我想最好還是讓她們各自存在吧。」

「我被你搞糊塗了。」

「那麼她們兩者之間的差距，或許不如我想像中那麼大。」我沒有回應。「請不要認爲我會因此而看輕妳，愛蜜莉，事實上正好相反，妳的誠實令我敬佩。」他用手輕觸了一下我的臉頰，然後便離去了。

我在原處站了好一會兒，撫著方才他碰觸過的頰邊，彷彿仍能感受到他手掌的餘溫。我跌坐進身旁的椅子，納悶自己爲何會告訴他這些事，而不是涕泗縱橫地寫信向西莉兒傾訴？她一定會訓斥我不該愛上菲利普。如果艾薇不是正値新婚就好了，她會是我最好的聽衆。怪異的是，在她婚前，我從不介意告訴她我並不愛菲利普；然而如今她的婚姻美滿，我竟害怕她會比仍是單身時，更爲嚴厲地批判我。我歎了口氣。克霖．赫格里佛對我會有什麼看法並不重要，而能夠對某人坦承真相，也的確讓我感覺好過多了。

當天稍晚時，我去了一趟大英博物館，想再看看那只「帕里斯的判決」古瓶。走向希臘／羅馬部門途中，我注意到某樣似乎有些眼熟的展示品——是那尊普拉克希特利斯的阿波羅胸像。菲利普最終還是追尋到它的下落了，我滿足地想著，目光望向一旁的標示卡，期待會看到捐贈者的欄位列著我夫婿的名字。然而上面標註的人名卻是一位湯瑪斯．巴瑞特，顯然這並非傅尼爾先生所提及的那尊雕塑，想必是我誤解了那位法國人對它的形容。

我來到最喜愛的那只古瓶前面，盯著它看了好長一段時間，並渴望著我的丈夫此刻能陪伴在我身邊。我很想聽聽他對圍繞在四周這麼多的古物珍藏，有些什麼專家的意見與看法。想到研究這些他所熱愛的事物，將有助於讓我更加了解他，不禁帶給我一種甜蜜中隱含著苦澀的複雜感受。同時我也十分內疚，竟不曾對這個絕對有資格得到我傾心相愛的男人打開心房。

在我陷入沉思時，莫瑞先生朝我走來。

「艾胥頓夫人！真高興見到您從法國歸來。您在巴黎那座光之城市過得還開心嗎？」

「非常開心，謝謝你，莫瑞先生，我也很高興見到你。」

「您今天看起來有些憂鬱。」他略顯遲疑地說道。

「我為可憐的帕里斯感到難過，我想娶到海倫，對他而言並不算是項獎賞。」

「我認為他或許不會同意。『讓我們的人生為愛而活／享受著那溫柔的喜悅，歡愉的擁抱。』」

我微笑地接續。「『我的愛人，從斯巴達的海岸，我得到天神賜與的禮物／在克倫那埃島與妳初次共眠／拋開世俗的一切，妳我靈魂交疊！』」

「眞了不起，艾胥頓夫人，看來您已熟讀波普的譯作。」

「我開始研讀了數種不同的荷馬譯本，你熟悉馬修·阿爾諾針對這項主題，所做的一系列講述嗎？」

「我去聽了他在牛津大學的演講，此人相當具有才華。」

「我相信任何翻譯都無法完全捕捉到荷馬原作的精髓，但我很有興趣知道英國的詩人，是否也能帶給我們古希臘人聽見那些詩句時，同樣的震撼與感動。」

「可惜這個問題永遠無法得到解答。」

「或許吧，但它頗値得深思，你不覺得嗎？」我靜默了片刻，想像著某個夜晚與菲利普待在家中，熱烈討論這個話題的情景。他是否會用希臘文爲我朗誦一些詩句？即使聽不懂內容，但我必定會感到十分窩心。想到他如果眞的這麼做，尤其若是讀到赫克托與妻子安卓瑪希之間某些動人的場景，竟意外地讓我心旌動搖。我費了一番心力，才強迫自己把注意力轉回到現實中。

「莫瑞先生，我已經考慮了好一段時間，想以紀念我丈夫的名義，捐贈一大筆款項給博物館。我該從何著手？」

「我將會很榮幸提供您任何協助。也許我可以安排您與館長見面？您不妨向他提出計畫，餘下之事交由律師們接手處理即可。」

「太好了，等查看過我的行事曆後，我會再跟你聯絡。」

「對了，艾胥頓夫人，如果您眞的對荷馬如此感興趣，就不該錯過一位年輕學者，傑瑞米·

波拉特下週在倫敦大學學院的演講。據我所知，他講述的主題是評論《伊里亞德》各英譯版本的差異。」

「謝謝你，莫瑞先生，事實上我正打算和一位朋友一同前往。也許我會在那裡見到你。」

當晚回到家中後，我發現一只盛滿波特酒的玻璃酒瓶，取代了通常放置在書房裡的雪莉酒。戴維斯似乎決定接受我的古怪新嗜好；我搖了喚人鈴，他立刻出現在房間裡。

「謝謝你這麼貼心，戴維斯。」

他對我微笑。「子爵的雪茄是我的底限，夫人。若您向我提出要求，我會遞上辭呈。」

一八八七年　五月三十一日　倫敦　伯克利廣場

「多麼出眾的優雅！多麼迷人的風采！像女神般美麗，如皇后般高貴！」

我已經找到了未來的艾胥頓子爵夫人，儘管她對我似乎並無特別的好感。我將期待並享受改變她想法的這段過程。今晚的舞會上我一直在觀察她，全英國每一位合格的單身漢都在爭相吸引她的注意。她整晚都在跳舞——舞姿優美極了！——但顯然並未把心思放在舞伴身上，無論他們的頭銜爲何，或是多麼富有。與她共舞華爾滋時，都感受到無比的喜悅；深信在她禮貌拘謹的微笑之下，藏著我今生將唯一深愛的女人。愛芙羅黛緹也無法與之匹敵！帕里斯應該把金蘋果送給愛蜜莉．布隆尼小姐；從此在我心中，她將永遠是我的凱莉絲妲！

11

我容許自己又過了幾天身爲憂鬱孀婦的日子，然後才回到現實人生中，並訝然發現自己竟期待起朋友們提起菲利普。現在我是眞心開始哀悼丈夫，談論關於他的事能帶給我不少愉悅。我甚至邀請了他的姊姊安妮來此小住，而她也的確帶給我極大安慰。她告訴我許多兩人的童年趣事，以及菲利普大學時代的生活，讓我又發掘出他的另一重面貌。他會對安妮吐露心事，離家在外時也經常寫信給她。從安妮所說的那些故事，以及持續閱讀菲利普的日誌，讓我感覺對自己死去夫婿的人格有了近乎完整的了解。

最後我決定，該是清理菲利普遺物的時候了。我讓管家指揮僕人移走他放在更衣間中的衣物及盥洗用具，至於該怎麼處理它們，就交給戴維斯自行判斷。他領著男僕們開始工作前，我親自來到菲利普的更衣間裡。

在此之前，我從未走進過這個房間。新婚之夜時，菲利普和我一起走入寢室，之後梅格立刻領著我進入女主人的更衣間。

「妳可以慢慢來，艾胥頓夫人，我會待在我的更衣間裡，直到妳召喚我。我只請求妳，不要讓我等上一整晚。」他微笑道。「在我們的寢室裡請不必拘束，試著放鬆心情。」

我記得聽到他說「我們的寢室」時，曾感到無比驚駭；不是因爲我明白夫妻之間必須發生的那些私密之事，而是我了解到即使在睡眠時，我都不能再擁有像以往那般的隱私。我一向喜愛賴在床上讀讀晨報、讓僕人將早餐端進房內享用，那是極少數我可以避開母親，完全獨處的時光。難道從此之後，我將無法再獨享靜謐？

梅格誤會了我驚駭的原因，替我端來一杯雪莉酒，我茫然地喝下，儘管我從來都不喜歡它的味道。她花了很多時間，才一一解開我禮服上那些數不清的細小珠釦，而我十分感激能有這段緩衝時間。她鬆開我的緊身褡，拆掉我的髮針，替我套上睡衣後，便先告退出去。我繼續坐在那兒梳了一會兒頭髮，然後才回到寢室，立刻跳上那張大床。我在左右兩邊各試躺了一下，以便決定我要睡在哪一側，接著坐起身，把一個枕頭抱在膝上，出聲叫喚我的夫婿。

我到現在還記得他當時的模樣，他穿著睡袍，頭髮微顯凌亂地上床坐到我身邊，用雙手捧著我的臉。

「我是天底下最快樂的男人。」他拂開我頰邊的髮絲，開始溫柔地親吻我。「妳嚐起來像雪莉酒。」他喃喃道。

「我不知道你嚐起來像什麼。」我囁嚅地回應道。

他的回答是「波特酒」。想到這裡，我不禁露出微笑，猜想這是否也影響了我對這種佳釀的觀感。

如今站在他的更衣間裡，被他的衣物所包圍，我想像著自己幾乎能夠聞到他的氣味。我閉上眼睛，回憶他在我身上柔和的撫觸。我最後再環視了一遍四周，然後轉身下樓。

「請要他們盡快完成。」我在走廊上經過戴維斯時，對他吩咐道，接著走進書房，想讀一讀菲利普在日誌上，對我們的新婚之夜有什麼樣的記載。但在能滿足我的好奇心之前，一名女僕進房向我通報，我的父母正在小客廳裡等我。

「早安，母親。」我說道，吻了吻我的父親。「很意外看到你們這麼早就出門。」

「接到妳的晚宴邀請，我太高興了，所以要妳父親立刻帶我來親自答應出席。況且妳從巴黎回來之後，我們還沒有太多機會見到妳，我很想聽妳談談關於妳的這趟旅程。」

「我相信妳一定很想聽。」我嘲弄地說道。「週三的晚宴應該會很愉快，我邀請了帕瑪爵士和他的次子亞瑟。羅柏和艾薇也會來，還有艾蓓拉．棠麗和她的母親。」

「妳眞體貼，還邀請了棠麗母女。」

「我從來沒有眞的喜歡過艾蓓拉，但我想那是因爲她總是跟愛瑪．柯蘭在一起的緣故。現在愛瑪就要結婚了，看來她似乎已把可憐的艾蓓拉給拋諸腦後。」

「艾蓓拉已經連續參加了兩次社交季，卻沒有接到任何男士的求婚。」

「是的，而愛瑪要嫁的是個次子。無論如何，我想艾蓓拉從此就可以逃脫愛瑪的影響了。」

「她和亞瑟．帕瑪還算相配，但是帕瑪爵士的長子呢？」

「安德魯還在巴黎。」

「我知道妳在那裡的時候，經常和他見面。」現在我知道她爲何表現得那麼親切了，她已經決定我應該嫁給安德魯。他家族的頭銜，足以讓我母親忽視他不夠富有的這個缺憾。

「是的，他很迷人。」

「我昨天見過帕瑪爵士，他告訴我，安德魯非常喜歡妳。」

「儘管如此，母親，我目前並不打算考慮再婚一事。」

「當然，」她露出燦爛的笑容。「妳會想等到哀悼期結束之後再說。」

「凱瑟琳，別再拿這件事來煩她了。」我父親插口道。

「我算算只有八位賓客，女兒，妳還需要一位男士。」我母親繼續說道。「我認爲妳讓自己有更多選擇機會的這種做法十分明智。妳有沒有考慮過伊斯頓夫人的兒子，查爾斯？他未來的前途相當看好，不但在議會裡表現傑出，據說還很有可能成爲下一任閣員。也許妳該把他的名字加入宴客名單。」

「我已經邀請了克霖．赫格里佛。」

「一位品德高尚的紳士。」我父親道。「他在你們的婚禮上擔任伴郎，對嗎？」

「是的，他是菲利普最親近的友人。」

「我看不出爲何有必要邀請他，」我母親說道，頓了一下。「除非妳是有意把艾蓓拉介紹給他。他的收入有多少？我記得他的家族非常富有，妳見過他在派克道的房子嗎？」

「母親！我舉行這場晚宴的目的，不是要方便妳作媒，而是想提供我的朋友們一個相聚談天的機會。妳最好收斂一點，否則我會收回邀請，並要戴維斯將妳拒於門外。」

「我從未想過在我有生之年，竟會聽見自己的女兒對我說出這種話。薩謬，我的嗅鹽⓫呢？我想我要昏倒了。」我父親好脾氣地把嗅鹽擺到她鼻子下方。

「對妳母親多忍耐一些，親愛的，她已經不像以往那麼年輕了。」他說道。「讓她喝點茶吧。」

我搖鈴召喚戴維斯，他很快就端來了茶具。

「樓上的事進行得如何，戴維斯？」

「就快要完工了，夫人。」

「做得很好。」

「謝謝您。」

「有沒有找到什麼有趣的東西？」我問道。

「事實上的確有的，夫人，是艾胥頓爵士的古董收藏之一。」

「是很不錯的物件？」

「以我身爲外行人的判斷，我認爲那是爵士的收藏中，數一數二的精品之一。您想看看嗎，夫人？」

「是的，請立刻把它拿來。」

我母親在他告退離去後，開口斥責我。「妳跟僕役間的交談應該保持在最低限度，尤其在客人面前更不該和他們對話。」

「坦白說，母親大人，我非常看重戴維斯的意見。不久之前他還推薦了我一款口味醇美的波特酒，對此我將永遠感激他。」

「薩謬！我們要走了，我拒絕坐在這裡聽這些胡話。」

⓫亦即氨氣，俗稱阿摩尼亞。在瓶中裝入碳酸氫銨與胺甲酸鈉混合物，相互作用後產生碳酸銨，接觸空氣後自動分解，釋放出二氧化碳及阿摩尼亞，利用其刺鼻的氣味使昏厥之人甦醒。

「妳現在離開正好，母親大人，我今天要去倫敦大學學院聽一場演講，很快就得出門了。」

「我不知道妳到底是怎麼了，愛蜜莉，但我希望妳在帕瑪一家人來此用餐前，能夠恢復應有的禮儀。」她快步走出房間，我父親稍停了一下。

「如果妳不介意的話，我希望週三晚上能品嚐到那款波特酒。」

我吻了吻他，告訴他我會在那之前先送一瓶過去給他。聽到戴維斯下樓的聲音時，我很快地走到門邊，他手裡捧著的東西令我欣喜地抽了口氣。

「阿波羅！」我驚叫道。「太棒了，眞是太棒了，我非常喜愛這座胸像。把它放到小客廳裡，這樣我在接待無聊乏味的賓客時，就能有東西可以玩賞了。」

他將胸像放在窗戶附近的一處高台上，我站在它前面欣賞著。它是大英博物館裡那尊普拉克希特利斯的完美複製品，人像的五官刻劃得如此細緻，我能理解菲利普爲何不辭辛勞地搜尋它，而我又爲何找不到任何關於它的記載。既然這只是複製品，他可能並沒有花太多錢買下它，當然也不足以登錄下來。

我沒有時間多思考這件事，如果不想錯過波拉特先生的演講，我現在就得出門。

儘管我因首次能參與學術性的演說而心喜，卻也不得不承認，我對大部分的內容都一知半解。不過我早已預料到會有這種情形，所以並未因此感到沮喪。由於熟讀了阿爾諾先生對各種荷馬英譯本的評論，我還算跟得上波拉特先生的講述，只是偶爾無法體會他的某些精妙見解。瑪格麗特適時的補充對我極有助益，讓我這次聽講的經驗十分愉快，也更加深了我繼續鑽研荷馬的決心。之後瑪格麗特替我介紹了幾位希臘與拉丁文系的教授，其中認識我夫婿的那幾位，都對於看到他妻子來聽演講一事表示驚訝，讓我納悶起菲利普本人對我來此會有什麼看法。

「我們得替妳找位老師，教導妳希臘文。」瑪格麗特說道，拉著我穿過學院的走廊。「我知道幾個合適的人選。」半小時內，我的朋友已經強力說服了一名還搞不清狀況的研究生，答應擔任我的家教。

「我很意外竟有這麼多女士來聽演講，」我們準備離開學院時，我開口說道。「不過我認識的人全都不在其中。」

「倫敦大學學院的校風相當開明，十多年前它就對女性開放學位課程。妳應該考慮申請入學。」

「我不確定我想接受大學教育，」我答道。「我想我寧願自行研讀，而非遵照別人訂下的學習進度。」

「我想那樣也不錯，只是要當心焦點別走偏了。」

「應該不至於會發生這種事。」我們站在演講廳外等著人潮散去時，我忍不住注意到並沒有人躲在陰暗處偷窺我的事實。臉上有疤痕的那名男子似乎已經放棄跟蹤我了。

一八八七年　六月三日　倫敦　伯克利廣場

今天去探望了凱，但很不幸地正巧遇上愛瑪．柯蘭也在。不但無法進一步實行我的追求計畫，反而被迫得護送柯蘭小姐回家。每到社交季，使總是會碰上這種麻煩事。

收到一封傅尼爾寄來的炫耀信——顯然他即將收購某樣他明知我想要的物件，但我卻無從得知到底是什麼，從常用的消息來源那裡也打聽不到詳情。不過我仍設法購進了一只五世紀中期的雅典細頸長油瓶，以及一座體積不大卻很精美的瑪爾斯戰神雕像。兩者都能替我在艾胥頓大宅的收藏錦上添花。我想我也許會延遲在城裡修建新展示廳的計畫。

12

儘管僕役認眞盡職，餐點也很美味——我母親宣稱那道比目魚佐紅酒醬汁，不輸於她與女王在巴爾莫拉爾共餐時的滋味——但我的晚宴仍不算成功；尤其是在最後一刻，我決定邀請瑪格麗特，使得賓客人數變得不平均，也徹底惹惱了我母親。她無法忍受任何社交聚會裡，有半點不符合她所認爲的完美。她把一切歸咎於我貧乏的事前計畫。

「席渥小姐，如果知道妳將要出席，我必定會堅持小女再邀請一位紳士。現在這種情況實在太尷尬了！我們要如何決定用餐時該與何人交談？總有一人會受到冷落。」

「我認爲在餐桌上只和身旁賓客談話的做法，已經非常落伍了，布隆尼夫人。只要話題令人感興趣，我可以與任何人交談。」顯然我母親和瑪格麗特將不會相處融洽。

除了比目魚之外，我母親唯一認可的只有我的服裝。對於失去丈夫眞心感到憂傷，我決定當晚穿著全黑色的喪服；沃斯先生優雅的剪裁，完全烘托出我的身材曲線，這一點令我母親十分滿意，認爲我終於找到在適當哀悼菲利普的同時，亦能吸引新丈夫人選的方法。

至於晚宴裡其他的賓客——想拯救艾蓓拉，顯然並非一蹴可幾之事。整晚她所談論的那些可笑話題、幼稚不得體的評論，讓我懷疑她是否已經不可救藥。亞瑟．帕瑪似乎並未注意到她有任何缺失，對她投以了全副的注意力，這也令我母親非常愉悅。

「能從巴黎回來，妳一定很高興吧。」僕人們開始收拾甜點餐盤時，艾蓓拉說道。「我無法想像，爲何有任何人會想要出國去。」

「妳不喜歡旅行？」亞瑟問道。

「一點也不喜歡。可怕的食物，可怕的人們，而且我痛恨睡在旅館裡。」

「如果妳曾住過巴黎的莫里斯酒店，或許就會改變主意了。那裡的餐點可口極了，廚房滿是任何妳想要的英國美食。」我說道。

「但我還是得和法國人打交道。」

「如果不會說法語，那的確會有點困難。」克霖說道。

「我向你保證，赫格里佛先生，我的法語無懈可擊，但無論使用任何語言，還是難以應付那些巴黎人。」

「我想艾胥頓夫人將會再度向妳推薦莫里斯酒店，那裡所有的員工都能說流利的英語，也十分熟悉英國人的習慣。」

「巴黎眞的很迷人，艾蓓拉。」艾薇說道，美麗的臉龐在瞥向羅柏時散發著光彩。「我希望妳能有機會去那裡看看。」

「旅行是增進心智的絕佳機會。」瑪格麗特說道。

「但我何必要遠赴巴黎，去尋找我在倫敦就已經擁有的東西？」

「當然，除非是想要去採購服裝。」棠麗太太道。

「現在沃斯先生在倫敦也開了分店。」她女兒回答，阻止僕人收走她面前堆滿鵝莓塔和蛋白霜餅乾的盤子。

「我比較喜歡讓沃斯先生親自爲我服務，而他只待在巴黎的店裡工作。」我說道。

「愛蜜莉，我不懂妳爲何總是要與艾蓓拉唱反調。」我母親斥道。

「我很抱歉，艾蓓拉。」我歎了口氣。「我只是認爲，這世上還有很多妳會喜歡的事物，只要妳願意給自己機會去嘗試。」

「過去一年裡，艾胥頓夫人的眼界拓寬了不少。」克霖說道。

「可別變成那些激進派的女子，艾胥頓夫人，」帕瑪爵士輕責道。「子爵肯定不會贊同的。」

「我們怎能確定眞是如此，帕瑪爵士？我認爲一個做丈夫的，應該會非常高興能擁有一個頭腦聰敏的妻子。」瑪格麗特說道。

「我個人十分認同艾蓓拉的見解，」亞瑟開口道。「很高興能看到如此尊崇大英帝國的淑女。」

「謝謝你，帕瑪先生。」艾蓓拉傻笑著回應。

我母親一直試著引起我的注意，好暗示我女士們告退到小客廳的時候到了，但我並不打算讓男士們獨享我的波特酒。

「大家準備要享用波特酒了嗎？」我出聲問道。

「太好了，愛蜜莉。」我父親回應道，而我母親已經準備起身，不想再等待我這位女主人的指示。

「請坐下，母親，男士們品嚐醇酒時，同樣可以享受女士們的陪伴。再說，我自己也想來一杯。」

「聽起來好極了。」瑪格麗特贊同道。九張面孔瞪視著我們倆，每一張都顯示出不同程度的震驚。雖然克霖的表情顯得有趣多過驚愕，但我看得出來，我無法在其他人中找到任何支持者。

「我可不這麼想，愛蜜莉。」我母親嚴厲地說道，起身離開座位。除了瑪格麗特以外，所有女士都跟隨在她身後。艾薇走出餐室前，懇求地看著我，但我仍不爲所動。戴維斯端來了波特酒及一盒菲利普的雪茄，每個杯子都滿了又空，然而沒有一位紳士取用那些雪茄，雖然我並不認爲僅因爲有女士在場，就能讓他們放棄這項愛好。瑪格麗特倒是滿不在乎地吞雲吐霧起來，餐桌上幾乎沒有任何人交談。我感到有些愚蠢，爲何要選擇這種場合來違抗社交界的慣例；即使如此，我並不想承認自己的錯誤，畢竟現在再退回小客廳也已嫌太遲。因爲不確定該做些什麼，我只能乾坐在那裡，晃動著杯裡的酒液，一點也不意外最後是瑪格麗特打破了沉默。

「我不敢相信其他女士們竟然捨棄這樣的好東西，而寧願到客廳裡去喝咖啡。」她開口道，駕輕就熟地吐著煙圈。

「我不認爲這關係到個人的喜好。」我回應道。

「我們要開始討論女人的選舉權等等，這一類毫無意義的話題嗎？」亞瑟·帕瑪懶洋洋地問道。

「我不認爲它沒有意義，但你若想討論其他話題，我也不反對。」我微笑道。「瑪格麗特和我這週去倫敦大學學院，聽了一場精彩萬分的演講，您一定也會很喜歡的，帕瑪爵士。」

「妳說的是波拉特評論荷馬的那場演講？我很遺憾我竟錯過了。」

「愛蜜莉，妳是否同意波拉特的看法，認爲查普曼翻譯的《伊里亞德》不僅不正確，而且毫無用處？」瑪格麗特問道。「我知道妳不懂希臘文，但也因此不會拘泥於翻譯的正確與否，所以我想聽聽妳對查普曼詩句的感想。」

「如妳所言，我無法評論查普曼的譯文是否忠於荷馬的原作，但若純以詩詞的角度來看，我相信沒有人會不同意，他的確向讀者呈現出一個高貴的故事。詩句的韻味與節奏運用得相當有技巧，如果他的目標是想帶給讀者強烈的震撼，那麼他成功了。」

「我必須爲查普曼辯護，即使是十分熟悉荷馬作品之人，在閱讀時也不會因他翻譯中的謬誤而分心。」帕瑪爵士說道，重新注滿酒杯。「當然了，除非是某人特意要找出它們，例如那位波拉特先生。」

「他的確是如此。」瑪格麗特回應道。「對於查普曼的譯文，我最感興趣的是他把阿基里斯塑造成一位極富道德感的英雄，我想看他得到應有的尊榮。」

「噢，瑪格麗特，妳眞的這麼想？」我驚呼道。「阿基里斯毫無人性可言，我不想看他得到世人的讚美。」

「妳否認他是位英雄？」

「不，我不否認，但他的道德觀太黑白分明，過於極端。相較於有血有淚，卻堪稱完人的赫克托，阿基里斯簡直望塵莫及。」

「除了在戰場上。」瑪格麗特反駁道。

「很不幸的，妳說對了。如果阿基里斯的作爲不要那麼……過度殘暴的話，或許我會更爲他的勝利感到欣喜。」

「身處於戰場上，他的做法並不算殘暴。」帕瑪爵士笑著對我說道。「眞希望菲利普也在這裡，我很想知道他對阿基里斯的看法，會引來妳什麼樣的回應。」在我能進一步詢問帕瑪爵士，我丈夫對阿基里斯的看法爲何前，他的兒子亞瑟建議我們回到女士們身邊。從頭到尾目光沒離開過桌面的羅柏，看起來相當不自在；克霖雖然一直保持沉默，神情卻似乎挺爲愜意，還對我露出微笑；而我父親顯然對我的行爲毫不在意，只是很滿意地啜飲著波特酒。從女士們退席到現在，已經超過了一刻鐘，我承認該是回到客廳的時候了。我歎口氣，著實不想去面對她們肯定會有的反應。克霖在我經過他身邊時，似是想安慰我般緊握了一下我的手，但我無法抬頭迎視他的目光。

進入客廳時，迎接我的是一道道冰冷的目光，其中最嚴厲的，當然是來自於我母親。棠麗太太表現出一副勝利的姿態，想必是認爲我今晚錯誤的行止，將使外人對她女兒的評價大爲提高。瑪格麗特在她身旁坐下，完全忽視那位年長婦人試著排擠她的用心。我的朋友可不會如此輕易就接受被人冷落的待遇，她向來熱愛挑戰。羅柏很快走到艾薇身邊，彷彿是想制止她接近我。最後帕瑪爵士終於開口，化解了室內緊繃的氣氛。

「我的天哪，愛蜜莉，」他傾身仔細端詳我的阿波羅半身像。「妳該把它放在穩固一點的檯子上展示，現在這樣看起來，像是有人稍微吐氣重一點，它就會從上面摔下來似的。這眞是尊精美的雕塑，我很驚訝菲利普竟會決定把它留下來，通常他會把這麼珍貴的古物捐贈給博物館。」

「您說對了，帕瑪爵士，」我答道。「它的原作的確擺放在大英博物館中，這只是尊複製品。」

「我不敢相信，」帕瑪爵士驚呼道。「菲利普從來不購買複製品，這是他向來強調的原則。」

「我可以向您保證，這次是例外。我不到一週前才去過博物館，見到了眞品。」

「我不確定是否能信任一位會喝波特酒的女士。」帕瑪爵士說道，對我眨了眨眼，讓我鬆了一口氣，知道他並沒有因此而厭憎我。他再度審視著塑像，若有所思地開口道：「這實在有些怪異，我希望他不是受到了那些僞造者的欺瞞。」

「僞造者？」我問道。

「是的。一直以來都有謠傳，倫敦有一群人仿造出許多古物的完美複製品，這或許可以解釋菲利普爲何會買下它。」

「大英博物館的鑄造部門也製作複製品，不是嗎？」

「是的，但它們都有標示，而僞造者則將贗品當成眞品出售。」

在我能追問下去之前，他轉身走到我母親身旁坐下，很快開始與她融洽地交談起來。我把注意力轉向羅柏和艾薇。

「我眞的很抱歉，羅柏，我不知道我到底是怎麼了。」

「不用再說了，愛蜜莉，妳經歷了一連串的打擊，難免心力交瘁。或許妳該去巴斯住上一段時間。」

「謝謝你。我能借用你美麗的夫人一會兒嗎？」艾薇陪著我在房間內緩緩繞了一圈，並趁機向我表達，我之前的行爲讓她感到多麼驚恐。

「恐怕妳母親又開始在替妳尋找夫婿了，愛蜜莉。」她低聲說道。「妳跟瑪格麗特和幾位紳士們留在餐室這段期間，她一直提到妳需要一位丈夫堅定的指引，而且還特別強調『堅定』兩字。」

「看來那便是她和帕瑪爵士此刻正在商討的話題。」

「我倒不覺得安德魯能有多堅定。」艾薇淘氣地笑道。

「這點我不確定，也可以向妳保證我並無意想弄清楚。」

「我以爲妳挺喜歡他的？」

「是沒錯，但我並不打算再婚，我很樂意繼續頂著孀居的艾胥頓子爵夫人頭銜。」

「嚴格來說，妳不是孀居的艾胥頓子爵夫人，愛蜜莉，新任子爵並非菲利普的嫡嗣。再說，一旦安德魯回到倫敦後，妳或許就不會這麼想了。我還記得在巴黎時，妳有多麼享受他的陪伴，我想他不拘泥世俗的性格對妳很有吸引力。」

「妳說對了，」我微笑道。「但那並不代表我會嫁給他。」

「我們等著看吧，」艾薇道。「不過，親愛的，我想瑪格麗特或許對妳起了過度的影響。若非有她在一旁鼓動妳，我想妳不會做出這種事。」

「妳這麼說太不公平了，艾薇，沒有瑪格麗特的協助，我同樣可以驚世駭俗。」

「我很高興妳能找到朋友分享妳的學習興趣，天知道我在這方面對妳毫無助益。但我很爲妳擔心，愛蜜莉，瑪格麗特也許會推著妳突破妳並非眞想超越的界線。」我們陷入沉默，一起緩緩走向艾蓓拉端坐的長椅。原本正與她交談的亞瑟．帕瑪在我們接近時起身告退，走向克霖和他談起打獵的話題。「噢，天啊，妳想我們是不是冒犯到他了？」

「不，」我答道，注意到他告退時，對艾蓓拉刻意展現的態度。「我想我們打斷了他的追求行動。」

「我會很高興看到艾蓓拉幸福成婚。」艾薇低聲說道。

「艾蓓拉，我們的朋友艾薇已經成爲婚姻的擁護者了。」

「我毫不驚訝艾薇能在婚姻生活中找到樂趣。」

「我也是，不過此刻令她掛念的是妳的婚姻。」經過自身關於波特酒的恐怖經歷後，我決定我對艾蓓拉的評斷或許太過嚴苛，並打算再給她一個機會。她的臉迅速漲紅了起來。

「說起來著實令人難堪，愛蜜莉，但恐怕我的前景並不看好。」

「妳今晚顯然已經贏得一位追求者的心。」我向她保證道。

「帕瑪先生很爲妳著迷呢。」艾薇加上一句。

「而且妳還有我母親當後盾。我告訴她妳今晚也將出席時，她立刻決定妳跟那位年輕紳士應該結爲夫妻。我還沒見過有哪位男士膽敢不順從她。」我的話讓她露出了笑臉，就連我也不得不承認，這令她看起來頗爲吸引人。

「我相信他很快會開始經常拜訪妳。」艾薇說道。

棠麗太太叫走了她的女兒，顯然我母親說服了她一起去參加當晚的另一場聚會；據我所知，在場的其餘賓客全都打算前往，不過並沒有人建議我同去。直到衆人要離去前，瑪格麗特宣稱丟下我一人待在家中極不公平，並決定留下來陪伴我。我們把波特酒帶進書房，輪流大聲誦讀《伊里亞德》直到近午夜時分。

目送她的馬車駛離後，我靠著門邊站了一會兒，望著伯克利廣場上的陰暗處。自從房間被人闖入後，我就一直小心防範那名疤面男子，但無論是我或宅邸裡持續警戒的僕役們都不曾發現他的蹤影；然而今晚的廣場上，某個移動的陰影引起我的注意。是他。我走下門階，來到行人道上，極目想看清黑暗中的景物。他身旁還有另一個人，但月光不夠明亮，令我無法清楚看見對方的長相。我毫不思索地衝過街道，跑進公園裡；長長的裙襬讓我奔跑起來很費力，還在穿過廣場時害我差點絆倒。那兩名男子肯定聽見了我的聲音，在我趕到他們方才站立之處時，他們已經不見蹤跡。我在地上發現一只用上好皮革裁製而成的手套，它必定屬於一位紳士所有。

一八八七年　六月二十一日　倫敦　伯克利廣場

萬分感激女王陛下舉行了即位五十週年紀念慶典。晚宴固然如預料中乏善可陳，但我卻找到了機會，陪伴凱莉絲妲一起觀賞之後的煙火表演。音樂與煙火的爆炸聲太過嘈雜，我們沒有辦法交談，但她並未拒絕我在表演進行時握住她的手——這對我是很大的激勵——現在我得決定該如何進行下一步。

帕瑪證明了他的才能，妥善安排好了下個冬季非洲狩獵之旅的細節。很期待能與他一起打獵。費茲洛伊這次將不會加入我們。「後生小輩們啊要謹記/勿對展現友誼的主人行使惡行。」

13

第二天早上，我花了比平常更久的時間晨騎，一路上都在思考該如何找出那只手套的主人。它的內裡並沒有任何店家或擁有者的標記，所以找出它是在何處購買的機會不大。我沮喪地返回家中，一面享用遲來的早餐，一面瀏覽整疊必須回覆的信件及閱讀晨報。服侍我的女僕蘇珊相當細心盡責，茶和吐司都十分溫熱可口，我爲此稱讚了她一番。

「昨晚我們所有的僕役，都在爲您加油打氣呢，夫人。」她迅速行了個屈膝禮。

「我不懂妳的意思。」我困惑地說道，將杯子放回茶碟上。

「戴維斯先生告訴我們，您晚餐後與紳士們一起留在餐室裡，夫人。我從沒見到廚娘那麼高興過，她幾乎立刻就開始爲今晚計畫起特別菜單，還說它肯定會讓女王陛下都感到嫉妒。」從背後傳來的咳嗽聲讓她驚跳了一下。

「安德魯．帕瑪先生來拜訪您，夫人。」管家嚴肅地說道。「妳可以下去了，蘇珊。」

「是，戴維斯先生，抱歉。」她匆匆又向我行了個禮，然後迅速離開了房間。

「請容我致上最深的歉意，夫人，我昨晚的行爲實在太不合宜了。請勿認爲我會鼓勵下人們之間傳遞八卦，我——」

「不要緊的，戴維斯，我並不介意，他們遲早總會聽說。我個人倒是很高興知道，至少廚娘是站在我這一邊。」

「我們都是如此，夫人。」

「謝謝你，戴維斯。帕瑪先生呢？」

「我請他在小客廳裡等候。」

我決定先喝完茶再去見客，經過走道牆上的大鏡子時，我停下來檢查自己的儀容。從公園晨騎回來後，我並沒有換下騎裝，它已經成爲我近來最偏好的服式，主要是因爲它原本就是黑色，與喪服無關。我爲它們不惜花下重金，像是此刻我身上這一套，便是由上好的柔軟羊毛料裁製而成，束腹之上是合身的背心與外套，能完美襯托出我的身段。對自己的外表深感滿意，我腳步輕快地來到客廳。

「帕瑪先生，眞高興見到你。你父親的確說過，你不久便會自巴黎返國，但這比我想像中更快。」

「他太晚收到我的電報，當時我已在回家的路上。」

「你怎麼會這麼早趕來拜訪我？有什麼急事嗎？」我微笑地詢問，坐到一張紅絨椅上。

「坦白說，愛蜜莉，我想一個敢喝波特酒的女子，絕不會在乎朋友來訪的時間是否合乎禮俗。」

「你這個惡棍。」我大笑道，但他的表情突然嚴肅起來。

「可憐的女孩，在巴黎遭竊一事，肯定比我想像中更令妳沮喪。我以後一定得更努力把妳照顧好才行。」

「我不需要人照顧，謝謝。再說，我不記得給過你允許做這樣的事。」

這次輪到他放聲大笑。「妳眞是太迷人了。不過說眞的，妳的行爲令社交界頗爲震驚，也讓我覺得非常刺激；但妳想必能了解，我完全不贊同妳所做的事。」我不確定他是否在揶揄我。

「感謝棠麗太太的努力，我猜現在全倫敦的人都知道我做了什麼。」

「妳的確是昨晚宴會上的主要話題，但妳沒有必要過於憂心，有一半的人認爲妳是因爲失去艾胥頓而過於哀傷，另一半則相信妳是因爲遭竊時驚嚇過度，因此才會舉止失常。無論如何，到下個星期就不會有人記得或在意這些，尤其是在聽說了我要告訴妳的這個消息之後。」

「什麼消息？」

「一樁我聽過最傷風敗俗的八卦。」

「快告訴我！」

「我能得到什麼回報？」

「我何必給你任何東西？你顯然忍不住想分享你所得到的消息。」

「我認爲我有權要求回報。」

「好吧，一杯讓我聲名狼藉的波特酒。」

「現在這個時間喝波特酒還太早，天眞的女孩。」

「我不是要你現在就喝。」我注視著他，覺得他越看越吸引人。安德魯的容貌並不像克霖那樣驚人地俊美，但卻充滿了個性與生命力，而克霖的五官常令我想到普拉克希特利斯的希臘雕像，而非典型的英國紳士。

「妳肯吻我嗎？」

「你眞是個可怕的男人！」我大笑道。「當然不肯。」

「那麼至少讓我握著妳的手，妳總不會狠心地拒絕我這麼一點要求吧？」

我歎了口氣，允許他握住我，私心裡因他的愛慕而欣喜，但不願讓他知道。「你要說的話最好値得我這麼做。」

「妳應該還記得我們親愛的朋友，愛瑪．柯蘭吧？」我點點頭。「她和哈維爾夫人之子的婚禮，顯然將無法如期舉行了。」

「天哪！爲什麼？」我試圖抽回手，但他握得更緊了。

「因爲愛瑪和某個義大利伯爵，私奔去了威尼斯。」

「不會吧！」

「是眞的，她的父兄此刻正在搜尋他們的下落。她將永遠無法回到英國了。」

「她父親絕不會與她斷絕關係，她仍然會擁有一大筆財富——現在還多了個貴族頭銜，即使它來自義大利。」

「妳們女人對不是長子的男人有太深的偏見，我眞爲我可憐的弟弟抱屈。」

「我爲愛瑪的未婚夫感到抱歉，不過他無疑是逃脫了一場厄運，也許我該爲那位伯爵感到抱歉才對。」

「妳眞是個無價之寶。我現在可以吻妳了嗎？」

「當然不行。」我說道，但給了他一抹甜蜜的微笑。

「我聽說妳最近常和克霖．赫格里佛見面，顯然他並不如我想像中那麼無趣。」

「克霖？我沒有經常和他見面。」

「我永遠不會干涉或控制妳的行爲，但我必須提醒妳小心一點，他的魅力有時足以致命。」

「我可以向你保證，我並沒有任何危險。」

「很好。」他說道。「其實我很嫉妒。」

我開始懷疑與他之間無傷大雅的調情，是否已經有些過頭；但我太享受這種感覺，暫時還不想停止。再說，安德魯也不是什麼純情男孩了，他完全有能力照顧好自己。

「在妳讓我更加心碎前，我們還是換個話題吧。我有件很重要的事要問妳。」我的心跳幾乎停止，害怕他打算向我求婚。「我父親一直想從妳這裡拿到一些無聊的文件，好像跟菲利普撰寫的論文有關，我想是關於亞歷山大與阿基里斯？妳知道我說的是什麼嗎？」

我歎了口氣。「是的，我知道。我一直想找出它們，但總是有其他事情讓我分心。」這是我頭一次聽到菲利普論文的題材，這也激起我找到那些手稿的興致。我非常想知道他對阿基里斯的看法。

「我來幫妳找吧，菲利普把文件都放在哪裡？」

「書房，但我不想現在就開始。」我說道，不願在安德魯的注視下翻找菲利普的文件。

「恐怕我必須催促妳，我父親一心想發表那篇論文，雖然我不認爲眞有人會想讀它，他選了一個最乏味的主題。」

「你這麼說有欠公允，安德魯，我認爲它非常有趣，也很樂意一讀。」

「愛蜜莉，親愛的，我實在必須堅持妳盡快重返社交圈。假如早已失落的古代文明，比妳身邊活生生的人們更能引起妳的興趣，顯然妳已花了太多時間在家中獨處。」

「生活在那些文明中的人們，和我們並沒有多大不同，安德魯。他們所創造的藝術與文學直至今日仍極富意義，即使是你，在閱讀荷馬時必定也曾深受感動。」我拿起《伊里亞德》開始朗讀。

安德魯立刻打斷我。「若妳一定要強迫我回想起當年在學校的苦日子，那麼我沒有其他辦法，只能用親吻來讓妳保持沉默了。」

「好吧，我不說了。跟我來，我會努力試著找到你父親需要的東西。」我們走到書房，我坐到菲利普的書桌前，拉開其中一個抽屜，取出了一疊文件——裡面並沒有手稿。「我很抱歉，安德魯。請轉告你父親，我會繼續尋找，它一定擺在這裡某處。」

「我很樂意留下來幫妳，但天氣如此晴朗，我想去騎馬。跟我一起去吧？」

我沒有回答。

「愛蜜莉，妳還好嗎？」

我點點頭。「我很好，安德魯，只是有些分神。你剛才說什麼？」

「要跟我一起去騎馬嗎？」

「我暫時不想去，謝謝你。」

我雙眼緊盯著一小張紙片，它被塞進抽屜深處，和我早先在菲利普的博物館指南裡發現的字條十分相似。我等到安德魯離開房間後才打開它，上面的筆跡和前一張完全相同。內容十分簡短：「致命的危險」。

一八八七年　六月二十六日　倫敦　伯克利廣場

傅尼爾成功地復仇了；在我尚不知悉它出現在市場上前，他便買下了一座羅馬時代仿製、普拉克希特利斯雕塑的擲鐵餅者。這令我頗受打擊。他很大方地邀請我下次拜訪巴黎時過府欣賞它；既然我已計畫好，於八月前往聖托里尼途中在那裡短暫停留，或許機會將比想像中來得更快。

上週在雅士谷馬場看見凱莉絲妲；她並未與我多做交談，但也沒有拒絕我的追求之意。她的純眞實在令人著迷。

14

我十分仔細地比對了那張字條，以及菲利普書桌裡每一份文件、收據和信函上的筆跡，然而沒有一張相符。更糟的是，我完全找不出任何線索，可以解釋我丈夫到底做了什麼，竟會引來如此令人不安的警告。我將那張字條鎖進了書桌抽屜，與先前的字條和那只紳士用的手套放在一起。

用過清淡的午餐後，我換了件衣服，準備出門。

「戴維斯，我的阿波羅胸像呢？」我停在走廊的鏡子前面調整帽子的角度，雖然它是黑色的，但我戴起來相當好看。

「我很抱歉，夫人，新來的女僕今早打掃時，不小心碰倒了它。胸像的鼻子被撞斷了，我把掉落的部分留了下來，以便您想請人修復它。」戴維斯回答我的問話，替我打開前門。

「謝謝你，戴維斯。別對她太嚴厲了，我相信它一定可以重新修好的。」我說道，離開了家門。當我穿過伯克利廣場，轉往布魯頓街的方向時，看見克霖·赫格里佛朝我走來。

「赫格里佛先生，好久不見。」

「我一直想登門拜訪妳，無奈總是抽不出時間，直到今天下午才終於得空。」

「結果我卻不在家。事實上，我正要去大英博物館。」

「妳不是打算一路走過去吧？坐馬車去會快一點。」

「今天的天氣很適合散步，我不想浪費難得的豔陽天。」

「我有些事想和妳談談，不介意我加入妳吧？」

「當然不介意。」我挽住他伸出的手臂，繼續往康鐸街前進。如同往常一樣，他的碰觸帶來的奇妙感覺，讓我臉上露出了微笑。

「妳那裡是否有艾胥頓生前最後幾個月裡，所收購的那些古董的紀錄？」

「我想應該有吧，他對於每件物品都做了詳細的記載。你問這個幹什麼？」我想起稍早前看過的那些收據，其中沒有一張是購買古董。

「沒什麼特別原因。艾胥頓讓妳看過他買了哪些東西嗎？」

「沒有，我根本不知道他在收藏古董，它們並沒有展示在倫敦的房子裡。」

「當然，他在艾胥頓大宅有間宏偉的展示廳。妳沒見過嗎？」

「我從沒去過那裡。」

「妳不認爲這樣很奇怪？」

「我從來沒想過這一點。」我看著他，有些納悶他問這些問題的目的。「我們結束蜜月旅行回到倫敦後，菲利普幾乎立刻就啓程前往非洲了。」

「他沒有建議妳在他去非洲時，可以到艾胥頓大宅看看？」

「正好相反，他告訴我那棟房子年久失修，建議我留在倫敦。」

「妳可以指示僕人將房子整修好。」

「我不懂你爲何如此在意這件事，克霖，我秋天時和艾薇一起去了她父母在鄉間的產業。我爲什麼要一個人孤單地待在德比夏郡，遠離我的朋友們？」

「在你們的蜜月旅程中，艾胥頓是否採購了任何古董？」

「我不記得了。」

「他是否曾在途中獨自離開去辦事？」

「有啊，這種事很罕見嗎？」

「不，但妳若能回想起他都做了些什麼，對我會大有幫助。」

「我從來沒問過他。你爲什麼問我這些問題？菲利普是不是發現了什麼最新的考古秘密？例如某只被遺忘已久的希臘古瓶？」

「不，沒這回事，我只是想知道，他有沒有任何沒來得及完成的遺願。」

「現在才考慮這些有點太晚了吧？帕瑪爵士曾向我要過菲利普的一份文件，打算將它加以編輯後正式發表。至於任何非學術方面的事務，我相信菲利普的律師應該早就爲他處理好了。」

「什麼樣的文件？」

「是一篇論文的手稿，你爲何這麼感興趣？」

「恐怕我已經透露太多不該說的事了。」他在圖騰漢廣場路停下來。「我們要在這裡轉彎，還是繼續走到牛津街？」

「我想從布隆斯伯理街過去。」我回答道。我們一路沉默地走著，直到來到大羅素街。克霖在博物館門前向我告辭。

「如果我的問題聽起來很怪異，那麼我要請求妳的原諒，我只是想提供協助。」

我望著他迅速走到對街，招來了一輛出租馬車。我搖搖頭，十分好奇是什麼促使他對我丈夫的交易往來產生遲來的興趣。那些字條的執筆人會是克霖嗎？

我看看腕錶，發現已經過了與帕瑪爵士約定的時間；他答應要帶我參觀，並為我講解希臘／羅馬的展示品。進入博物館後，我很快就尋到他，但有些失望地發現在場者還包括了亞瑟·帕瑪、艾蓓拉·棠麗及她的母親。我不認為亞瑟對於古典文物的討論會有任何貢獻。

「安德魯會很遺憾今天沒跟我們一起來。」艾蓓拉對我微笑道。她身上穿著顯然是她所有衣物中，最漂亮的一件外出服：黃色的塔夫綢搭配藍、綠色的網紗與雲紋綢，袖口點綴著上等蕾絲。我不記得曾看過她打扮得如此美麗。

「家兄通常偏好在俱樂部裡消磨掉整個下午，親愛的。」亞瑟的語氣顯得出乎我意料地親暱，我沒想到他和艾蓓拉之間的進展如此神速。

「那麼他想必不知道艾胥頓夫人打算加入我們。」艾蓓拉回答，顯然亞瑟對她的注目使她心情甚佳。

「我沒有告訴他，因為我知道艾胥頓夫人今天來此，是為了討論一些嚴肅的話題。」帕瑪爵士說道。「如果安德魯在場，恐怕將會令我們分心。」

「令公子的才華並不在這塊領域。」棠麗太太笑得頗為開懷。

「的確如此。」他回應道。「我們開始參觀吧。」我請帕瑪爵士為我介紹一些簡單的銘文，讓我可以在家教的協助下，試著翻譯出來；但其他人在各展示品間移動的速度，比我希望的要快多了。

「我不該帶他們一起來的，」帕瑪爵士低聲道。「我原以為那兩位年輕人可以互相作伴，而棠麗太太會忙著擔任他們的伴護，而不會妨礙到我們的計畫。」

「不要緊的，帕瑪爵士，我度過了一個愉快的下午。」我停在一只藍白色的浮雕玻璃花瓶前面。「它很漂亮，是羅馬時代的珍品吧？」

「是的，我相信它是一世紀初期的古物，也是博物館裡較為著名的珍藏之一。大約是在五十年前吧，有個喝得酩酊大醉的小伙子靠在展示櫃上，結果撞破了這只花瓶。不過如妳所見，博物館的人員設法修復了它，但如果我沒記錯的話，他們並沒能完整拼湊出它的原貌。」

「這倒提醒了我，帕瑪爵士，我的那尊阿波羅像，被一名過於熱心的女僕弄斷了鼻子，不知道莫瑞先生能否替我推薦一位技巧高明的修復員？」

「我認識幾位巧手工匠或許能幫得上忙，我會把他們的名字寫下來給妳。希望妳的管家好好責罰了那名女僕。」

「那只是尊複製品，我相信戴維斯已經對她做出了應有的處置。」

艾蓓拉的尖叫聲讓我轉頭，發現她正興奮地注視著一只花瓶。

「我喜歡這一只！」她叫道。

「這只不過是很普通的瑋緻活[12]瓷器，親愛的。」棠麗太太說道。

「不只如此，」帕瑪爵士糾正她。「這只花瓶啓發了之後無數瑋緻活瓷器的靈感，但它們均

⓬Wedg wood，一家英國陶瓷公司。

爲玉石浮雕，而非玻璃。曾經有人提供獎金給任何能以玻璃做出複製品之人，獲獎者成功地做到了，因此浮雕現今才能廣泛地運用於各種形式與材質上。」

「眞希望我也能擁有如此美麗的東西。」艾蓓拉說道。

「妳當然可以，親愛的，只要妳能付出足夠的金錢。」亞瑟咧嘴一笑，露出不甚平整的牙齒。

「噢，我可不要複製品，我決定遵循艾胥頓爵士的原則，只收藏眞品。」

「所有眞品都有其價碼，艾蓓拉，即使是博物館中的收藏也一樣。」亞瑟笑著回答，令我納悶他的話有何含意。在我能追問之前，他握住艾蓓拉的手臂，對她低語了幾句，引得她放聲大笑。接著棠麗太太詢問帕瑪爵士，我們是否能去看看羅塞塔石碑⑬，並強調那是她心目中，這整間博物館裡唯一値得一看的物件。我閉上眼睛歎了口氣，了解到今天這趟參觀行程，或許越早結束越好。

接下來幾週我經常與安德魯一同出遊。他帶我上劇院、外出用餐，我們還不時會到公園裡散步。在聚會裡，他厚顏無恥地佔據了我所有的時間與注意力，而我也很少提出抗議。他對事物充滿嘲諷的評論，要比我向來習慣的有禮、得體的談話來得有趣多了。我母親並不完全贊同我花這麼多時間與安德魯相處，儘管她很喜歡他的家庭，但她認爲我還能找到更好的對象。在她看來，以我目前的頭銜和擁有的財產，絕對能吸引到全英國最有分量的單身漢。安德魯或許可以繼承一大塊家族產業，但其中並不包括太多現金，不過他繼承人的身分足以讓他借貸到大筆金錢，我假定這就是他——以及其他許多紳士們，得以過著奢華生活的方法。而這當然無法令我母親感到滿意，我和安德魯常刻意忽視禮俗的做法，更讓她深覺困擾。她時常訓斥我，要我改善我的行爲，以免毀了再婚的機會。她可能萬萬沒想到，她的憂慮只會鼓勵我更變本加厲。

與安德魯親近，並沒有減輕、反而加強了我對菲利普的思念。經常在與安德魯共度愉快的夜晚後，我會回到家中，爬上那張空曠的大床，想念著我的夫婿。我從未與他一起歡笑，從未逗弄過他，甚至從未與他調過情。在我們的蜜月旅途中，每當我比他更早上床時，總會清醒地躺在那裡，猜想著他進房後會不會喚醒我。私心裡，我常希望他會那麼做，儘管他無法激起我的熱情，但我仍十分享受夫妻間的親密行爲，至少它滿足了我的好奇心。

安德魯似乎並未如我這般深刻地懷念菲利普，他認爲逝者已矣，多想無益；不過他偶爾也會告訴我一些關於他們之間友誼的小故事。如往常一樣，我極度歡迎任何與菲利普有關的訊息，而安德魯所說的一切，更加讓我確信，我的夫婿是個了不起的男人。

向來對於我任何反社會習俗的行爲，都力表支持的瑪格麗特，卻對安德魯並沒有太大好感。她認爲他會令我分神，無法專心致志地追求學問。雖然她的看法不能說完全不正確，但也稍微有欠公平。我每週有三個早上會跟我的家教摩爾先生一起上課；對於我學習古希臘文的進步神速，他感到既訝異又欣喜。我們之間唯一的爭執在於我想翻譯荷馬的著作，而摩爾先生卻堅持我該從色諾芬[14]以雅典人的語言所寫成的作品開始著手。瑪格麗特和我參加了分別在大英博物館，以及倫敦大學學院所舉行的多場學術演說，並期待將來有一天，我們甚至能進入劍橋大學聽講。儘管

---

⑬上刻埃及國王托勒密五世詔書，被視爲破譯埃及象形文字之鑰。

⑭古希臘哲學家。

安德魯對我們追求學問的計畫並不熱衷，倒也不曾建議我停止。

艾薇從沒有當面對我承認過，但顯然她心裡很希望我會嫁給安德魯；她一心想看到我能同享婚姻帶給她的快樂。雖然我很喜歡與安德魯共度的時光，卻仍然毫無再婚的意願。我不想對任何人交出掌控自己人生的權力。

我經常在家中和安德魯共進午餐，之後到書房待上一個小時，直到他告辭離去，前往他的俱樂部。艾薇認爲這是我們近乎要許下婚約的證明，而不把我的抗議當一回事。事實上，我挺高興用餐時能有人陪伴，身爲寡婦，有時候的確相當寂寞。

「我不懂妳爲何這麼喜歡待在書房裡，」某日午餐結束後，安德魯開口問道。「我們何不移駕到小客廳去？」

「我比較喜歡這裡。木製壁板給人一種溫暖的感覺，而我發現被書本圍繞，能夠帶給我很大的安慰。」

「妳眞是個奇怪的女孩。」他懶洋洋地說道，挪動身子靠近我。

「我喜歡在這裡懷念菲利普。克霖告訴我，他們曾在這個房間裡度過許多愉快的夜晚。」

「如果妳不介意的話，我不想聽見有關赫格里佛的事。」他起身在我丈夫的書桌前踱步。

「你爲何如此厭惡他？」

「我不厭惡他，只是感覺他不值得信任。」

「他曾陷你於不義嗎？」我嘲弄道。

「那倒沒有，不過他那個人讓人很難看透。妳跟他很熟？」

「不算很熟，但他的行爲舉止似乎相當光明磊落。菲利普認爲他爲人十分正直。」

「是嗎？我向來很看重艾胥頓的意見，但恐怕這次他是看走眼了。赫格里佛把大部分時間花在臨時起意的旅行上，幾乎跑遍了整個歐洲大陸。在我看來，他要不是在從事什麼不光彩的生意，就是在維也納養了個貪得無饜的情婦。」

「你這麼說太可怕了！」我叫道。「我還挺喜歡克霖的。」

「親愛的，那正是他最大的過錯。」他再次坐到我身邊。「每當在妳身邊時，我就感到充滿生氣。」

「我知道，我從你臉上就可以看得出來。」

「然而妳一直沒有表明妳的感覺。」他微皺起眉頭。

「我是個正處於哀悼期、受人尊敬的寡婦，請別試圖摧毀我的聲譽。」我笑著斥責他。

「我可能會心碎而死。」他說道，握住我的手。

「需要我找人求救嗎？或許我該讓你就這麼死去，以便亞瑟能繼承所有財產。這樣對艾蓓拉大有好處——如果你弟弟決定向她求婚的話。」我朝他微笑道。

「我每天在妳面前，起碼死過千次有餘。」他靠得更近，把我的手放到他臉頰邊。「原諒我的無禮冒犯。」

「冒犯什麼？」

「這個。」他答道，傾身熱情地親吻我。我試著想退開，但很快就決定放棄，任由他在我的唇舌間探索。最後我終於推開他。

「你眞可惡，我該堅持要你立刻離去。」

「但妳不會這麼做，對嗎？」

「對，不過未來每一次有機會見到你時，我都會要求我母親來當我們的伴護。」我直率地說道，的確感到有些不自在，並希望他會盡快離開。他又待了半個小時，這才告辭前往他的俱樂部。他一走，我便立刻開始哭泣，絕望於令我如此享受的親吻，竟不是來自於菲利普。

一八八七年　七月一日　倫敦　伯克利廣場

「甜言蜜語與媚惑的歎息／誘人的雙眸是無聲的言語。」

我決心要在週末前向凱求婚，必須計畫好該如何對她及她父親開口。赫格里佛向我保證，任何明智的女人都會接受我——即使只是爲了我收藏甚豐的酒窖。我毫不懷疑她將會同意嫁給我，只是我仍打算準備一段文情並茂的求婚詞。儘管我極有自信，但想到要踏出如此重大的一步，不禁讓我感到莫大的恐慌。

15

數日後，帕瑪爵士向我推薦的工匠，送回了那尊修補得完美無瑕的阿波羅像，還附上了一張字條。顯然這名工匠深信它是西元前四世紀的眞品，因此覺得有必要提醒我小心保護好它。

我重讀了一次字條，發現我的心正在急促跳動。我想起了亞瑟．帕瑪在羅馬展示廳裡曾對艾蓓拉說過，只要肯付出足夠的金錢，就能買到博物館裡的收藏品。所有人都同意菲利普的品德無庸置疑，那麼他爲何會擁有一件顯然屬於博物館的古物？

戴維斯進入房間，清了清喉嚨道：「柏蘭登太太來訪，夫人。」穿著一件漂亮外出服的艾薇緊跟在他身後走了進來，我上前擁抱她。

「我從未如此高興見到妳，艾薇。」

「天哪！看來以後我該更常來拜訪。」她驚呼道。「妳看起來臉色有些蒼白，愛蜜莉，是身體不適嗎？」

「我不知道該怎麼說。」我回答她，眼睛仍盯著擺在桌上的阿波羅像。我把事情的原委告訴艾薇。「所以現在看來，我手上擁有一尊應該擺在大英博物館裡的眞品雕塑。」

「那麼在博物館裡那尊，其實是贗品？這怎麼可能呢？」

「帕瑪爵士告訴我，他曾聽過謠傳，在倫敦有一批專門複製古董藝術品的僞造者。」

「博物館裡的員工，肯定會注意到眞品與贗品之間的差別才對。」

「經過一開始的確認之後，他們便沒有理由再去懷疑某項展示品的眞假。」

「但菲利普是如何買到眞品的？他必定以爲自己買下的是複製品。」

「這正是最讓我疑惑不安的地方，帕瑪爵士堅持菲利普絕不會購買複製品，對此他深信不疑。」

「這很容易解釋。那尊半身像出現在市面上，菲利普斷定其爲眞跡，於是買下它。顯然他當時並不知道，它應該屬於大英博物館所有。」

「但妳不覺得奇怪嗎？阿波羅像是如此引人注目的珍品，而以菲利普在希臘/羅馬展示部門所花費的大量時間來判斷，他不太可能沒有注意到它。」

「我同意他一定見過它，但妳想想看，愛蜜莉，大英博物館裡有多少珍藏？極少有人能宣稱自己熟悉它們全部。菲利普或許以爲他的阿波羅像和博物館裡的十分相似，但並非一模一樣。」

「要找到兩尊類似的半身像，而且均屬於普拉克希特利斯的作品，幾乎是不可能的事。我研讀過所有關於這位藝術大師的資料，艾薇，他一共只有兩件原創作品流傳至今，現代人對他的認知，全都是來自於古籍的記載與羅馬時期的仿製品。一尊普拉克希特利斯的眞跡將會無比珍貴，菲利普一定知道它應該屬於博物館。」

「妳不是在暗示，他曾跟那些僞造者打過交道吧？」

「我不知道該怎麼想。」我們靜坐了片刻。「我想我們必須考慮眼前的事實，我所擁有的阿波羅像，是普拉克希特利斯的眞跡，博物館裡那尊必定是極爲精巧的複製品。」

「妳眞能確定妳這尊是眞跡？會不會是那名修補工匠搞錯了？」

「我不這麼想。他在字條中提到，曾把胸像拿給好幾名同業看過，所有人都一致同意它是眞品。如果那些工匠能力不足，帕瑪爵士絕不會向我推薦他們，所以我沒有理由懷疑他們做出的結論。」

「但是眞有可能仿造得一模一樣嗎？」

「艾薇，我有沒有說過，在巴黎時，龐提耶羅先生曾介紹我認識一位很有意思的男士？那人名叫埃瓦特，他的職業就是複製古董藝術品，而且他極有自信，旁人絕對無法分辨出，他的作品與眞品之間有任何差異。」

「埃瓦特先生住在倫敦？」

「是的。」

「或許他可以去博物館裡看看那尊阿波羅像，然後告訴我們它是否確實爲贗品，我們也好把結果通知館方。」

「我不確定我想那麼做，艾薇。」

「爲什麼？」

「我們還不知道菲利普與這件事的牽扯有多深，他怎麼會得到原本該擺在博物館裡的東西？以我們目前所知來判斷，他顯然買下了來源不明的古董，但若以他的品德來做考量，這近乎是不可能發生的事。」

「請恕我直言，愛蜜莉，我知道過去幾個月來，妳已漸漸喜歡上菲利普，但我們眞的了解他嗎？」

「這正是我最大的憂慮，艾薇。從他的日誌中，我曉得他對我懷有強烈的情感，雷諾瓦的畫則證明了他浪漫的天性，然而說到他的人格，我們又有什麼第一手的資料？」

「這個嘛……」艾薇思考著。「我們或許沒有任何關於他品格高尚的直接證據，但如果他眞是個壞人的話，妳一定會知道的，對嗎？他在你們這段婚姻裡，一直都待妳極好。」

「是啊，但我想即使是窮凶極惡的罪犯，也依然有能力愛上女人。」

「愛蜜莉！妳稱他爲罪犯？」

「不！我只是認爲，他如何對待我，並不能作爲評斷他眞實本性的依據。再說，我們都知道我在與菲利普結婚期間，從來不曾注意過他，當時我對他幾乎一無所知。」

「現在又是什麼讓妳認爲他是個好人？」

「大部分是基於帕瑪和克霖．赫格里佛告訴我的那些故事，安德魯也提過一些。不過克霖最近曾問了我一些與菲利普有關的奇怪問題，尤其是他採購古董的事，但我查對過菲利普的文件，其中完全沒有這方面的相關記載。」

「克霖有沒有可能與那些僞造者有牽連？」

「若不是有那尊阿波羅像，我會比較相信菲利普的清白，而非克霖；然而我們可沒有逮到克霖手中握有任何失竊的古物。」

「但他仍有可能牽涉其中，否則爲何會對菲利普所購買的物品這麼感興趣？這間房子裡還有其他妳丈夫買下的古董嗎？」

「書房裡還有一只花瓶，僅此而已。」我搖搖頭。

「對一個如此熱衷於古物的人來說，這不是很讓人意外嗎？」

「顯然他把所有的收藏品都放在艾胥頓大宅裡了。我打算盡快過去一趟，也許我會在那兒找到一些文件紀錄。另外，我想我該寫信給西莉兒；傅尼爾先生告訴我，菲利普曾在巴黎搜尋過阿波羅像，或許西莉兒可以幫我查出，他是否眞的在那裡買下它，賣方又是何許人。這整件事一定有個很簡單的解釋。」

「希望如此，愛蜜莉。在妳好不容易愛上他之後，若是發現他根本完全不如妳的想像，肯定會讓妳深感震驚。」

「妳這麼說還太輕描淡寫了，艾薇。」我答道。「妳想羅柏會不會同意，讓妳陪我至鄉間一行？」

「我一定有辦法讓他答應的。」艾薇咯咯笑道。「男人總是很容易就能被說服。」

令我意外的是，企圖阻止我這趟行程的人並非羅柏，而是安德魯。他收到我派人送去的字條，通知他我要取消原定與他同赴劇院的計畫後，向我提出了非常激烈的抗議。

「我不懂妳爲何這麼急著趕去鄉下，愛蜜莉，這一點道理都沒有。」

「爲何一定要有什麼道理？」我問道，不打算告訴安德魯我的疑慮，我認爲那相當於對菲利普不忠。「我從未見過那間大宅，艾薇不久後也將回到她丈夫在鄉間的產業，所以我們決定來一場小小的探險之旅。」

「眞是胡來。」他嗤聲道。「我不喜歡妳們倆無人陪伴，獨自上路這個主意。」

「席渥小姐會與我們同去。」

「瑪格麗特．席渥可不是會令我感到放心的好同伴。」

「安德魯，請不要逼我對你生氣。」我嚴厲地說道，有些後悔不該讓梅格把我的緊身褡勒得那麼緊，讓我無法大口呼吸。「去訪視一幢屬於我的宅邸，根本談不上會有什麼危險。我只是想和我的朋友們，一起去看看我的產業。請不要爲難我，安德魯，劇院可以等我回來以後再去。」

「我會想念妳。」他說道，回復他一向迷人的態度。

「我兩天後就會返回倫敦。」我微笑道。

「在妳離開之前，」他提醒我道，「別忘了我父親還在等著菲利普那篇無趣的手稿。我明天可以來試著找找看嗎？」

「我看不出有何不可，我會告訴戴維斯，讓他帶你進書房。」

一八八七年 七月五日 倫敦 伯克利廣場

等不及要出發前往希臘了，一切都超乎預期地令人滿意。

苦惱了許久該如何開口求婚；昨天在馬場俱樂部與布隆尼爵士針對他的女兒做了一番懇談。在我發表完一篇文情並茂的演講後，那位長者開懷大笑，替我倒了杯酒，並宣稱在全英國都不太可能找到一個、不願將女兒嫁與我爲妻的父親。他很欣慰凱能成爲我的妻子，且向我保證他們全家人都會贊同這樁婚事。今天去了一趟格若斯文諾廣場——求婚得到接受令我欣喜若狂。就算是帕里斯，也會嫉妒我能擁有這樣的妻子……

16

「我想我一直到現在才真正了解到，菲利普有多富有。」我們的馬車駛近菲利普家族世襲的產業——艾胥頓大宅的入口時，艾薇說道。「我們從大路來到門口一共花了多久時間？我感覺就像到了溫莎堡一樣。」

「妳不該以其產業的外觀，來斷定一個人的財富，艾薇，而是該等到見過整間宅邸內部的情況後再下定論。帕瑪爵士已經關閉了他鄉間別墅的兩翼廂房，還有不少人的財務狀況同樣吃緊。」

「這倒是眞的。」瑪格麗特贊同道。「不過這裡看起來著實壯觀，愛蜜莉。」

「妳該在這裡度過節慶。」艾薇建議道。

「我會好好考慮一下。」我猜想著若能和菲利普在此共度聖誕節，會是什麼景況；當然，我們兩邊的家人都將受邀來訪。他會比較喜歡艾胥頓大宅，還是倫敦？對於這一點我毫無所知。

我微笑地望向艾薇，明白第一次以女主人的身分舉辦節慶晚宴，有多麼令她緊張。羅柏的母親已經抵達，而且顯然對小倆口重新裝修了她的舊居有不少意見。可憐的艾薇！她溫柔的天性使她無法對抗自己的婆婆，但我相信時間久了，她一定能找到有效且無傷大雅的方法，來確保自己是唯一女主人的地位。

馬車終於停在大宅前方，我驚歎地注視了壯麗的宅邸好半晌，才在男僕的協助下步下馬車。

眞希望西莉兒也在這裡，因爲整棟屋子的外表令我想起了凡爾賽宮，雖然規模並沒有那麼宏偉。管家韓利太太在門口迎接我們，並立刻開始爲屋內的凌亂致歉。

「我向妳保證，我不是來批判妳的表現，韓利太太，我只是來看看這棟房子。我很遺憾沒能更早些過來。」我溫言道。「我知道自己臨時決定來此，想必沒有給妳太多準備的時間。」

「子爵大人運來了非常多的箱子，並交代不准任何人擅動，伊默把它們都堆放在書房裡。」她身邊的男子微微彎身行了個禮。「收到艾胥頓爵士的死訊後，我們不確定該拿它們怎麼辦，夫人，但也不想爲此打擾您。」

「不用擔心，韓利太太，妳做得很好。那些箱子裡裝的是什麼，伊默？」

「我不知道，夫人。它們在您舉行婚禮的數個月前陸續送到，所以我假定那是您和子爵大人所採購，要用來重新裝潢宅邸的物品。」

我揚起一道秀眉，先看了看我的朋友們，然後才回應伊默。「請你帶我到書房去好嗎？」

「是，夫人。」

「要我送上茶點嗎，夫人？」韓利太太問道。「經過長途旅程，您們幾位想必都又餓又渴了。」

「那眞是再好不過了，韓利太太。」我微笑道。瑪格麗特、艾薇和我跟著伊默來到一間我所見過佔地最廣的書房。管家告訴我們，裡面收藏了超過三萬冊書籍，而此刻親身站在這裡，我絕對相信她所言不假。瑪格麗特立刻被吸引過去，開始察看層層書架上的內容。房間兩端各有一座巨大的壁爐，其餘的牆面上全是高達頂端的書櫃，天花板則畫著各種希臘神話故事裡的場景。所有的傢俱雖然體積龐大，但均由淺色木料所製，讓房間顯得十分明亮。陽光從能俯瞰花園的法式拉門中傾洩而入，營造出相當宜人的氣氛。唯一讓人感到格格不入的，就是韓利太太提到的那些，佔據了書房中央地板的好幾堆大型木箱。

「妳想裡面裝的是什麼？」艾薇問道。

「只有打開才會知道。」我示意伊默撬開最靠近我的那個箱子。

「我們該猜猜它會是什麼嗎？」艾薇說道。「獵物的標本？」

「我希望不是！」我驚呼道。

「很抱歉，夫人，但標本的箱子要比這些大多了。」伊默說道。

「也許是菲利普要送給妳的結婚禮物。」艾薇建議。

「我想不太可能，」我微笑道。「我相信他一定會告訴我的。」我想到新婚之夜，在我們盡完了我母親所謂的「婚姻的義務」，一起躺在柔軟的羽絨毯下時，菲利普送給我的那枚金質底座的象牙胸針。這段回憶讓我露出笑容，但伊默手中之物令我很快失去了笑意；除去了層層的包裹材料後，出現的是一尊美麗的愛芙羅黛緹女神像。我和我的朋友們交換了一道了然的目光。

「我不知道箱內裝的是古董，夫人。您要把它們跟爵士其他的珍藏一起展示嗎？」

「不，伊默，把它們從箱子裡取出來，暫時放在那裡。」我朝前方幾張長桌的方向點頭示意。「我想在決定該如何處置它們之前，先整理出一份清單。」

「您要不要趁我拆箱時，先看看屋子裡其餘的部分，夫人？」

「這是個好主意，愛蜜莉。」艾薇說道。「要我搖鈴喚韓利太太過來嗎？」我並不想離開書房，但我知道伊默得花上大半天時間，才能拆開所有的木箱。

「妳不介意我留在這兒吧？」瑪格麗特問道。「這眞是我見過最棒的一間書房。」

「當然不介意。」我答道。「如果有需要的話，你可以找人來幫忙，伊默。」我和艾薇離開前對他說道。

「謝謝您，夫人，但除了我和戴維斯先生之外，艾胥頓爵士從不讓任何人碰他的古董。」伊默頗感驕傲地回應道。

我們走出房間後，艾薇輕聲笑了。「要是菲利普知道，妳竟容許一個低階女僕清理他的阿波羅像，而且還造成那樣的結果，不知會做何感想？」

「這並不好笑。」我低聲數落她。

在參觀這幢壯觀宅邸的過程中，我暫時忘卻了菲利普和那些僞造者。這裡每個房間都裝潢得美麗豪奢，牆面以絲綢包覆，地上鋪著來自東方最上等的地毯。我一點也不意外菲利普的藝廊是整棟房子裡我最喜愛的地方，裡面擺滿了不遜於博物館的精美古董藝術品。

「我想我會很樂於住在這裡。」艾薇歎息道。

「這是間非常美麗的房子，」韓利太太道。「爵爺一家人也都相當和善。子爵大人算得上有些古怪，但夫人您對這一點想必不陌生。喜歡拜訪博物館當然沒什麼不好，不過我個人覺得爵爺那些狩獵標本的數量，未免稍嫌過多。」

「狩獵標本！」我輕叫道。「我完全忘了它們。韓利太太，快帶我去看看。」

管家領著我們經過一連串長廊，最後終於停在一扇門前，當她推開房門時，我簡直不敢相信我的眼睛。

「天啊，艾薇，這眞是我見過最可怕的房間！」我驚呼道。「瑪格麗特一定得來看看這裡。」

「這是中世紀廳，夫人，是宅邸裡最老舊的區域。」

「難怪它如此寬廣。」巨大的房間裡到處是動物標本，牆壁上掛滿了各種形狀與大小的獸首。

「那就是他的大象，愛蜜莉。」艾薇說道，指向房間另一頭。

「赫格里佛先生很好心地請人將牠製成標本，並從非洲運回來。」韓利太太解釋道。「爵爺與他的紳士朋友們喜歡在晚餐後來到這個房間，一面享用波特酒及雪茄，一面欣賞這些可憐的動物。」

「如果眞是這樣，那麼我會非常樂意與女士們一起退席到小客廳裡。」我微笑地說道。「我們該回去看看席渥小姐了，謝謝妳帶我們參觀，韓利太太。這間宅邸美極了，而妳顯然將它打理得很好，我很高興能將它交託給如此有能力之人。」

當晚用過清淡的餐點後，我們再度回到書房察看菲利普那些箱子的內容物。走進房間的那一刻，我的心迅速沉了下去；那幾張長桌上，現在已經擺滿了古董。

艾薇似乎樂於扮演偵探的角色，從書桌上取來了紙筆，開始記錄每一件物品的細節，同樣興奮的瑪格麗特幫忙她修飾詞句，以求能描述得更爲精確。相形之下，我的心情可就灰暗多了；我一方面因爲丈夫可能參與了不道德的行爲而感到絕望，另一方面又嫉妒起艾薇快樂美滿的婚姻。

我強迫自己推開這些負面的情緒，開始專注在手邊的工作上。

總計共有二十七件古董藝術品，從小型的浮雕到大型的花瓶和雕塑都應有盡有，最大的一尊牧羊神潘的大理石雕像，高度幾乎達到我的肩膀。放眼望去似乎沒有任何我所熟悉的古物，但是當我走到離我最遠的那張長桌前面時，卻發現一件我絕不可能錯認的東西：大英博物館裡那只「帕里斯的判決」古瓶。我用手掩住嘴，跌坐進一旁的椅子。

一八八七年 八月一日 倫敦 伯克利廣場

行李已收妥，準備明日出發前往希臘。下午見到了凱——她十分沉默。我膽敢自大地認爲，這是因爲她很難過看到我將離去嗎？

開始收集評比阿基里斯與亞歷山大大帝的研究資料（結果是我的行李多增加了兩大箱書）。兩個精彩絕倫的生命——儘管其中之一僅是神話故事。我納悶若亞歷山大並未喪命於巴比倫，他將會有何種成就？如果他的壽命更長一些，是否能延續他的豐功偉業？

「青春健旺時往赴黃泉／實乃最壯烈之死……」

17

太陽下山後，房間裡顯得有些陰沉，但我懷疑這多半是由於我晦暗的心情所造成的錯覺。艾薇和瑪格麗特並沒有發覺我的沮喪，我也不想引來她們的注意。我不得不承認，菲利普的確可能參與了某些非法情事，等我請人檢視過那只古瓶後，就能得到最後的確認。我記得莫瑞先生曾告訴過我，菲利普是多麼不捨得將它捐贈給博物館，因此衷心希望他只是訂製了一只維妙維肖的複製品，然而我害怕自己終將發現，他留下的其實是眞跡。

我想起我們的蜜月旅程中，停留在阿姆斯特丹的那幾日。當時離我們從倫敦出發已經過了兩個星期，我早已讀完了《奧德利夫人的秘密》，於是四處尋找有販售英文書籍的店舖。最後我終於找到一本有些破爛、二手的《傲慢與偏見》。那天菲利普另有要務，所以並沒有陪在我身邊；回到飯店後，我把書拿給他看，然後舒適地坐下來埋首閱讀。第二天早上吃早餐時，他送給我一件包裝精美的禮物，裡面是本第一版的《傲慢與偏見》。

「我向來偏好擁有眞跡，艾胥頓夫人。」他微笑地對我說道。

艾薇的聲音讓我回到現實。

「我該怎麼稱呼這一尊，愛蜜莉？」她咯咯笑道。「『忘記穿上褲子的男士青銅雕像』？」

「艾薇！妳眞令我震驚。」我和她一起放聲大笑。「他已經盡量用披風遮掩了。這眞是尊美麗的青銅像，對嗎？他鬈曲的頭髮看起來就像亞歷山大大帝。」我更仔細地端詳了片刻，然後呻吟道：「我曾經見過它，在大英博物館裡。」

「妳確定嗎？」瑪格麗特問道。

「非常確定。還有那只古瓶。」我指向「帕里斯的判決」。「我很肯定菲利普將它捐給了博物館。」

「我們並沒有足夠的理由懷疑他，愛蜜莉。」艾薇說道，坐到一張長椅上。「當然，那尊阿波羅像的確讓人感到困擾，但那並不代表眼前這些藝術品，都是以非法途徑得來的。也許他還是會購買複製品。」

「或是偷走了真跡。」

艾薇怒瞪了瑪格麗特一眼。

「我越想越覺得有這種可能性。」我說道，搖鈴喚來伊默。「在請人檢視過這些古物，或是博物館裡相同的展示品之前，我不會驟下斷語，只是我害怕結果或許不會符合我們的期望。」

「妳要如何斷定哪一邊是眞品？難道要把它們都帶回倫敦？」

「不，我想該把它們留在這裡。我會要伊默把它們裝回箱子裡，以避人耳目。」我揚眉望向艾薇。「妳想不想喝杯波特酒？」

「當然。」結果回答的人是瑪格麗特。「這種情況的確需要來點波特酒。」

「愛蜜莉！妳不是說眞的吧？尤其是經過妳那場不幸的晚宴之後！」

「在這裡沒有人會議論我們的行爲，艾薇。」受到召喚而來的伊默，並未因我的言詞而顯現出任何驚愕的跡象。良好的訓練，使他在聽到一位年輕淑女竟要求享用他主人珍藏的波特酒時，表現得絲毫不以爲意；不過在他把酒端來時，我似乎看見他的眉際在微涼的夜裡，隱隱浮現一層薄薄的汗水。我望著艾薇在啜飲了杯中的醇酒後，發出喜悅的輕呼。

「他們爲何要強迫女士們喝雪莉酒，而非如此的佳釀？」她忿忿不平地說道。「這樣太不公平了。」

「我深有同感，所以決定要把酒窖裡的雪莉酒全部換成波特酒。西莉兒除了香檳以外，什麼都不喝，或許波特酒也可以成爲我的表徵。」

「香檳並不會那麼令人震驚，再說，我就親眼見過西莉兒喝葡萄酒、茶，甚至是雪莉酒。」艾薇反駁道。

「也許我們該舉行某種儀式，倒光妳酒窖裡的雪莉酒。」瑪格麗特建議。

「妳太壞了，愛蜜莉，羅柏絕不會讓我喝波特酒，我寧願自己從未品嚐過它的美味。」

「改善社交圈的陳規陋習得慢慢來才行，親愛的，一次教化一位丈夫。」我微笑道。

「最好別從羅柏開始，他會認爲我令他蒙羞。」

「我想他就是那樣看待我吧？」我問道。

「不，他跟其他人一樣，認爲妳是因爲失去了菲利普而感到迷失。」

「我不同意，艾薇，」瑪格麗特說道。「我不認爲愛蜜莉少了丈夫，就會因此而迷失。」

「我當然不會這麼想，瑪格麗特。」艾薇盡力表現出有禮的態度。「只是眼前的話題，讓我想起今早離開倫敦前，羅柏提到的一件事。他昨天在俱樂部遇見安德魯，據說那位男士開口閉口談的都是妳。」

「我覺得這有些令人難以相信。」我啜了口波特酒。

「我不喜歡想到他坐在某間男人專屬的俱樂部裡，談論著關於妳的事。」瑪格麗特說道，從架上抽出一本書。

「我想他是真的愛上妳了，愛蜜莉。羅柏也認為他是認真的。」

「他為什麼會這麼想？」

「其實他並沒有特意告訴我什麼，只是給了我這種感覺罷了。」

「安德魯．帕瑪浪蕩不羈又風趣，知道的八卦比我母親還要多，而且似乎從不嚴肅看待任何事物。我和他在一起十分開心，但我絕不可能愛上他。」

「然而妳吻了他。」艾薇道。

「是的，我也很高興我那麼做了，但那不代表我會嫁給他。」

「我可不想當那個打碎他幸福美夢的人。」艾薇微笑道，端著她的波特酒，慵懶地坐在沙發椅上。「我們不是該抽雪茄菸來配酒嗎？」

「瑪格麗特會贊成這麼做，但我受不了那玩意的味道，妳呢？」

「我也是，」艾薇答道。「不過它會令我想到羅柏。」

「妳跟他在一起快樂嗎，艾薇？」我問道。

「婚姻生活很適合我。」她淘氣的笑容轉為端莊羞澀的微笑。

「妳就這樣在我眼前，從一個女孩轉變成了一名已婚婦女！真嚇人。」

「羅柏對我很慷慨，而且我跟妳不同，我絲毫沒有想掌控金錢或是產業的欲望，我十分享受由他來照料我的生活。」

「妳很幸運能找到一個値得信賴的丈夫。」瑪格麗特從她正在閱讀的書裡抬起頭道。

「被人小心呵護的感覺很好。」艾薇回應道。我懷疑隨著時間過去，她是否會開始厭倦這樣的夫妻關係，我知道羅柏肯定會的。「我是否該輕輕晃動酒杯？這能讓我看起來有種世故感，妳不覺得嗎？」

「妳看起來就和平常同樣迷人。我也不知道該不該搖晃波特酒，回到倫敦後我會問問戴維斯。」

「我想沒有太多事比成就一樁美滿婚姻更重要，我很感謝能和羅柏成爲夫妻。」

「婚姻美滿當然很重要。」瑪格麗特同意道，但我從她的聲音裡聽得出來，那並不足以讓她甘願嫁人。

「妳愛他嗎，艾薇？」我問道。「我是說，眞的愛他？絕望地、熱情地愛著他？他是否塡滿妳所有的思緒？當夜晚來臨，你們躺在床上時，妳是否渴望他的碰觸？」

「那倒沒有。說眞的，愛蜜莉，人生在世必須要實際一點。我跟妳一樣讀過那些歌頌愛情的浪漫小說，但我不相信任何人能在現實生活中，眞正達到那樣的境界。」

「那可不一定。」

「我知道菲利普還活著的時候，妳對他並沒有這樣的感受，那麼現在呢？妳會像那樣深愛著他嗎？」

「當然不會，畢竟他已經死了，對他懷抱任何情意都只會令人沮喪。」我還記得他在我們新婚之夜，第一次吻住我時臉上的神情。「但我承認，在我們之間發生過許多事情，如今回想起來，要比我當初經歷它們時更令人興奮。」

「我不太明白妳的意思，我應該為妳口中的那些事感到震驚嗎？」艾薇問道。

「沒有必要，我只是想起了婚後第一次與菲利普親吻時的感受。現在我才明白它有多麼美好而浪漫，但當時我只覺得疲累。」

「因為那時妳並不愛他。」瑪格麗特說道。

「是啊，妳說得沒錯。」我又喝了口波特酒，慵懶地靠進椅背。「還是回到眼前的正事上吧，我該如何著手調查那些古物的眞假？」

「妳可以向大英博物館請求協助。」艾薇建議。

「不，我要盡可能延後通知他們。如果最後證明我的夫婿確實是名竊賊，妳們認為我有義務要揭發他嗎？」

「我不認為妳該那麼做。」瑪格麗特道。

「萬一眞的出現這樣的結果，我們可以想個辦法偷偷將眞跡還給博物館，如此一來就不會有人知道事實眞相。沒有必要在人死之後，還毀掉他的聲譽。」艾薇說道。

「我打算徵詢歐文．埃瓦特先生的意見，他應該能夠分辨出何者為眞品。」

「妳能信任他嗎？」艾薇問道。

「我想可以，他在巴黎時對我說話相當坦白。況且我不必告訴他，我為何懷疑博物館中展示的是贗品。」我頓了一頓。「妳們知道嗎，克霖．赫格里佛非常反對我與埃瓦特先生往來。他近來的行爲實在有些怪異，令我感到非常困惑。我有沒有提過，安德魯甚至曾提醒我最好離他遠一點，還說他的魅力有可能會致命？」

「這話什麼意思？」瑪格麗特問道。

「當時我以爲他指的是克霖會玩弄我的感情，但現在我不這麼想了，也許安德魯知道他與那些僞造者有所牽連。他還告訴我，他從不認爲克霖值得信任，我覺得他彷彿是有意想要警告我。」我說道，想起我找到的那兩張字條。「不知道他是否也警告過菲利普？」

艾薇和瑪格麗特回房後，我花了數小時翻查書房裡的文件，希望能發現任何關於那些古物的記載。菲利普的檔案整理得非常詳盡，我很快就找出藝廊裡那些收藏品的紀錄，但對於書房中這幾大箱物品，卻完全找不到相關的隻字片語。這讓我無法推斷菲利普是否曉得，甚至懷疑有僞造者在動博物館的腦筋。

最後我終於決定上床休息，卻依然無法入睡。獨自躺在菲利普的大床上令我百感交集，結果大半夜的時間我都在探索他的臥室。菲利普在我們婚後就不曾再回到這裡，因此這個房間被我視爲他單身生活的遺跡。他的臥室和更衣室一樣，沒有什麼特別的地方。厚重的四柱床對面是一整排窗戶，下面有個矮櫃，裡面所擺放的書出乎意料地多樣化，包括《奧德利夫人的秘密》，《血字的研究》，大英博物館的館藏目錄，莎士比亞的《特洛伊羅斯與克瑞西達》，還有數冊關於狩獵方面的著作。一個人選擇放在臥房裡的書籍，可以充分展現出他的個性；看過菲利普櫃裡的藏書後，我似乎對菲利普有了更多了解。我喜歡想像他在某個寒冷無眠的夜晚，躺在床上閱讀奧德利夫人的故事，更希望我有機會也拿著一本小說窩在他身邊，偶爾和他交換一下意見或評論，那將會是多麼美好的情景。

艾薇向我提過柯南．道爾所著的夏洛克．福爾摩斯系列，但我一直沒有機會拜讀，於是我抽出了那本《血字的研究》，打算把它帶回倫敦。接著我注意到數本與菲利普的日誌相同的皮製書冊，如我所料，裡面記載的是他早年的生活。儘管我對於窺探丈夫的隱私——尤其是他認識我之前的那段歲月——感到有些不自在，卻還是取出了第一本開始閱讀。

那是我見過最美麗的生物，我無法想像還有什麼能勝過那樣的美麗。

這個企圖誘惑我未來夫婿的蕩婦是誰？我咬牙切齒地匆匆翻閱之後的頁數，嫉妒地期望她在和菲利普的關係更加密切前，便已死於肺癆病。不，不是肺癆病，那會花上太久時間，讓她有很多機會可以接近菲利普。當我發現我讀到的是十五歲的菲利普，對一匹駿馬所做的描述時，不禁歎了口氣，把那本日記放回了書架上。如果以爲菲利普在認識我之前，並沒有過其他喜愛的對象，那麼我就太天眞了。而對方想必也會回應他的感情，現在去讀這些，只會提醒我自己的愚蠢，沒有好好珍惜菲利普對我的愛意。

韓利太太已經替我打開並整理好行李，把如今我總是隨身攜帶的那張菲利普的照片，擺放在我的床頭几上。我看著它，心裡想著我如何能懷疑他的品格？無論我在書房裡找到了什麼，都不該相信菲利普會在知情的狀況下，買進原本屬於博物館的古物珍藏。

但儘管我想說服自己，懷疑的種子還是在我心底開始生根。我對他近乎毫無了解，我所知道的關於他的一切，都是經由別人的描述。我試著抹去這些負面的念頭，不願放棄我如此渴望的那些羅曼蒂克的幻想。我努力想像菲利普在黑市裡交易，與那些僞造者偷偷摸摸往來的模樣，卻發現我難以做到。我對他不夠熟悉到能模仿他說話的語氣、態度或表情。遺憾的感覺再次沖刷過全身，接下來的一整晚我都在床上輾轉反側、淚流不止，把那個令我感到無限懊悔的男人的照片緊緊地抱在懷裡。

一八八七年 八月十八日 聖托里尼 伊莫洛維里

如同以往一樣，能逃開倫敦的社交季總是讓人鬆了一口氣，不過這是頭一次我感到遺憾，必須留下某個對我來說無比重要的人兒。或許明年我可以帶凱一起來。

傅尼爾的擲鐵餅者，比我想像中還要美麗。我以購進兩只新古瓶作爲報復——其中之一描繪了「帕里斯的判決」，堪稱爲精品中的精品。不確定我是否捨得捐贈出去，但它毫無疑問應該屬於大英博物館。在巴黎見到了雷諾瓦等人——又買下六幅畫作好帶來別墅。我的朋友們那種毫不拘謹的畫風，正好與這未經開發的島上風光非常契合。一定得說服莫內來這裡爲我作畫——他畫筆下的巨型火山口，肯定無與倫比。眞想看看他如何用大膽的筆觸，描繪愛琴海上蕩漾的波光。

18

除了那本《血字的研究》之外，我從艾胥頓大宅裡只帶走了菲利普的筆記，上面記錄了他所收藏的每一項藝術品的細節，以及他對大英博物館中，他所喜愛的那些古物的感想。回到倫敦的那個晚上，我走進書房，舒適地坐進一張大椅子裡（這回少了緊身褡的束縛），開始閱讀那些筆記。

和我一樣，他似乎也較爲偏好紅繪式的技法，覺得它更注重細節。他用了好幾頁來詳述我頭一次看見「帕里斯的判決」古瓶時，莫瑞先生曾約略提過的白底長頸瓶。菲利普認爲它們是伴葬用的物品，並且對瓶身上那些人物的身分相當感興趣。我決定明天就去一趟博物館，以便好好端詳它們。

毫無意外的，他對任何描繪狩獵場景的古物都特別喜愛，但我對它們可就沒有那麼欣賞。我匆匆翻閱過筆記裡，對古代狩獵技巧的大篇幅記載，直到發現一篇關於《伊里亞德》的論文草稿。

讓我不安的是，我在文章中沒有看到任何有關這部史詩裡，最讓我深愛的那些部分：令人動容的人性描寫，充滿活力的字句，以及書中人物各自懷抱的英雄理想。整篇論文中，只有菲利普對阿基里斯過度的讚揚。

我自己也曾對瑪格麗特承認過，阿基里斯在戰場上的表現無人能敵，因此菲利普對於他這方面的稱頌，並不令我感到驚訝。然而他卻以此來為阿基里斯目中無人的狂妄心態做辯解，並盛讚他毫無轉圜空間的道德感。或許有些人認為，阿基里斯直接無偽的處世態度值得敬佩，我卻覺得他的行為堪稱幼稚，而且過於單純。更糟的是，在長達數頁的草稿中，除了提到他是阿基里斯的敵人外，菲利普對赫克托幾乎不曾著墨。他怎能就這樣忽視荷馬巨作中，最富有人性的一個角色？赫克托是如此痛苦地認知到自己力有未逮，卻仍做出迎戰阿基里斯的沉痛決定，每念及此都幾乎會令我熱淚盈眶。

我忿忿不平地放下筆記，再次為菲利普已不在人世感到遺憾，我是那麼希望能有機會與他辯論彼此的觀點。獨自坐在書房裡，我漸漸領悟到，我丈夫的許多想法顯然與我多所分歧。在此之前，我總是將我對古典文學與藝術品的興趣，歸因於菲利普對我的啓蒙，並一直以他在這方面的研究作為我的指引。但如今我發現，我已不是為了想了解菲利普而去追求學問；我這麼做是因為我熱愛詩詞的韻味，受到希臘雕塑之美的感動，更迷戀上古瓶瓶身那細緻且栩栩如生的描繪。菲利普在學術方面的見解，突然間對我不再顯得那麼重要。

儘管如此，我對夫婿的愛以及失去他的哀傷，並未因此或有稍減，反而更加思念他，且為我們永遠不可能擁有的那些談話機會感到遺憾。我將會繼續我的學習，但這一次，我會以我自己的興趣為依歸。我只可惜無法用一連串溫柔的親吻——而它們勢必會引發更多的熱情——來結束我們之間對於赫克托與阿基里斯的爭辯。

一回到倫敦，我便分別送出信函給兩名男士，並在他們回覆後立刻做了比對。我毫不意外克霖的筆跡，與此刻安全地鎖在書桌抽屜裡的兩張字條不符；然而得知安德魯也非書寫字條之人，不免令我感到有些許失望。

關上抽屜前，我拿出了那只手套，把它放在門廳的桌子上。我告訴戴維斯某位來訪的紳士將它遺落在書房裡，並要他留意是否有人出面認領它。

又過了兩個星期之後，我才在戴維斯的協助下，聯絡到了埃瓦特先生，同時安德魯也恢復了幾乎每日前來探訪我的習慣。

「我們該做些什麼？妳想去騎馬兜風嗎？」

「我有些疲倦，安德魯，今天不想出門。摩爾先生明天來上課之前，我還有很多功課要完成。」

「好極了，那麼現在正是把這樣東西拿給妳的好機會。」他遞給我一個小包裹，但我並未收下它。

「安德魯，你知道我不能接受你的禮物。」

「別荒謬了，愛蜜莉，這其實等於是我父親送給妳的，好爲艾胥頓的那篇論文表示感謝之意。」

「噢！你找到它們了？」我故作驚訝地問道。我知道他在我前往鄉間時，花了幾乎一個小時在書房裡尋找。戴維斯遵照我的囑咐，整個過程中都沒有離開過半步，小心地觀察他的一舉一動。不過我並不想讓安德魯知道，戴維斯已經向我報告過這件事。

「是的，雖然我還是不懂我父親想拿它們做什麼。無論如何，妳一定要收下這個。」他再次遞上包裹。我遲疑了一下，知道我不該收下任何不是我未婚夫的男人所贈送的禮物。但我相信像安德魯這樣蔑視社會禮俗之人，並不會因此而產生什麼錯誤的想法。我拆開包裹，然後發出驚呼，裡面是一枚有著亞歷山大大帝肖像的古代銅幣。

「你在哪裡找到的？它眞是美極了。」我把它拿近眼前仔細端詳。

「布魯斯貝利的某間古董店舖裡。我想妳或許會喜歡，我父親應該也會贊同。」

「謝謝你，安德魯，我一定會好好珍惜它。」

收下銅幣後，我開始認眞地思考我與安德魯之間的關係。我並不愛他，而且多半永遠也不會愛上他。菲利普的日誌中，對我們訂婚初期那段日子的描述，讓我了解到愛一個人，卻沒有得到回應的感覺有多令人沮喪。儘管我不認爲安德魯眞的愛我，卻也不想加深他對我懷抱的任何情感。當我愛上一個人時，會想要付出我的全部，而安德魯顯然並非我屬意的對象，還是讓他僅將我視爲好友即可。我以後將不會再容許他親吻我。

從那天開始，我便逐漸減少和他見面的次數，婉拒了他大部分的邀約，並盡量在有其他朋友、或彼此任一方家人在場的情況下與他相處。某一晚我邀請他和他的弟弟前來晚餐，急切地想知道亞瑟是否在近期內，有向艾蓓拉求婚的打算。飯後到書房閒聊時，我談起這件事。

「我昨天遇見艾蓓拉了，亞瑟。她對你十分推崇。」

「她是個好女人。」我不喜歡他的語氣，他彷彿是將她視爲一頭極有價值的牲畜。

「你經常去拜訪她嗎？」我問道。

「只要有空就會去。」他在房間裡四處閒晃，不經心地瀏覽著架上的藏書。

「我不確定是否該鼓勵她對你放下感情，」我繼續說道。「我不想看見她受到傷害。」

「我可以向妳保證，艾胥頓夫人，我的意圖絕對高尚。」他翻開一本奧維德的著作。「菲利普所有關於希臘的書，都放在這一區嗎？」

「奧維德是羅馬人，帕瑪先生。」我答道，不喜歡他這樣隨口帶過有關艾蓓拉的話題。「希臘的書籍在旁邊那個書櫃裡。」

「我們今晚要喝波特酒嗎，亞瑟？愛蜜莉告訴我，菲利普的酒窖裡藏有不少極品。」安德魯說道，轉頭看著我。「妳不介意吧？」

「當然不會。」我搖鈴召喚戴維斯，但令我震驚的是，安德魯並未等我這位女主人開口，便逕自吩咐他取來波特酒。戴維斯一如往常般有禮地點頭回應，然後轉向我。

「要我替兩位紳士和您端來波特酒嗎，夫人？」

「是的，麻煩你了。」我等到管家離去後，才開口對安德魯說道：「我不喜歡你這樣指揮我的僕役。」

他藍色的眼眸中閃動著笑意。「妳還不明白嗎，愛蜜莉？我會抓住任何機會來設法加深我的影響力。最近妳對我十分冷淡，如果我沒辦法親吻妳，就只能退而求其次，以在妳的管家面前扮演男主人爲樂。」

「以後別再這麼做。」我不悅地答道，不敢相信他竟說出這種話，絲毫不顧忌自己的弟弟也在場。在我能繼續斥責他前，戴維斯回到了房間裡。

「妳對艾胥頓大宅有什麼感想？我一直沒問過妳那趟行程是否順利。」安德魯修長纖細的十指交握，放在腿上。

「那裡十分迷人，你去過嗎？」我冷冷地問道。

「別生我的氣，愛蜜莉，那會讓我心碎，而且這副模樣不適合妳。」他朝四周望了望。「可惜舍弟還不打算放棄尋書的樂趣，否則我很想到小客廳去，聽妳為我們彈奏幾曲。」亞瑟仍不斷在書櫃間梭巡著，偶爾抽出幾本草草翻閱。

「我不想彈琴。」我回應道。「你在找什麼特定的書目嗎，帕瑪先生？」

「不，艾胥頓夫人，只是選擇太多，讓我無法做出決定。請接受我的致歉，原諒我的心不在焉。」

「舍弟似乎有意迴避關於棠麗小姐的話題，妳不覺得嗎？我正好知道，他保留了一些事情並未透露。」

「我相信若帕瑪先生想讓我知道的話，會自己說出來。」

「妳還是堅持要繼續懲罰我！」安德魯叫道。「眞是個壞脾氣的女孩！我該怎麼做才能得到妳的饒恕？」

坦白說，安德魯已經漸漸令我感到厭煩，我開始懷疑是否該讓這段友誼持續下去。他無禮的態度起初的確讓我覺得有趣，甚至有些興奮，但現在卻越來越令人難以忍受。我固然欣喜能逃避某些繁瑣無趣的社會禮俗，卻也不願徹底排拒它們。我無意與安德魯討論他的衆多缺失，更不想被迫接受他冗長的道歉，於是決定今晚暫時對他和顏以待，之後再開始盡量疏遠他。

「我原諒你了，帕瑪先生。」我說道，投給他一抹燦爛的微笑。「告訴我，你有沒有關於愛瑪·柯蘭，和那位義大利伯爵進一步的消息？」

「恐怕我得讓妳失望了，她的家人對這件事守口如瓶，異常保密。」

「眞可惜。也許下次我到義大利時，可以去拜訪他們。不知道那位伯爵家居何處？」

「我想是在威尼斯。妳最近打算出國旅遊？」

「不，我應該會留在英國過冬，等到春天時再啓程前往希臘。」

「妳打算去那間別墅？」

「是的，你去過嗎？」我問道，看著亞瑟繼續瀏覽我丈夫收藏的書籍。

「當然去過。我很樂意替妳安排行程，我對聖托里尼非常熟悉。」

「謝謝你，安德魯，但赫格里佛先生向菲利普承諾過會幫我安排一切。」

「眞的？我很意外艾胥頓會認爲赫格里佛有資格做這件事。」

「尤其是經過他們在非洲那場激烈的爭吵之後。」亞瑟說道，皺了皺鼻子。

「我不知道他們爭吵過。」

「噢，是的，就在艾胥頓發病的前一晚，他們吵得可兇了。」亞瑟繼續說道。「恕我直言，艾胥頓夫人，但我向來對赫格里佛並無多大好感，他總令人感覺有種說不出的怪異。」

一八八七年 九月七日 聖托里尼 伊莫洛維里

赫格里佛於上週抵達，並且令人感激地帶來不少波特酒。我們乘船橫越火山口，在那裡度過了愉悅的一天，探索著這座古老的火山。討論了贊助開發島上遺跡的可能性——不知道在陳年的火山灰掩蓋下，是否能找到有如龐貝城那般珍貴的寶藏。

已安排好下週去探訪德爾菲。那裡的村民販賣了不少令人驚歎的古物——全都來自阿波羅神殿。如此珍貴的遺跡卻未受到妥善的保護，實在是種罪過。我害怕其中許多古物的重要性將永遠不爲人知，因爲它們被無情地帶離原有的安身之所，也奪去了學者們研究其完整背景的機會。

19

第二天早上我收到西莉兒的回信。

親愛的凱莉絲妲：

我無法形容讀過妳的來信後，我心中的感受。我曾希望妳已忘卻了菲利普，但顯然妳並沒有。凱莉絲妲，我要再一次提醒妳，逝者已矣啊。儘管如此，我還是難以拒絕妳的請求，而我必須承認，在僞裝成對古董有興趣的金主身分下，我度過了非常有趣的一週。在這期間我遇見的各色人物，可眞是令我大開眼界！極具才華的藝術家，作品可以騙過任何專業人士；黑心的掮客，轉眼就能賺進大筆財富；身分階級高到讓人咋舌的買主，一擲千金仍面不改色。

妳應該也明白，要買到任何博物館中珍藏古物的仿作，是件極其容易之事，因此我放出風聲，宣稱我曾見過菲利普那尊普拉克希特利斯的半身像，並且想購買它的複製品。很快就有一位李布朗克先生找上門來，此君的品德令人存疑，但禮貌倒是無懈可擊。他向我保證，其手下的藝術家們可以做出任何我想要的古物複製品。當我提及我與艾胥頓子爵遺孀之間的友誼時，他詢問我是否也和子爵一樣，偏好購買眞跡。他並且十分清楚地表明，他甚至有管道可以得手某些博物館裡的珍藏，以及從考古挖掘行動中非法流出的古物。

很遺憾必須告訴妳，我已向李布朗克先生和其餘數人確認過，妳的夫婿在去世前的那一年裡，確實經常與黑市掮客進行交易。他在你們婚禮舉行前一週來到巴黎，從一名不願表明身分的私人收藏家手中購得那尊阿波羅像。將這項消息透露給我之人是李布朗克先生的同事，也是安排那筆交易的掮客；他希望藉此證明，自己的確有能力為我處理任何黑市方面的交易。提到艾胥頓子爵的名諱，替我敲開了地下社會的許多扇門。我知道這些訊息將會帶給妳傷痛，但我相信妳必不會因此一蹶不振。就讓菲利普可議的行為和他一起埋葬吧，闔上妳生命中的此一章節，親愛的。

請盡快再回到巴黎，凱莉絲妲，我想它必能大大改善妳的心情。

我將永遠是妳最忠誠的朋友。

西莉兒・杜拉克

菲利普失德的行為對我是項嚴重的打擊，我感覺受到了背叛，並惱恨自己怎會愛上這樣的男人。明天我要和埃瓦特先生一起到大英博物館，我知道他將會告訴我，我深感興趣的那些古物全都是贗品。到時候我該怎麼做？所有眞跡當然都必須送還館方，但是我該如何進行？在我思考這個問題的時候，管家通報安德魯來訪，他在戴維斯幾乎尚未說完他的名字前，便急匆匆地走入房間。

「達令，我昨晚的行為實在有些過分。」他說道，一等戴維斯關上房門，便立刻握住我的手。「但我現在已經明白，妳近來為何如此嚴厲地對待我。妳之所以詢問亞瑟那些有關他婚約的問題，顯然是因為妳憂慮我對妳懷抱著不高尙的意圖。親愛的，妳完全想錯了。」他在我能阻止之前繼續說道：「亞瑟提醒了我，妳對艾蓓拉婚姻狀況的關切，正是妳內心期望的寫照。妳知道我崇拜妳，愛蜜莉，而且妳必須承認，妳現在非常需要一位夫婿。」

「安德魯！」我驚呼道。

「我只是在逗著妳玩，親愛的。請妳嫁給我吧，愛蜜莉，想想我們將會共享的那些樂趣。」

我在開口回應前先深吸了一口氣。「安德魯，你的求婚讓我感到萬分榮幸，但恐怕我不能接受。我對菲利普的感情仍在，無法另嫁他人。」

「我們當然不能在妳結束哀悼期前成婚，我們甚至不必公布婚約。」

「安德魯，請不要再繼續追求我，我並不想傷害你。」我柔聲道。

「我要娶妳，愛蜜莉。」他的語調出人意料地堅決。「妳會拒絕我最深刻的渴望嗎？」

「恐怕我必須拒絕，因爲那並不合乎我的意願。」

「我不相信妳對我毫無一絲感情。」

「我非常享受你的陪伴，但我不認爲我們適合成爲夫妻。我已經說過，我仍深愛著菲利普。」我直視著他說道。他站在那裡，兩腳不停地交換重心，彷彿是在等待我會改變主意。最後他終於開口。

「我不習慣被人如此輕易地打發，請原諒我就此告辭。」他轉身離開房間，甚至沒多看我一眼。

我獨自坐在書房裡，腦中一片混亂。對我來說，煩惱菲利普與古董竊案的關聯，遠比憂心安德魯的感受要來得重要，但我並不喜歡拒絕帕瑪爵士之子。他的求婚令我深感意外，但菲利普不也正是在我徹底忽視他時愛上我？看來男人都偏好對他們不感興趣的女子，我越疏遠安德魯，他反而越加緊追求我；也許男人不該被允許進行狩獵，他們對於追逐獵物的喜好，顯然已經影響到生活的其他層面。

我毫不懷疑安德魯很快就會再度陷入愛河，也不禁猜想著他之所以有意娶我，是否與我在英格蘭銀行裡的鉅額帳戶有關，而非對我個人當眞懷有任何矢志不移的情意。我知道他需要錢，也爲此憐憫他，不過憑著安德魯的頭銜，足以讓他成爲美國鐵路大亨的乘龍快婿。他的準岳母床頭或許正擺著一本貴族名錄，一心想讓女兒成爲某某爵士夫人。是的，一名美國女性將會很適合安德魯；不知道瑪格麗特是否能想出一些人選。

數日後，我在書房會晤了另一位男士，這次倒是不會有意外遭人求婚的疑慮。

「最近妳似乎經常外出，」克霖伸長了雙腿，坐在我最喜歡的一張椅子上。「忙著駕馭駿馬在街道上奔馳？」

「我想以後我應該很少有機會再那麼做。」我說道，迎視他的目光。

「我可以假設那是因爲，帕瑪先生已經失寵了嗎？」

「當然不是。」我答道，不想告訴他我拒絕了安德魯的求婚。

「妳的希臘文學習可有進展？」

「我承認它比我預期的要困難多了，再加上近來有許多事令我分心。」

「騎著馬風馳電掣而過，驚嚇那些道貌岸然的良家婦女，的確是很花時間。」他笑道，遞給我一個棕色紙包。「這是上週末我回鄉間時找到的，我想對妳或許有用。」包裹裡是本顯然經常被使用的基本希臘文法。「我還在學校念書時，它對我的幫助很大。」

「謝謝你，克霖，這眞是太好了。」

「很高興能看到一位女性想拓展她的心智，我把鼓勵妳視爲我的道德責任。」

「我不確定我喜歡成爲任何人的道德責任。」

「我不相信妳竟聽不出來，我只是在調侃妳，愛蜜莉。」

「我也不敢相信，你竟以爲我會放過揶揄你的機會，克霖。」我微笑道，直視著他。「你在巴黎與我共舞，也是出於同樣的責任感？」

「不，當然不是。」他堅定地回視我。「我希望還有機會，能再次與妳共舞。」

「我不想嚇壞戴維斯，他對波特酒的事已經十分體諒了。」

「妳在這間房子裡看起來非常自在，而且很適合待在這間書房。」他說道。「我想菲利普一定會深感意外。」

「爲什麼？」

「我懷疑他是否知道，自己娶了一位相當有深度的妻子。」

「老實說，在我嫁給他的時候，算不上有什麼深度。」我歎息道。「既然你已經知道我所有可怕的秘密，所以我不妨向你坦承，我的確偶爾會想像和菲利普進行一場愉快而熱烈的學術討論，但我不認爲它眞的有可能發生。如果他還活著，我想我不會發展出目前這些新興趣。」

「我並不意外。妳會投身於妻子的角色，並在不久後成爲母親，沒有多餘的時間或機會去思考其他的事。以學術的觀點來看，這個社會對妻子們的要求實在不高。」

「我相信大多數男人偏好這樣，克霖。」我說道。

「但我不是。我確信我所遇見的大多數女性，會在我們展開蜜月行程的第一站前，就已令我感到無聊至極。」

「所以你矢志要當個單身漢？」我問道。

「我想是吧。」

「你這麼說，會令倫敦不少家中有待嫁女兒的母親們大失所望。」

「我的工作使我必須經常四處旅行，大部分的妻子不會樂見這種情形。」克霖道。

「我曾乘車經過你家族那片美麗的產業，想必有非常多的女性會很高興在你離家時，舒適地在那裡安居。」

「我並不急著想要子嗣。」

「幸好你沒有頭銜必須傳承下去。」我揶揄道。

「是啊，我很慶幸無須擔負那樣的重責大任，」他說道。「只要憂心我的財富及產業即可。」我們一起開懷大笑。

「你從事什麼樣的工作，克霖？我不記得菲利普曾經提過。」

「他或許有些更爲有趣的話題可說，畢竟他試圖想讓妳對他印象深刻。」

「我沒想過像你這樣身分地位的人也會工作。你都做些什麼？」

「不是什麼了不起的事業，」他說道，用手耙了耙頭髮。「只是一些政治方面的事務，相當無趣。」

「什麼樣的政治事務，會需要你如此頻繁出國？」我問道。

「妳今天的問題眞多。爲了讓妳停止發問，我決定透露另外一樣要送妳的禮物。」

「是什麼？」我十分好奇。

「我爲妳訂了一箱波特酒，八七年份——維多利亞女王即位五十週年紀念。安德魯・帕瑪不是唯一會幫助妳墮落的男人。」

「謝謝你，克霖，我很喜歡這項禮物，即使你這麼做只是出於道德責任。你一定得找一天來吃晚飯，順便品嚐它。」

「要喝它大約還得再等上三十年，愛蜜莉。」

「是嗎？那麼我將註明在日記裡，到時候我一定會邀請你。」

「我會引頸期待。」他起身準備告辭。「祝妳的希臘文學習順利，愛蜜莉。」

「謝謝你，克霖。」

「對了，我也要向妳致謝。」他從口袋裡抽出一只手套。「我想必是參加那日的晚宴時，將它遺落在此。幸好戴維斯並未將它丟棄，這是我最喜愛的一副手套。」

一八八七年　九月二十五日　希臘　德爾菲

在此處找到許多無與倫比的古物——某些石刻精巧的程度是我此生僅見。如果有任何遺址值得被有系統地挖掘，德爾菲絕對能拔得頭籌。幾乎要希望我並非下個月就得返回英國。布隆尼爵士邀請我到他位於鄉間的宅邸參加狩獵會——很高興能有機會見到我親愛的凱。等不及想盡快舉行婚禮。看在婚期已定的分上，布隆尼夫人或許會容許我和她的女兒有時間獨處。

明天將前往雅典拜訪萊山德．瓦德卡斯。以前有幸見過他的古董收藏，以私人收藏家來說，很少有人能及得上他。他宣稱近日又買到數件珍品，儘管不相信每一件都如同他描述的那麼珍貴，但我仍然很期待看到它們。

20

我和埃瓦特先生約定的日子終於到來，而這次會面，比我想像中更富有教育性。我到達博物館時，他已經坐在外面的長椅上等著我，我們交談了大約半小時，然後才進入館中。我列出了想跟他一起察看的物品清單，他認得出其中的每一件，並向我保證他曉得它們在展示廳裡各自的位置。

他似乎非常熟悉大英博物館中希臘/羅馬的收藏品，而且無疑對他那些古代的同業人士相當仰慕，也顯然認爲自己的才華不輸人後。

「我必須坦承，艾胥頓夫人，在巴黎時您說能欣賞複製品的美與價值，讓我感到十分意外。這與您夫婿的看法大不相同。」

「你告訴過我，你與他並不熟識。」

「的確如此。艾胥頓爵士對我的作品毫無興趣，您應該知道，他向來只購買眞跡。」

「是的，埃瓦特先生，我很清楚這一點。」

他領著我來到清單上第一項物品前面——艾薇覺得很有趣的那尊青銅像。「我很少使用青銅。有許多種化學藥劑可以讓金屬呈現出古物應有的綠鏽色，但我個人比較偏好大理石。不過，」他頓了頓，繞著玻璃展示櫃走了一圈。「我的確曾爲我的某位……呃，贊助者仿製過這尊銅像。」

「埃瓦特先生，我記得在巴黎時你曾說過，世上最著名的一些博物館裡，都能見到你的作品。這是真的嗎？」

「是的，艾胥頓夫人。」

「這尊雕像是你的複製品？」

他從外套口袋裡拿出一支放大鏡，開始審視雕像上披風的部分。

「是的！這是我的作品！」他大聲說道。

我斥責他，要他降低音量，並希望沒有人聽到他剛才所說的話。

「毫無疑問。」他用外套的衣角擦拭了一下放大鏡，露出驕傲的笑容。「我在披風裡側留下了一處標記。您可以看看。」他把放大鏡遞給我。我仔細觀察那件披風，儘管痕跡淡得幾乎看不出來，但仍能辨認出上面的兩個希臘字母。

「A．A，我的姓名縮寫。」他微笑地告訴我。

「我看出來了。」我朝他點點頭，然後催著他走離那尊青銅像，以免引來任何注意。我們一一檢視了清單上的每一項古物，也都得到了相同的結果。埃瓦特先生指認出那些全都是他的作品，我也的確多次看見藏在隱密之處的希臘字母標記。我感到越來越沮喪，知道此刻在鄉間大宅書房裡的每一件藝術品，原本都屬於博物館所有。阿波羅像的存在顯然並非偶發事件。

「難道你不擔心，博物館的人員會發現你留下的標記？」我輕聲問道。「這種罪行的刑罰肯定不輕吧？」

「艾胥頓夫人，我向您保證我並沒有觸犯任何法律。我曾多次受僱爲這間博物館裡珍貴的收藏製作複製品。我盡力做出成品，然後收取報酬，至於買主打算如何處置它們，那都與我無關。」

「但你一定知道他們做了什麼。」我很難相信，埃瓦特先生在這件事情上完全無辜。

「艾胥頓夫人，從我決定成爲雕塑家開始，我的作品就一直不受到大衆的青睞。經過多年的奮鬥，我依然無法靠自己闖出一番名氣，最後我終於領悟到，我可以藉由仿製古物來賺取足夠的金錢，好讓我的工作室能夠維持下去。這算得上是犯罪嗎？我從未以離譜的高價賣出我的作品。相信我，如果我把它們當成眞品來出售，絕對可以得到一大筆財富。再說，若是我想瞞騙買主它們是眞跡，就根本不會在上面留下標記。」

我看著埃瓦特先生身上陳舊、但保養得很好的西裝，注意到他不卑不亢的儀態，發現自己竟然願意相信他。他是個希望成名的藝術家，如果他有錢的話，絕對不會穿著這身顯然已經過時的衣物。

「爲什麼有人會找上你來進行複製的工作，而不是利用博物館中鑄造部門的服務？」

「鑄造部門並不會提供館內每一件古物的仿製品，而且我交貨的速度要比他們快得多。」

「但要是有人用你的作品去換走眞跡，你不擔心館方會注意到你留下的姓名縮寫，並要求你爲那項罪行負責嗎？」

「這些古物在此展示許多年了，博物館買下它們之前，早就已經確認過來源，物品本身也都受過詳細的檢視，沒有理由到此時才來懷疑它們的眞假。那些專家們當初所檢視的都是眞品。」

「複製品是如何製作出來的？」

「我只需要該項物品精確的尺寸大小，以及一幅詳實的臨摹圖就夠了，這些都在很短的時間內便能完成。我的贊助者會設法讓我在休館後進入館內，一切並不如妳想像中那麼困難。」

「這的確是很聰明的騙局。」我承認道，看著埃瓦特先生。「別人利用你的作品賺取暴利，你卻只得到微薄的報酬，難道你不會因此感到不平嗎？」

「我得到的已經足夠了。」我們經過一尊凱撒大帝的胸像。「那不是我的作品，」他小聲說道。「但很顯然是尊贗品。大理石暗沉的色澤是用菸草汁染上去的，表面上的細小孔洞則是用裝了尖鐵釘的刷子敲打而成。」

「眞神奇。」我說道，看著可憐的凱撒。「但你如何能分辨出它不是眞跡？」

「一項複製品成功的要件，就在於它不會存在任何明顯的證據，艾胥頓夫人，但製作這尊贗品的人並非專家，」他指著凱撒胸像眼睛和頭髮之間的部位。「在所有有輪廓的地方，表面都平滑無瑕，只有其他部分經過處理，好造成老舊的感覺。如果是我，就不會犯這種錯誤。」

「但你仿製古物，目的並非爲了要欺騙世人。」我微笑地說道。

「您說得好，艾胥頓夫人。」他答道，向我微微彎身致意。

我決定直接問出令我不安已久的問題。「我丈夫是否僱用你，爲他仿製我們剛才看到的這些贗品？」他沒有回答。「請你一定要告訴我，我必須知道他跟這樁騙局是否有任何關聯。他是幕後的主謀嗎？」

「恐怕我不能透露贊助者的名字，否則我將永遠無法繼續做這一行。」

「但你說你做的都是合法交易。」

「的確如此。」他開始用放大鏡仔細檢視凱撒胸像。「只是我的某些客戶，並不一定贊同我的原則。」他站直身軀，迎視我的目光。「不過有件事應該可以讓您安心，艾胥頓爵士從來不曾委託我製作任何東西。」

「謝謝你，埃瓦特先生。」我歎息道。「但那並不表示他沒有計畫這整樁騙局，他很可能只是派他的手下與你交涉。」

「我倒沒有想過這一點。」他回應道。「我的贊助者是位受人尊敬的紳士，我不認爲他會聽命於人，所以艾胥頓爵士很可能只是買下了被竊走的眞品。」

「我不知道該怎麼想，無論如何，看起來菲利普都與此事脫不了干係。」我說道。「你爲何願意告訴我這些，埃瓦特先生？你不害怕事情若暴露出來，你將受到連累嗎？」

「我沒有什麼好怕的，艾胥頓夫人，我並沒有做錯任何事。」他有些狡猾地微笑道。

「我欣賞你，埃瓦特先生。」我說道。「我要僱你爲我製作一件藝術品。」

「那會是我的榮幸，艾胥頓夫人，您想要我複製哪一件古物？」

「我不要複製品，埃瓦特先生，我要你親自設計一件具有古典希臘風格的創作。我喜歡你的作品，想看看你在沒有限制得模仿眞品的情況下，能創造出什麼成果。」

「您希望它看起來很古老嗎？」他問道，眼裡散發出光芒。

「不，不必刻意損毀它，我不會隱藏它是尊現代作品的事實。」

「謝謝您，艾胥頓夫人。」他極有尊嚴地說道。「我不會讓您失望的。」

「不客氣，埃瓦特先生。也許我們將能讓更多人可以合法地欣賞你的才華。」我對他微笑，然後看見亞瑟．帕瑪匆匆走過我們身旁。「你好，帕瑪先生。」我叫住他。「你今天怎麼會來博物館？」

「您好，艾胥頓夫人。埃瓦特。」他回應道，對我的同伴簡短地點了個頭。「我跟艾蓓拉以及她的母親約好在此會面。請恕我失陪，我已經遲到了。」他在我能開口道別前便快步離去，臉上帶著一種似曾相識的，男人要向某人求婚時的緊張神情。

「我明天要去拜訪艾蓓拉。」我若有所思地說道。「或許我將會再次需要你的服務，埃瓦特先生，製作一件結婚禮物。」

「您的仁慈，讓我覺得有必要向您坦承，過去我曾犯下的一個錯誤。」

「我向你保證，你不需要這麼做。」我答道。

「請跟我來。」他帶領我穿過一間又一間的展示廳，直到我們站在一塊雅典壁飾的前面，上面雕刻著一名年輕男子的面像。「您喜歡它嗎？」

「它很美麗。」

「是啊。」接著他帶我來到展示著知名埃爾金石雕[15]的房間。「這裡，」他指著標示為「帕德嫩神殿北側中楣第四石板」的那塊壁飾。「看仔細一點，是不是很眼熟？」

「剛才那塊壁飾，是不是也該擺在這裡？它也是來自於帕德嫩神殿嗎？它看起來跟這一區的展示品非常相似。」

[15] 來自雅典帕德嫩神廟，一八〇六年英國駐希臘公使埃爾金偷運回英國並售予大英博物館。

「您所說的相當接近事實。如果您已經看完所有想看的物品，那麼我們是否可以離開了？我想告訴您一件事，與這兩塊石雕有關。」

「你眞是個神秘的男人，埃瓦特先生。」

他帶我來到博物館外，故作自然地觀察了一下四周，然後在尙稱合宜的距離下盡可能地靠近我，低聲對我說話。

「您先前看到的第一塊石雕，是我的作品，那是我唯一一次將複製品當成眞品賣出。」他從口袋裡掏出手帕擦汗。「曾經有人僱我仿造整片石板，那是一筆相當龐大的委託，顯然我的贊助者找到某位想擁有眞跡的客戶。您能想像這樣的古物將會賺進多大的財富嗎？」他又打量了一下四周。「那筆交易後來並未談成，原因爲何我也不清楚，我只知道我的工作委託被取消了。」

「埃瓦特先生，你說的這些，只會引發我更多的疑問。」我悄聲道。

「恐怕其中大部分的問題，我都無法回答您。」他緊張地回應。「總之，那時我已接近完成剛才您見到的頭像，我不願讓自己的作品就這麼白白浪費掉，更不捨得毀去如此美麗的東西，所以將它稍做修改，好讓它顯得與眞跡沒有明顯關聯。我眞希望您能看看我將它刻意損毀前的原貌，那眞是美極了。但它必須看起來十分古老，於是我砍壞了人像的鼻子、臉頰和肩膀，再重新修復鼻子的部位，這可以讓它看起來更爲逼眞。」

「可是大英博物館怎麼會將它買下來？」

「當時我的財務狀況非常不好，若把它當成複製品賣出，所得將不敷所需，因此我在一位同業的幫助下，替那塊石雕編造出足以亂眞的出處，宣稱它來自於雅典。」

「你親自把它賣給博物館？」

「對不起，艾胥頓夫人，但能否請您小聲一點？」

「抱歉。」我囁嚅道。

「是的，我親自與博物館交涉，完成了這筆買賣。」

「我很感激你的誠實以待，埃瓦特先生。」我說道，很高興他信任我到足以說出他的秘密。不過就像我可以揭發他一樣，他也能輕易地揭發菲利普，所以我猜他對我吐實，也許並沒有冒著太大的風險。

「現在我想知道，您對我的委託是否還算數？」

「當然算數。」我與他握手。「我非常感激你所提供給我的訊息，你替我解答了不少疑問。」

「我很抱歉，艾胥頓夫人，但這些問題的答案或許無法帶給您多少平靜。」他彎身行了個禮，接著告辭離去。我注意到他沿著大羅素街走去時，腳步似乎輕快不少；希望我對他原創作品的贊助，可以讓他及早脫離與非法古物交易之間的牽連。

但千萬不要以爲，埃瓦特先生所提供的重要消息有助於讓我安心。事實上，大英博物館館中竟有如此多的珍藏實爲贗品這一點，令我驚駭不已；那些眞跡此刻全都存放在我鄉間宅邸的書房中，更令我感到萬分困擾。然而最糟的是，得知我的丈夫，我最親愛的人，那位在此之前我已逐漸開始仰慕的高貴紳士，其實比一個普通的飛賊好不了多少，甚至還更糟。驅使他做出這種行爲的不是貧窮，而是貪婪。我感到淚水盈滿眼眶，並決定走路回家要比窩在出租馬車裡啜泣，對我更有幫助。正當我要邁步朝街道走去時，聽到有人叫喚我的名字。

「愛蜜莉！」艾蓓拉向我揮手。我一點也不想跟任何人說話，但又不願對她失禮，只好揮手回應，停下腳步等著她、棠麗太太以及帕瑪先生走向我。

「妳們好，棠麗太太，艾蓓拉。看來你順利找到她們了，帕瑪先生。」我和他們交換著禮貌的寒暄，只希望能夠盡快離去。

「亞瑟告訴我，妳去過博物館了。」艾蓓拉說道。「眞可惜！否則妳就可以加入我們了。」

「我正要回家。」我回應道。

「妳的馬車呢？」棠麗太太問道。

「事實上，我打算散步回去，就當作是運動。」

「眞令人吃驚哪！」棠麗太太驚呼道。「孩子，我堅持要妳坐我們的馬車回去，車伕才剛把我們送到，還沒有離開。伯克利廣場離這裡將近有兩哩路，今天的風又特別沁涼，不知道的人還以爲已經進入了深秋時節呢。如果妳感染了風寒，我一定無法原諒自己的。」我知道她是想表示禮貌，而我不願用拒絕她的好意來侮辱她，尤其是在她未來可能的女婿面前，只好極不情願地坐上了馬車。

幾乎才一上路，天空就開始落下雨滴，於是我被迫承認，幸好我沒有堅持要走路回家。在寒冷潮濕的天氣及紊亂的思緒夾攻下，我到家時已經全身發抖，戴維斯撐著一把大傘來接我下車，護著我走進屋子裡。不幸的是，我的苦難並未就此結束；戴維斯一面接過我脫下的帽子，一面通報我的母親來訪，正在小客廳裡等著我。我不想見她，便要戴維斯告訴她我必須書寫一封緊急信函，以藉此拖延時間。我溜進書房，坐在菲利普的書桌前，很快地擬了一通給艾薇的電報，哀求她盡快返回倫敦。在我搖鈴喚來戴維斯替我發出電報前，我母親闖進了書房。

「這實在令人無法原諒，愛蜜莉！」她用力地坐到一張長椅上。「我拒絕被晾在一旁等妳回覆信函。」

「母親，我並無意要羞辱妳。」

「不用再多說了，」她不悅道。「妳近來的行爲舉止，只有異常兩個字能形容。我明白婚後這麼快就失去丈夫，令妳深感沮喪，但可別指望能永無止境地拿它來當作妳進退失據的藉口。」

「我想不出我做了什麼，竟會讓妳如此憂心。」我不以爲意地說道。在我那場聲名狼藉的晚宴過後，她已經狠狠地斥責過我了，不太可能會舊事重提。

「我很擔心妳跟安德魯．帕瑪先生之間相處的情形，不過我是個講理的人，知道你們這些年輕孩子對於儀節不如老一輩那般重視。帕瑪家族有著良好的家世背景，但他們欠缺財富，我希望妳能把眼光放高一點，一個有著如妳這般地位的女子，可以輕易地嫁給一位公爵。」

「母親，我現在沒有心情討論妳對我的任何婚姻計畫。」

「我向妳保證，愛蜜莉，妳的心情如何對我來說毫不重要。」她氣也不喘地繼續說道：「我說過，我可以容忍妳跟帕瑪先生那些驚世駭俗的行爲，我想他那些非正統的追求方式，對妳來說或許頗具吸引力。」

「母親……」我試著打斷她。

她舉起手示意我安靜。「先聽我說完。據我所知，帕瑪先生已經向妳求婚，而妳拒絕他了。

這是眞的嗎？」

「是的。」我歎息道。我試過要讓安德魯求婚被拒一事秘而不宣，但我很清楚我母親遲早會聽說。在她心目中，少有罪行比拒絕某人的求婚更爲嚴重，當然，除非那麼做是爲了要加深求婚者的情意與決心。不過她很清楚我對這種做法的鄙夷，在我初入社交界時，我們就曾針對這項議題有過一番徹底討論。

「我希望妳拒絕他是因爲，妳在等待另一位條件更佳的紳士提出相同的請求？」她瞇起眼睛注視著我。「不，我想不是。」

「想到我可能永遠不會再婚，眞有這麼可怕嗎？」

「是的，愛蜜莉，那會是種浪費。妳美麗、富有、具有貴族頭銜，我們家族的歷史可以追溯到英國最早期的年代。親愛的，如果妳肯用心的話，甚至嫁入皇室都不是問題，我到現在一直都很遺憾妳對喬治王子不感興趣。」她擺了擺手，彷彿想揮開這個念頭。「如今他想必不會有意願娶一名寡婦。」

「我想也是。」我平淡地說道。「難道妳就這麼無法接受，我或許和女王陛下一樣，喜歡維持孀居的身分？」

「女王一直處於哀悼之中，而妳目前的行爲證明妳並無此意。」

我很想指出有非常多關於女王的傳言，都暗示她並非眞的仍在哀悼亡夫，但我深知若提起這一點，無疑將會引來我此刻並不想參與的激烈爭論。

「妳不能一腳踏雙船，愛蜜莉。哀悼妳的丈夫，否則就再找一位。」

「我的確在爲菲利普哀悼！」我高聲叫道，淚水刺痛了眼眶。「妳根本不了解我有多痛苦，妳和任何人都沒有權力評斷我。我拒絕嫁給帕瑪先生這件事，除了我跟他以外，與任何人都毫不相干。」

我母親緩緩搖頭，露出一副施恩的表情。「我們就等著看吧，愛蜜莉。妳現在或許覺得生活很愜意，但總有一天妳的美貌會消逝。如果妳堅持要繼續當個寡婦，那麼妳最好考慮改變妳的行爲，否則妳將會發現自己唯一能吸引到的，只有那些一心想藉婚姻致富的淘金客。社交界沒有人會願意與一個公開藐視禮俗的女人往來。這也讓我想起另一件事，妳對於追求學問的堅持實在相當怪異，女人在學術領域裡並無容身之處。我一直想不通妳爲何會突然對此感到興趣，直到我見過了妳那位朋友，席渥小姐。」

「瑪格麗特出身於一個非常正派體面的家庭。」

「愛蜜莉，那些美國人認爲可以接受的標準，通常都很令人質疑。席渥小姐對妳的影響讓我十分不安，我不樂見妳繼續跟她交往下去可能會有的結果。妳甚至去參加學術演講，難道妳對社會儀俗眞的毫無半點顧忌嗎？」

「我的行爲並沒有妳形容的那麼糟，母親。」我回嘴道。「我或許並非事事都循規蹈矩，但也絕對沒有做出傷風敗俗之事。若妳無法理解我對學術知識的渴求，那麼我爲妳感到遺憾。我原本希望我的母親能夠支持我，而非執意要當個批評者。」

「愛蜜莉，如果我比其他人更加嚴厲地批判妳，也只是爲了要保護妳。」她歎了口氣，戴回手套。「我想妳最好還是跟妳父親和我一起回肯特郡度過秋天，顯然獨居的生活讓妳習慣於放浪形骸。今天我沒有時間跟妳多談了，孩子，我與棠麗太太約好要見面。她的女兒可不會像妳這樣，對婚姻不感興趣。」

我並未對此做出回應，也沒等她離去便坐回到菲利普的書桌前，心中滿是怒火。受到菲利普如此的瞞騙，更堅定了我絕不再婚的決心。我的思緒再次回到博物館與埃瓦特先生身上。菲利普爲何要這麼做？如果他還活著，我就可以衝進他的書房向他要求解釋，雖然我明知不管他說什麼，都不會令我感到滿意。聽到我對他吼叫，肯定會令他相當震驚，他很可能會命令我上樓回房間去，直到我能控制好我的情緒。我當然會拒絕他，並懇求他記起他的道德感和價值觀，再次成爲衆人心目中那位正直的紳士。他必會因此極受感動，甚至可能情緒崩潰地坦承他的行爲早已令自己深受良心的譴責，卻不知道該如何收手。我會告訴他，只要他答應將所有贓物送還給博物館，或許我會願意原諒他。他會激動地感謝我，並恭喜自己娶到如此良眷。我歎了口氣。他實在太可惡了，竟在我有機會創造出美滿結局之前，就先告別了人世。

第二天艾薇比我預料的更早就來了，並且在聽到我們的懷疑已經得到證實時，絲毫不感到意外；我們都很清楚此事很難會有其他解釋。我們來到書房坐下，以便討論下一步該如何進行。

「妳確定埃瓦特先生不可能再提供妳更多消息？」艾薇問道。

「他很明確地表達了這一點，」我答道。「看來我們無法指望他了。」

「至少我們知道菲利普並沒有直接與他聯繫，安排他製作那些贗品。我傾向於相信菲利普是聽說了眞品流入市面的訊息，於是趁機買下它們。」

「也許吧，但即使如此，菲利普仍是做了於法不容及違反道德之事。」

「妳告訴瑪格麗特了嗎？」

「我跟她昨晚見過面，她稍後就會過來。」

艾薇沉默了片刻。「這對妳來說一定很難熬吧，愛蜜莉。」

「還不止如此。」我把安德魯求婚與我母親來訪的事告訴她。

「我一點也不羨慕妳有個那樣的母親，」艾薇說道。「幸好妳已經不必再與她同住。這麼多年來妳是怎麼生存下來的？顯然菲利普值得受到我們的寬待，因爲是他讓妳有機會離開那個令人難以忍受的環境。」

「是啊，」我冷淡地說道。「只不過那時，我並不認爲菲利普有任何讓我感興趣的地方。」

「但現在妳愛他。」艾薇的嗓音裡帶著一絲疑問的意味。

「很不幸的，我的確愛他。」我坦承道。

這時瑪格麗特抵達了，我們重述了目前所知的一切，但仍無法做出任何結論。

「可惜現在就喝波特酒，稍嫌太早了些。」艾薇歎息道，瞄了一眼時鐘。

「妳們認爲西莉兒是否能提供協助？」瑪格麗特問道。

「我已經去信詢問她的意見了。我想我該著手進行類似她在巴黎所做的事：放出風聲，說我想收購黑市古董。」

「妳眞的認爲這是個好主意？」艾薇問道。

「這是個很棒的主意，愛蜜莉！」瑪格麗特大叫道。「妳一定要讓我幫妳。」

在我能回答之前，戴維斯通報克霖．赫格里佛來訪。

艾薇瞥見他時，不由得抽了一口氣。「他比在巴黎時看起來更英俊了，妳們不覺得嗎？」她悄聲說道，瑪格麗特只是露出微笑。

大家交換完禮貌的寒暄後，克霖轉向我。「請原諒我的直言，艾胥頓夫人，但除此之外，我想不出其他辦法來與妳討論這個稍嫌棘手的話題。」我閉上眼睛，直覺地認爲他已不知從何處聽說我拒絕了安德魯的求婚，而我想不出他有任何資格對此表達意見。當然，我的推測完全錯誤。

「我聽說妳在大英博物館跟歐文．埃瓦特會面，這是眞的嗎？」

「是的。」我答道，記起在巴黎時，我們之間關於埃瓦特先生的那段談話。

「希望妳不介意我在妳的朋友們面前有話直說？」

「別荒謬了，赫格里佛先生，你想說什麼就說吧。」我不耐地說道。

「我曾希望妳在經過審愼考慮後，會聽從我在巴黎時給予妳的建議，但顯然情況並非如此。我只能告訴妳，愛蜜莉，有些不良分子已經注意到妳與埃瓦特先生之間的往來，顯然妳是有意向他打聽某些訊息，而我必須強烈建議妳立刻停止這樣的行爲。」

「是嗎，赫格里佛先生？」我問道，但並未望向他。「這是爲什麼？」

「我無法深入詳談這件事，但請相信我，我絕對不願見妳受到任何傷害，也不是隨便對妳提出警告。」

「我的天啊，赫格里佛先生！」艾薇驚叫道。「你說警告？我不懂你的意思，愛蜜莉對大英博物館的興趣再單純不過了；她僱用埃瓦特先生爲她製作一尊雕像，這有什麼錯？」

「理論上是沒有。」克霖說道。「愛蜜莉——」他凝視著我的雙眼。「答應我，妳不會再繼續四處打探消息。」

「我不會答應這種事。」我站起身來。「你並沒有給我一個停止那麼做的理由。」

「我以朋友的身分，請求妳信任我。」他答道，視線始終沒離開過我。「此事的重要性絕對超乎妳的想像，愛蜜莉，請妳答應我。」

「我只能答應你，我會考慮你的建議，赫格里佛先生。如果你沒有其他的話要說，我和我的朋友們還有些很重要的討論亟待進行。」

「我為打擾到各位致歉。」他來到門前時停下了腳步，然後又走回我身旁，握住我的手。「愛蜜莉，如果可以的話，我一定會告訴妳更多內情，妳一定要相信我。」他吻了我的手，然後轉身離開。

「真是位有趣的男士。」艾薇道。

「比妳們所能想像的還更有趣。」我把手套的事告訴她們。「我完全看不出有任何理由該信任他。」

「一想到安德魯曾提醒妳要離克霖遠一點，我就背脊發冷。」艾薇邊說邊打了個寒顫。「妳想安德魯知道這些事嗎？」

「他或許已猜到有些不能見光的事情正在進行，安德魯對凡是有潛力成為八卦的事物都極具洞察力。儘管他有不少缺點，但他向來有話直說；如果他得知關於此事的任何消息，絕對會告訴我。」

「妳想克霖會是僞造案的幕後主使人嗎？」艾薇問道。

「我不知道，但我絕對會把一切調查清楚。」

一八八七年 十月三日 雅典 盎格萊德爾飯店

坦白說，瓦德卡斯的收藏品令我震驚。我不知該做何感想，也無從下筆。今天收到凱的來信。很不幸的，信件的內容就和以往一樣平淡，相信這一點在她更為了解我之後，就會有所改進。她同意在獵狐會上與我共騎——那肯定會是非常愉快的一天——也沒有責怪我堅持不取消非洲之旅的計畫。她表示不介意我在異地度過整個四月，只要我在婚禮之前趕回倫敦即可。我將會有位最善體人意的妻子。

阿基里斯/亞歷山大的論文持續有進展，但仍不如預期。或許是有太多事令我分心，等回到聖托里尼後，情況就會好轉。

21

「妳看，」第二天早上，我將一封信函遞給艾薇。「亞瑟・帕瑪向艾蓓拉求婚了。」

「妳母親一定非常高興。」艾薇微笑道。

「想必如此。」我推開其餘的信件，把注意力轉到克霖身上。「我很納悶克霖在菲利普死後與我爲友的目的，我想他是有意要監視我。是他派來那名臉上有疤痕的男人跟蹤我，這可以解釋在巴黎那天，他爲何沒有試圖追趕那個人。」

「所以妳認爲，他跟妳在莫里斯酒店的房間被侵入一事有關？但他那天下午不是送了字條過去，通知妳他將要離開巴黎？」

「是的，」我答道。「我想他是爲了建立不在場證明。妳認爲他爲何要侵入我的房間？」

「沒有任何東西遺失，我猜不出他想尋找什麼。」艾薇道。

「我在菲利普的文件中，找不出任何可能與此事相關的蛛絲馬跡，但既然克霖感到有必要警告我，那我必定是相當接近於發現某些線索。也許我該再去找埃瓦特先生談談。」

戴維斯進入房間，呈上一張名片。「帕瑪先生堅持要立刻見到您，夫人，他宣稱有緊急要事。」

「眞想不到！」我揚了揚眉，看著那張名片。「我以爲會先見到新娘，而不是新郎。」

「他此刻想必正春風得意。」艾薇笑道。

「我請他到客廳去了，夫人。」戴維斯說道。

「很好，我們現在就直接過去。」

我們來到房間外面，戴維斯替我們打開厚重的門扉，但是並未如往常一樣在我們身後將門關上，而是跟著一起進入了客廳。亞瑟看起來神色凝重，迅速地向我走來。

「艾胥頓夫人，請原諒我冒昧來訪。我要求妳的管家留下來，因爲我即將告訴妳一個相當令人震驚的消息。」

「我們已經聽說你訂婚的事了，帕瑪先生，也誠心地祝福你們。」我微笑地說道。「你應該不至於認爲，我們會對你與艾蓓拉的婚事感到驚訝吧？」

「不，艾胥頓夫人，當然不是，我來這裡是爲了另外一件事。」他用手背抹去額上的汗水。

「希望你的家人都還安好？」我問道，突然開始擔心安德魯或許比我想像中，更無法接受求婚遭拒的打擊。

「我們都很好。艾胥頓夫人，柏蘭登太太，妳們先坐下吧。」他的聲音聽起來很緊繃，所以我沒有抗議竟在自己家中受到客人指使。

「怎麼回事，帕瑪先生？」艾薇問道。「不是艾蓓拉生病了吧？」

「不，她的健康情況良好，柏蘭登太太，謝謝妳的關心。」

「但你看來顯然不怎麼好，帕瑪先生。戴維斯，倒杯白蘭地過來。」我說道，猜想著有什麼事會讓他如此不安。戴維斯立刻倒滿酒杯，但並沒有拿給亞瑟，而是端著杯子站在我的身後。

「能請你告訴我們，到底發生了什麼事嗎，帕瑪先生？」艾薇問道。

亞瑟先深吸了一口氣，然後才開口。「我不知道該怎麼說才好，艾胥頓夫人，這個消息實在是……實在是太出人意外，讓我不知從何說起。或許我該讓妳自己讀一讀這封信才對。」他粗魯地塞給我一只署名給他的、破爛不堪又骯髒的信封。我立刻認出上面的字跡。

「這是菲利普寄給你的？」我問道，納悶亞瑟爲何覺得有必要與我分享他的私人信件。在他點了點頭之後，我抽出裡面的信紙開始閱讀。

帕瑪：

我沒有時間詳細說明，但我亟須盡快與你私下談談。不要告訴任何人關於這封信的事，尤其是赫格里佛。你無須回信，等你到達非洲後，我會安排與你見面的事宜。

P‧艾胥頓

我把信讀了兩遍，才抬起頭來看著在我面前來回踱步的亞瑟。

「謝謝你好心地把這封信帶來給我，能看到菲利普寫下的任何東西，對我都是莫大的安慰。」我輕撫著皺摺信紙上的字跡。「恕我愚昧，帕瑪先生，但我看不出這封信有何特別之處。是我遺漏了什麼嗎？」我問道。

「是的，艾胥頓夫人。」亞瑟朝戴維斯點了個頭，我忠心的管家移步站到了我身旁。「我今天早上收到這封信，它剛從非洲寄達。」

「想必是郵務部門出了什麼差錯。」我看著身邊眾人臉上的表情。「我還是不懂你想告訴我什麼。」我慢慢地說道，試著想弄清楚到底怎麼回事。

「我想妳的丈夫也許還活著，艾胥頓夫人。」他柔聲道。「這封信上沒有註明日期，但郵戳顯示它是在一個多星期前從開羅寄出。」

戴維斯遞出那杯白蘭地。「我知道您不會昏倒，夫人，但我想您或許會需要強烈一點的飲料。」我接過杯子，仰頭一口喝乾。戴維斯又重新倒滿酒杯，但我拒絕了，想要保持神智清醒。

「這怎麼可能呢？」我問道。「他死的時候，你不是在場嗎，帕瑪先生？」

「事實上，我並不在場。」他頓了一下，清了清喉嚨。「承認這件事令我感到羞愧，艾胥頓夫人，但艾胥頓病發後，我們一致相信他的高燒具有傳染性，所以便離開了，留下的只有赫格里佛一人。」

「克霖？」我睜大眼睛看向艾薇。「他單獨和菲利普在一起？」

「是的，艾胥頓夫人。我無法告訴妳當時發生了什麼事，這妳必須去問赫格里佛。」

「你曾說過，菲利普在發病前一晚和克霖發生了爭吵，卻還是把他們單獨留下？」

「我們都認爲他們是彼此的摯友，艾胥頓夫人，而朋友之間發生爭吵在所難免。然而此刻回頭想想，我承認我們可能做了一件很愚蠢的事。」

「你是在暗示什麼，帕瑪先生？」艾薇嚴厲地問道。

「我不知道，」他回答。「我只能說，我和其他人前往開羅後，在那裡等待赫格里佛和艾胥頓；而最後令我們痛心的是，只有赫格里佛一人回來。他告訴我們艾胥頓已經死去，遺體將被運回英國。請原諒我的直言。」

「沒有什麼需要原諒的，帕瑪先生。」我說道，感到一陣昏亂。「但如果菲利普還活著，爲什麼不回來倫敦？」

「我最後一次見到他時，他病得非常嚴重。即使是像他那樣體格健壯的男人，也會因高燒而變得十分虛弱，他很有可能無法旅行。」

「我很難相信赫格里佛先生會棄他的朋友於不顧。」艾薇說道。

「我也有同感。」帕瑪先生點頭同意。「顯然我們對事情經過尙無全盤了解。」

「他之所以離開，有沒有可能是因爲他也害怕受到傳染？」艾薇問道。「也許他把菲利普交給當地的土著照料，而他們告訴赫格里佛先生，艾胥頓爵士已經死亡。」

「的確有此可能，柏蘭登太太。」亞瑟說道，但他的語氣似乎顯示他並不這麼想。

「這實在讓人困擾。」我說道。

「我也不知道該做何反應，」他答道。「只是認爲應該讓妳盡快看到這封信。當然，如果往後還有任何消息傳來，我也一定會通知妳。」

「謝謝你，帕瑪先生。」我喃喃道。

「我會把信留下，」他說道。「希望它能帶給妳些許安慰。」

戴維斯送他出門時，我們只能震驚地呆坐在那裡。最後艾薇終於開口。

「妳對這件事有何想法？妳認爲這是眞的嗎？」

「我當然希望是的，卻無法確定它的眞僞。」我緩緩說道。「想到菲利普有可能還活著，讓我心中充滿了喜悅。」

「這是必然的，」艾薇道。「妳想把瑪格麗特找來嗎？」

「不，」我說道，頓了一下。「我怕她會認為我太可笑，竟會考慮相信這種事。我遲早會告訴她，但不是現在。」

「要我吩咐他們備茶嗎？」

「麻煩妳了。」我說道。「這個消息讓我對克霖起了一些疑問。」

「例如什麼？」

「克霖是否恐懼菲利普將揭發他與古董僞造案的牽連，因此決定把他的好友留在非洲村落裡等死？」

「我不相信他會那麼做！」艾薇驚呼道。

「克霖很容易就能說服其他人先離開，然後等上一兩天再自行前往開羅，認爲菲利普終究會死於高熱。他或許覺得沒有必要冒著被傳染的風險，待在那裡以確定好友的死亡。」我說道。「他甚至還可能做了些什麼，以確保菲利普無法活下去。也許我找到的那些字條，就是在警告菲利普，克霖計畫要對他不利。」

「這個想法眞是太可怕了，」艾薇道，顯然相當驚駭。「妳不會眞的以爲是克霖謀殺了菲利普吧？」

「我不知道，但我想他或許會趁這個機會，讓菲利普順理成章地病發身亡。他可以阻止菲利普服用奎寧之類對他有幫助的藥物，然後在確信結果將如他所願，卻不想看著朋友痛苦死亡的情形下離去。只不過菲利普並沒有死，並且已復元到可以設法聯絡他眞正信任的朋友。」

「這聽起來的確有些可能性，」艾薇承認道。「但並不完全合理。如果菲利普沒有死，那麼是誰的遺體被運回來安葬？那些當地的嚮導又爲何要參與這樁騙局？」

「也許菲利普知道克霖做了什麼，在他漸漸康復之後，因爲害怕克霖若知曉此事將會對自己不利，便向忠實的土著們請求協助，畢竟在狩獵隊的成員中，只有菲利普能用當地語言流利地與他們交談。」

「那麼妳埋葬的又是誰呢？」艾薇問道，聽得十分入迷。

「可能是部落裡某個新近死去之人，」我說道。「也可能棺木裡甚至根本沒有任何遺體。安排將它送回英國的人是克霖，這麼說來，我們埋葬的或許只是一堆石頭。」

「或是某隻獵物的屍體。」艾薇叫道。

「不無可能。」我說道。「但這一切似乎有些太過天馬行空了，是嗎？」

「恐怕是的，親愛的。」艾薇說道，看著女僕端來茶具。我替兩人各倒了杯茶，然後端著杯子坐到菲利普的書桌前，兩手托腮，深深地歎了口氣。

「如果這其中有一絲一毫的眞實性存在，我都該找克霖對質。」我說道。「若他的確嘗試過要傷害菲利普，那麼任何我丈夫可能還活著的暗示，想必會激發出他某些反應。」

「可是那封信上特別指示過，不要讓克霖知道。」艾薇道。

「是的，但假定我們的推測是對的，菲利普很可能只是不希望亞瑟被牽扯進僞造案裡。如果菲利普活了下來，他知道自己勢必得在回到倫敦後面對克霖，因此他想保護亞瑟也是很合理的。我要立刻請克霖過來一趟。」我說道，搖鈴喚來戴維斯。

事實上，克霖對那封信的反應完全出乎我的意料。他並未顯現出驚惶或憂慮的神色，也沒有心虛地托詞離去，反而坐到我身旁，握住我的雙手，眼睛深深地凝視著我。

他在開口之前，先咬了咬下唇。「我比誰都希望這是眞的，愛蜜莉，艾胥頓是我最好的朋友。我無法用言語來形容失去他對我造成的傷痛，但他的確已經死了，親愛的。」

「亞瑟說當時只有你一個人在他身邊——你要其他人都離開，讓他們害怕若是留下將會被傳染。」

「是的，他說得沒錯。」

「或許你也害怕會染病，」我說道，用力把手抽回來。「於是把他留給一群陌生人照料。」

「我絕對不可能做出這種事。」

「你一定那麼做了，否則他不可能仍然活著，而且寫信給亞瑟·帕瑪，急著想通知他這件事，還強調不能讓你知道。難道這不代表，他認爲你做了某件背叛他的事？」

「不，愛蜜莉，我不認爲這種推想有任何合理之處。」

「或許你可以提供其他的建議，赫格里佛先生。」

「我唯一能提供的只有事實。」他起身走到窗戶前面。「艾胥頓從我們離開倫敦之後，就一直顯得相當疲倦，我們當時都以爲——請原諒我的冒犯——那是因爲你們新婚的緣故。」艾薇輕抽了一口氣，我們對看了一眼，都對他竟會說出這種話而深感驚愕。克霖轉身看著我們。

「請繼續，赫格里佛先生。」我說道。

「最後那幾天裡，他變得一點也不像自己，暴躁、易怒，甚至跟我發生爭吵。現在回想起來，我了解到那是因爲他當時已經染病。一座位於非洲樹叢間的營地，無論有著多好的裝備，都不可能讓病人過得舒適。在艾胥頓獵捕到大象那晚，他的健康狀況開始迅速惡化，安德魯．帕瑪帶來了香檳慶祝當天的豐收，但艾胥頓拒絕了第二杯，然後回到他的帳篷裡休息。」

「看來你們的確過得很艱苦，赫格里佛先生，坐在營地裡啜飲香檳酒。」艾薇說道。

「帕瑪向來堅持在樹叢裡也要過得安逸，對我們來說當然很好，只是苦了他的腳伕。」克霖走過去靠著菲利普的書桌。「當時我仍未發現艾胥頓病了。兩個小時之後，我也決定要上床休息，就在我經過他的帳篷時，聽到他在睡夢中發出叫聲。我走進去探望他，隨即發現他正發著高燒。

「那晚我一直坐在床邊陪著他，等到第二天早上，他的情況顯然變得更糟。我與其他同伴們商談，因爲無法確定艾胥頓得的是什麼病，我們一致同意最好降低其他人受到傳染的可能性。到中午之前，所有人都已經離去，我留下來照顧艾胥頓。

「他承受了很大的痛苦，愛蜜莉，」克霖說道，走向我，想再次握住我的手，但我拒絕了。「他無法吞嚥任何食物或液體，而且一再嘔吐。他不斷叫著妳的名字，最後我只能唸妳寫的信給他聽，好讓他安靜下來。」

我不願想到有任何人讀到我寫的信，尤其是菲利普。由於是出自義務，我在信中只是不帶感情地報告每日的生活情形，或是提起任何我所得知，關於他外甥及外甥女的消息。它們當然絕非能夠提供他安慰的情書，而我痛恨克霖竟也看過它們，對他怒目而視。

「當時我身心俱疲，根本無暇注意那些信裡寫了什麼。艾胥頓的高燒不退，脈搏也相當微弱，我們都知道他的時間已經不多了。但儘管他是那麼虛弱，仍然不停地提起妳，並懇求我答應一定要讓妳去一趟聖托里尼。這一點我之前已經告訴過妳了。之後他漸漸開始神智不清，彷彿妳就在一旁似地對妳說話，並且總是稱妳爲凱莉絲妲。等到太陽下山時，他已經完全陷入昏迷，再也沒有醒過來。那是我一生中最難過的二十四小時。」

「我很遺憾。」艾薇輕聲道。

「所以妳應該明白，愛蜜莉，」他又握住我的手。「菲利普絕對不可能還活著。我從未離開過他身邊，一直握著他的手，直到他痛苦地嚥下最後一口氣，身體僵冷之後都沒有放開。」

「他可能只是昏迷，克霖，你並不是醫生。」我回嘴道，抽回我的手。「我不知道該做何解釋，但顯然菲利普寫了信給亞瑟．帕瑪，他沒有死。」我不想讓克霖認爲我懷疑他謀害菲利普，因此並未對他的描述提出質問。

「如果經由某種奇蹟使他存活了下來——我必須再次強調，我很難想像會有這種事情發生——妳不認爲他早就應該設法聯絡妳嗎？至少他會先寫信給妳，而不是帕瑪。妳仔細想想，愛蜜莉，這一切根本不合理。」

如果我選擇相信克霖的版本，事情當然顯得極不合理；他是個非常聰明的男人。在邏輯上，我仍未完全相信菲利普依然活著，但在感情上我絕望地期盼這是眞的。既然我並沒有絕對的證據支持任一邊的說法，我決定要繼續抱持希望。

「我們都不確定菲利普經歷過什麼，你宣稱親眼見到他罹患重病，因此想要復元絕非短時間內就能做到的事，他也許無法行動自如，甚至可能會失去記憶。我們並不曉得是誰收留了他、照顧他，對方根本不會知道他的身分。」

「愛蜜莉，那已經是超過一年半之前的事了。請妳理智一點，我明白妳有多想相信他還活著，我能夠感同身受，」他再度站起身來，轉頭面向我。「但這是不可能的。他因爲一場可怕、殘酷的熱病死於非洲。我想不出亞瑟這封信是從何而來，它很可能是被誤寄到他處，所以他這麼晚才收到。我眞心希望事情並非如此，妳不該被迫再次承受失去心愛之人的打擊。」

如今看著克霖的眼睛，我十分確定他正是這整個謎團的中心。他很清楚我頭一次面對菲利普的死訊時，並未眞心哀悼我的夫婿。克霖冷靜的表情和安撫的嗓音，在此刻更顯得高傲以及一副施恩的態度。他是在試圖操縱我。

「我以爲身爲菲利普的摯友，你會堅持對此進行徹底的調查。」我說道。

「相信我，愛蜜莉，如果我認爲艾胥頓尚有一絲存活的可能性，早就已經動身前往非洲了。」

「我沒有興趣與你爭論，克霖，請你離開。」我下了逐客令，並在他走後無奈地搖搖頭。

「我以爲他或許會表現出一些內疚感，顯然我錯了。」

「妳想他說的有可能是實話嗎？」艾薇問道。

「有一部分吧，直到他宣稱菲利普已死。他竟如此冷靜地面對這個話題，實在令人感到不寒而慄。」

「我得承認，我很難想像他會做出傷害菲利普的事。」艾薇低聲道。

「想想一個擁有像克霖那般身分地位的人，若被人揭發是一連串大英博物館古董竊案的主謀，對他會有多大的影響？絕望會迫使人們做出意想不到的事情。」

「我知道妳是對的，愛蜜莉，我們有很明確的理由懷疑克霖涉及偽造案，但在非洲究竟發生了何事，這個問題仍令我感到十分困惑。」

「也許我們所有的疑問，很快就能由菲利普親自來解答了。」我說道，微笑再度回到我的臉上。「我們不該被克霖的話所迷惑，他會這麼說，其實早在我們意料之中。難道我們真以為他會坦承自己拋下了瀕死的好友？他當然不會承認。他只是把從開羅回來後，告訴每個人的那套說法再重複一次罷了，而且他有足夠的時間來練習以臻完美。我們無須理會他說了什麼，那一點也不重要。」

「至少現在我們知道，那封信似乎並未讓他憂慮，顯然他相信一切都仍在他掌控之下。」艾薇道。

「他的自信將會是他最大的致命傷。」

一八八七年　十月五日　雅典　盎格萊德爾飯店

瓦德卡斯介紹我認識佩夫勒斯．佛洛克斯——協助他買到最近那批珍貴古物的仲介商。佛洛克斯向我保證，他能輕易爲我找到與我的收藏品質相似的古物。我尚未決定該怎麼做。

收藏古物的道德準則，有時界線十分模糊，尤其是碰上這種情況。很謹愼地同意了一筆金額龐大的交易——希望我將來不會後悔。

22

「我從未見過妳如此心不在焉！」瑪格麗特驚呼道。我們正坐在書房中討論荷馬。「妳剛才贊同了我的說法——阿基里斯是個出類拔萃的男人。」

「眞的嗎？」我驚訝地揚眉。「我很抱歉，瑪格麗特，我今天有些心緒不寧。」

「出了什麼事嗎？」

「並沒有，我只是思念菲利普。我發現自己花了太多時間去想像，如果他並沒有死，我們的生活會是什麼樣子。」我對於隱瞞朋友有些內疚，但我無法告訴她讓我去想像那些事情的原因。我不想讓任何人向我指明，菲利普仍然存活的機會，在邏輯上近乎不可能。

「這一點也不令人意外，但妳該做的是面對事實，愛蜜莉。記住，無論死去的菲利普看起來有多麼完美，若是他還活著，也不過只是個典型的英國貴族男子。他或許不會贊同妳想追求學問的決定。」

「也許吧。」

「請勿覺得受到冒犯，愛蜜莉，但我認爲若菲利普還在的話，妳現在的處境將會和艾薇一樣。」

「那樣有什麼不好嗎？」

「對艾薇來說沒什麼不好，她對自己的角色感到很滿意，但我不認爲妳會有同感。總有一天妳會想要得到更多，而菲利普將會很意外，甚至驚駭地發現，他竟娶到了一位聰慧且有腦袋的妻子。菲利普和柏蘭登先生眞有那麼大的不同嗎？」

「我不知道。」

「別再這麼憂鬱了，」她在離去前斥責我道。「從荷馬的詩句中尋求安慰吧，跟赫克托比起來，妳的困境算得了什麼？」

我決定接受她的建議，並很快投入《伊里亞德》的故事中，幾乎沒有聽見戴維斯進房通報埃瓦特先生來訪；他是來向我報告我訂製的那尊雕塑的進度。

「埃瓦特先生，這眞是美極了！」我驚呼道，仔細審視他展現在我面前的素描圖，以及他所使用的畫紙。「我很高興你已經開始製作我委託的物件。」

「我一向十分忙碌，艾胥頓夫人，但我將您視爲我最重要的贊助者。我選擇愛芙羅黛緹爲這尊雕像的主題，因爲奧林帕斯的衆神之中，唯有祂稍微能及得上您的美麗。」他行了個完美的鞠躬禮。

「你沒有必要奉承我，埃瓦特先生，我已經答應會付給你報酬了。」

「我向您保證，艾胥頓夫人，任何從我口中說出的讚美之詞，都絕對眞誠無僞。」他說道，挺起了胸膛。「我可是擁有高度原則之人。」

這句聲明讓我不由得大笑出聲。「我很抱歉，埃瓦特先生，我並無意冒犯你。」

「這算不了什麼，」他回應道。「我很明白我的工作與我本人之間的矛盾之處，但請您不要忘了，我僅有一次違背過自己的原則，別以我那些缺乏道德顧慮的贊助者來評斷我。」

「我保證我不會那麼做，埃瓦特先生。」我對他微笑道。「我對你其他的贊助人很感興趣，或許還跟其中一位相當熟識。」

「我想您大概認識他們其中不少人，有許多貴族仕紳都收藏了我的作品，畢竟不是所有人都能負擔得起眞跡。」

「是的，我很清楚這一點，也不會追問你那些人的名字。」

「我爲此感謝您，艾胥頓夫人。」他說道。「如果您不介意我的冒昧，這是間很美麗的書房，但卻極度缺少藝術品的裝飾。子爵大人的那些珍藏呢？」

「幾乎都放在我們鄉間的宅邸，客廳裡倒是有尊迷人的阿波羅胸像。」

「噢，是的，那尊普拉克希特利斯的雕塑。我們在大英博物館見過我的仿作，對嗎？那是難度相當高的一件作品，」他說道，顯然很以自己爲傲。「沒有多少人能做得出來。您那一尊是誰製作的，您知道嗎？」

「事實上，是普拉克希特利斯本人。」我揚了揚眉道。「說起來實在有些尷尬。」

「親愛的夫人，我保證絕不會因此而看輕您。我很清楚子爵大人的——」他頓了一下，思索著合適的辭彙。「——習慣。我不但會替您保守秘密，也對一位如此懂得欣賞藝術之美的男士充滿敬意。有誰能責怪一個有足夠財富任他運用的男人，想要擁有這樣一尊藝術眞跡的渴望？」

「我不責怪我的丈夫想要擁有它，但有些難以接受他得到它的方式。」

「若非如此，我的作品將無法這般顯著地展示在博物館中，供數以千計的人們欣賞。」埃瓦特先生回應道。我幾乎要爲他感到難過，無法享受自己的作品所帶來的榮耀，想必令他深感無奈。

「請勿認爲我看不起你的作品，我只是不喜歡那些欺騙的行爲。」

「我完全能理解，艾胥頓夫人，這也是我之所以不願進一步參與古董盜賣行動的原因，否則我大可以用我的複製品賺進大筆財富。」

「這讓我不得不回到之前的話題，埃瓦特先生，關於你的一位顧客，也是我所熟識的友人，克霖．赫格里佛先生。」

「您爲何提到他，艾胥頓夫人？」他問道，看起來十分憂慮。「我從未說過他是我的贊助者。」

「但他的確是的，對嗎？」

「恐怕我得堅持原則，不討論我的顧客。」

「所以你承認他是你的顧客？」

「我沒這麼說，」他聲明道，用手帕抹了抹前額。「我只能說他對我的生意具有極大的影響力。」

「什麼樣的影響力，埃瓦特先生？」

「拜託，艾胥頓夫人，如果您繼續追問下去，就是在爲難我了。我無法證實或否認任何與我工作相關之人，一旦我開了先例，那麼再也不會有人信任我。」

「可是你曾告訴我，艾胥頓爵士從未與你有過接觸。」

「是的，艾胥頓夫人，因爲我看得出您眼裡的傷痛，但我實在不該那麼做的，請別再問我了。」

「你是否曾試圖聯繫艾胥頓爵士？」

「您爲何會這麼想？」他反問道。

「我找到兩張警告他有危險的字條，紙張的材質厚重——就像你爲我那座雕像素描時所用的畫紙。」我走向書桌，打開上了鎖的抽屜，拿出字條遞給埃瓦特先生。他的臉色變得有些蒼白。

「我聽到了一些風聲。儘管我與艾胥頓爵士並沒有直接的交易關係，但我很熟悉他鼎力支持藝術的名聲，因此覺得我有責任警告他多留神。」

「什麼樣的風聲？」我激動地問道。

「謠傳他激怒了某位極有權勢之人，並可能惹來殺身之禍。事情和他所蒐購的古董有關，我只知道這麼多。」即使我不斷追問，埃瓦特先生仍堅稱他並不曉得更多內情，令我不禁納悶我的丈夫究竟惹惱了什麼人，原因又是什麼。

一八八七年 十一月七日 肯特郡 唐納利宅邸

布隆尼爵士舉辦了一場精彩的獵狐會，算是替狩獵季節揭開了序幕。凱拒絕跟隨在嗜血的獵犬們身後，而是選擇和她的朋友艾薇．凱文迪許小姐一起騎馬兜風。她告訴我她希望那些狐狸可以安全逃脫——但她眼裡的光芒顯示她只是在揶揄我。

在花園裡設法避開了我們的伴護短暫的五分鐘；時間並不長——但我終於吻到了我的新娘。

23

艾薇第二天下午沒有打擾我，而是決定出門訪友。我們同意不告訴任何人關於菲利普的信函一事，不想在確定其真實性前便將它公諸於世。她離去後，我查看了一下我的衣櫃，並對結果感到相當不滿意，於是立刻寫了封信給沃斯先生，打算訂製兩件質料絕對不適合哀悼中寡婦穿著的外出服。我在信中詳細地描述了我想要的款式與剪裁，甚至還附上了素描圖。接著我走進菲利普的更衣間，有些後悔不久前處理掉了他個人的衣物，並考慮是否該向他的裁縫師再訂購一些服飾。這也讓我想到菲利普的貼身男僕，納悶是否有機會能重新僱用他；他在菲利普死亡後數月便已另謀新職。不，不是死亡，而是失蹤，我糾正自己。

擺放在我們寢室中唯一的書櫃容量不大，我很快就在其中擺滿了與菲利普在鄉間大宅的臥房裡同樣的書籍，幸好這裡的書房有著不少相同的藏書。除了《特洛伊羅斯與克瑞西達》之外，我加進了自己的那本大英博物館指南，以及我在蜜月旅行中閱讀的《奧德利夫人的秘密》。我先前已將《血字的研究》借給了艾薇，不過我要戴維斯派了一名僕人到書店買回了柯南．道爾最新的夏洛克．福爾摩斯系列著作：《四個簽名》。如果我的丈夫真能回家的話，我想這會是個很好的驚喜。我並未費事搜尋他那些關於狩獵方面的書冊，期望他在非洲經歷過這場磨難後，會因此對它失去興趣。

坐在我們共享的大床邊緣，我臉上泛起笑意。也許很快的，我就不須再被迫單獨入眠了。我從不曾想過我會期待夫妻之間的親密行爲，但我的確渴望菲利普輕柔的撫觸，他在我頰邊溫暖的呼息，以及他壓覆在我身上的強壯身軀。我歎了口氣，仰身倒在床上，卻被梅格用來固定我髮髻的那些夾子戳痛了頭皮。我試著想要起身，但是勒得太緊的緊身褡讓我難以坐直身子，最後我只能側著身慢慢下床，也打散了我腦海裡對於菲利普的那些浪漫情思。跟著我聽見艾薇高聲叫喚我的名字，雖然樓梯上鋪了地毯，我仍能聽見她匆匆跑上樓的足音。我走到樓梯頂端等著她。

「看在老天的分上，艾薇，到底發生了什麼事？妳看起來就像是跑過了整座倫敦城。」

「愛蜜莉，我剛才度過了一個最不可思議的下午。」她坐到最高那層階梯上。「妳見過希瑞・艾略特嗎？」

「沒有，我對這個名字並不熟悉。」我答道，被引出了好奇心。

「我在費爾汀夫人家裡見到了艾蓓拉和帕瑪先生，亞瑟很嚴厲地指責我不該留下妳一個人獨處。他顯然一點也不了解妳強韌的性格。」艾薇笑道。「不過他的關心還是挺讓人感動。」

「是的，艾薇，但這不可能就是妳所提到的，令人不可思議的部分吧？」我問道。

「不，當然不是，只是段有趣的插曲罷了。」她淘氣地微笑。「稍後我去拜訪了維多利亞・林利——」艾薇停頓了一下。「她結婚以後，妳還沒去過她的夫家吧？」

「沒有，我沒去過。」我答道，並且希望艾薇不要再分神。

「眞是間可怕的房子。」艾薇評論道。「總之，我在那裡的時候，經人介紹認識了一位希瑞・艾略特先生。在妳開口詢問之前，不，他與那位討人厭的艾略特夫人並無任何親戚關係。」

「很好。」我說道。

「艾略特先生剛自非洲返國，他和幾位朋友到那裡狩獵。在向我們描述他的冒險過程時……對了，在場的除了我跟維多利亞之外，還有珍安．巴霖，她的打扮眞是糟糕透了——」

「艾薇！別管珍安．巴霖了，艾略特先生說了些什麼？」

「噢，好吧。他提到曾聽過一個流傳甚廣的謠言，是關於一名英國男子在非洲的樹叢間遊蕩。」

「那人有可能是菲利普嗎？」我問道，期盼這便是能一舉消弭我所有疑慮的證據。

「他說他們每次聽到那則傳言，它就變得越來越荒誕。起先有人說那名男子生了重病，後來又聽說他發瘋了，接著甚至謠傳他放棄了文明的生活，打算過著和當地土著一樣的日子。艾略特先生並不怎麼相信後面那兩則傳聞，但據他說，好像的確有某個人與同伴失散後生了重病，必須自行設法向人求助。」

「這個人現在在什麼地方？」我問道。「他一定是菲利普。讀過那封信後，我曾希望他或許還活著，但我必須承認，只憑一封信並無法提供足夠的證據。但這個傳言似乎證實了一切。」

「顯然如此，愛蜜莉。」艾薇說道，握住我的手。「無論如何，這足以令人相信那個人很可能就是菲利普，畢竟同一年裡竟有兩名英國男子在非洲罹患重病，並遭同伴們棄之不顧，未免太過巧合了。」

這時戴維斯上樓來通報瑪格麗特已經抵達，她跟我約好要來研讀希臘文。一見到她，我立刻把我們所知道的一切全說了出來，她責怪我沒有在初次見到菲利普的信函時就告訴她這件事。

「妳爲什麼不告訴我，愛蜜莉！」

「我很抱歉，瑪格麗特，但妳應該能諒解我想等到更有把握之後，再透露這件事的心態，因爲妳向來凡事講求證據。我想我是害怕妳會指出這整樁事件中，任何不符邏輯之處，而我並不想放棄希望。」

「妳錯了，愛蜜莉，我以前就聽過類似的故事——人們克服無法想像的困境並存活下來，這種例子在美國多得不勝枚舉。想想李文斯頓博士[16]吧。」

「李文斯頓博士？」艾薇問道。

「噢，是的！」我驚呼道。「一點也沒錯，李文斯頓博士。」

「他被認定死於非洲的三年後，史丹利才動身前去尋找他，而且又花了兩年時間才成功。」瑪格麗特說道。「菲利普失蹤尚不滿兩年，他若還活著，我一點都不會感到驚訝。」

「班奈特先生，」艾薇說道，抓住我的手臂。「妳還記得在巴黎時曾見過他嗎？」

「當然記得。」我困惑地答道。

「就是他派史丹利先生去尋找李文斯頓博士，因爲他想把這個故事刊登在紐約的報紙上。」艾薇說道。「他花了相當長的時間跟我談論它，我費了很大的心力都無法讓他改變話題。」

「妳眞聰明，艾薇，竟然會想起這件事，我早都忘了。」瑪格麗特道。「當時大家都相信李文斯頓已經死了。」

「我記得史丹利找到他的時候，他的健康狀況極差。」

「事實上，他是過於疲勞，而非生病。」瑪格麗特說道。

「這兩者相差不大，他肯定經歷了一些很可怕的事！」艾薇輕呼道。「眞可憐哪，他想必受到了不少折磨。」

「我要到菲利普身邊去，我一定要找到他。」我說道，突然感到一陣驚慌，根本沒注意她們說了些什麼。「我要去非洲。我無法忍受想到他正獨自一人，在某個荒涼的村落裡受苦。我要在他們找到他的第一時間就見到他。」

「妳當然得去。如果他仍在病中，見到妳無疑將激勵他的精神，有助於他的康復。你們的重聚不該受到任何延遲。」瑪格麗特說道，越來越感到興奮。

「也許班奈特先生會願意組織一支搜救隊去尋找菲利普。」艾薇建議道。

「班奈特先生會是很好的消息來源，但我不認爲他會同意讓愛蜜莉去。我們難道就找不到別人能幫忙安排這些事嗎？」瑪格麗特問道。

「妳說得對，況且要是讓班奈特先生得知此事，他無疑會要求刊登在他的報紙上，而我並不想引起注意。」我思考了片刻。「我會去請求帕瑪先生的協助，畢竟菲利普當初選擇了跟他聯絡，他應該有辦法組織一支搜索隊。」

「我們不能忘記李文斯頓博士是位傳教士，愛蜜莉，他是自己選擇居住在非洲，也早已在那裡安身立命。儘管那兒的生活環境想必相當落後，但已足夠令他滿意，讓他在獲救之後仍決定要留下來。可是菲利普的情況並沒有那麼樂觀，我們也許可以期望他能活著被找到，但沒有人能夠保證這一點。」艾薇道。

⓰大衛．李文斯頓爲蘇格蘭著名探險家，也是首批前往非洲的傳教士之一。

「我會一直保持信心，直到親眼看見相反的證據爲止。」我手舞足蹈地說道，沉浸於很快就能重回菲利普懷抱的喜悅中。

「妳眞的認爲妳該前往非洲？」艾薇問道。「那聽起來十分危險。」

「她當然要去！」瑪格麗特叫道。「我眞希望我也能去。我不敢相信我姊姊的婚事這麼快就決定了，我得趕回紐約去參加婚禮。」

「我會需要妳幫忙，艾薇。」我說道。「絕不能讓我母親知道我要去非洲的事，她會盡一切所能來阻止我。我打算告訴她，我要跟妳一起去鄉間住一陣子，妳願意幫我圓謊嗎？」

「噢，愛蜜莉，我眞的不確定這是不是個好主意。我跟妳一樣希望菲利普能活著回來，但一切都仍是未知數。一想到妳要跑去非洲——那樣太不安全了。」

「不用擔心，親愛的，妳知道帕瑪兄弟會確保我平安無虞。」

「現在不是背棄朋友的時候，艾薇。」瑪格麗特說道。

「愛蜜莉明白我是爲了她好。」我從艾薇的表情看得出來，她認爲我這次太過衝動了。

「但妳這是在暗示，妳比她更清楚怎麼做對她最好。」瑪格麗特語調強硬地說道。

「拜託妳，艾薇，妳願意幫我嗎？」

「當然。」艾薇道，聽起來像是屈服，而不是被我們說服。「如果妳覺得這是妳必須去做的，我不會阻止妳。」

「若我母親寫信來，妳能幫我回信嗎？」

「我會的，但她一定認得出妳的筆跡吧？」

「不要緊，妳可以用電報回覆她，就說我現在已經這麼富有，不想再花時間等郵差送信。我母親肯定會因此大受打擊，不再寫信給我。」我答道。「還有，艾薇，妳千萬不能告訴羅柏。」

「噢，愛蜜莉，我不知道能否對他撒謊。」

「妳丈夫無權知道她的計畫。」瑪格麗特道。

「求求妳，艾薇，如果他知道了，也許會試圖阻止我。」

「是的，我想他會那麼做。」她美麗的眉毛皺起。「但或許不會——若妳同意最遠只到開羅。妳可以讓其他人繼續其餘的行程，又會比待在倫敦能夠更快見到菲利普。包括妳母親在內，都不會有人反對妳去開羅。妳可以住在牧人酒店裡——這個季節去正合適。」

「我的目的地不是開羅，艾薇，而是要到菲利普身邊，就算我得一路走到維多利亞湖[17]才能找到他。」

「天哪！他就是在那裡打獵嗎？」艾薇驚呼道。

「坦白說，我不知道。」我承認道。「但亞瑟肯定知道。」

我很快地寫了封信送去給亞瑟，並在數小時內便得到回應。他和安德魯已經在忙著訂前往開羅的火車票和船票，並安排嚮導帶領我們到南方去。

「亞瑟如此迅速地承擔下這份責任，真令人印象深刻。」艾薇從我肩後探頭讀著他的回信。

「還有安德魯，親愛的安德魯。」我歎息道。「我真不知道該怎麼說。不久之前我才冷酷無

[17] 非洲最大淡水湖。

情地拒絕了他的求婚，現在他卻如此盡心盡力地幫忙救回我的夫婿，我想沒有多少人會願意這麼做。」

「看來他比我們想像中更愛妳。」艾薇道。「他必定對妳有極深的感情，才會不遺餘力地想讓妳快樂。」

「雖然這麼想很浪漫，但我們也別忘了，他跟亞瑟都是菲利普的好友。妳的確美麗又迷人，愛蜜莉，但他們或許是爲了朋友才這麼做，不全是因爲妳的緣故。」瑪格麗特道。

「當然，妳說得很對。不過我還挺喜歡『被拒絕的追求者費盡心力，好替心愛的女子尋回她的最愛』這個想法。」我半戲謔地說道。「幸好我拒絕了安德魯，不是嗎？否則妳們能否想像菲利普回家之後，發現我竟然跟別人訂了婚的情景？」

「感謝上帝不會有這種事發生。」艾薇道。「我很意外亞瑟沒有在信裡提到，他對妳決定要同行之事有何看法，我原以爲他必定會提出抗議才對。」

「我還沒告訴他，」我坦承道。「我不想讓他拒絕這趟行程。等他的計畫開始付諸實行之後，就會比較容易適應我要同行這個念頭了。」

「妳眞可怕，愛蜜莉。好吧，如果妳將在一週內啓程前往黑暗大陸，我想妳最好趕快開始收拾行李。」瑪格麗特說道。「妳也必須盡快告訴帕瑪兄弟們實話，我眞想看看當他們發現搜索隊將要增加同伴時，臉上會是什麼表情。」

一八八七年 十二月一日 德比夏郡 艾胥頓大宅

今天大半時間在整理我的收藏及標上註記——基於我在近幾次旅程中所做的大量採購，這麼做的確有其必要性。佛洛克斯沒能搜尋到我名單上任何一樣物品，並建議我若決心要找到它們，就必須再回巴黎一趟。

下週會去肯特郡拜訪凱，這會是我前往非洲前，我們最後一次見面。等我再度返回英國時，我們倆的人生都將會有巨大的改變。

24

第二天下午我再度見到了安德魯；自從拒絕他的求婚後，我一直都設法避開他。我選擇在小客廳而非書房裡與他會面，以免引來尷尬的回憶。他看起來比我預期中俊帥，對待我的行爲舉止也十分得體，若不是他嘴角那抹淡淡的諷笑，我會以爲他完全變了個人。

「艾胥頓夫人，謝謝妳願意見我。」他說道，等我邀請他後方才坐下。

「安德魯，你不用對我回復到那麼拘謹的稱呼。」我微笑道。「那樣會令人無法忍受。」

「我不知道該說什麼，愛蜜莉，我們之間從上次見面之後已經有了許多變化，雖然我對妳的感情仍未改變。」他起身來到我面前。「正因爲如此，所以我決定要盡一切力量來讓妳快樂，也就是將妳所愛的男人送回到妳的身邊，即便看著你們團聚將會令我心碎。」

「安德魯，我眞的很抱歉，我從來無意要傷害你。」

「我知道，親愛的。」他停下來望進我的眼裡。「我以後不能再這樣叫妳了。就算妳接受了我的求婚，我們還是得面對艾胥頓仍然活著的事實，那樣一來，我將從最幸福的雲端，跌進最絕望的深淵。妳並未答應我才是最好的結果，讓我得以免去必須放棄妳的痛苦。」

我不知該如何回應，只能沉默以對，低頭看著擺在腿上的雙手。

「我不是來擾亂妳的心情，如果我令妳感到不自在，請容許我致上歉意。」他微笑道。「我是來通知妳，亞瑟和我已經安排好前往非洲的行程，妳有沒有任何東西要託我們帶給艾胥頓？一封信，或是某樣小紀念品？」

「事實上，我另有打算。」我開口道，不敢迎上他的視線。「我要跟你們一起去。如果待在這裡等你們帶他回來，我一定會著急得發瘋。我必須盡快見到他，而且這樣一來，我也能更確切地了解他到底承受過什麼樣的折磨。」

「妳確定嗎？」安德魯瞇起眼睛問道。「非洲是個完全不適合人居的地方，妳待在這裡會比較舒適。」

「當我的夫婿遠離所有家人、朋友，在死亡邊緣苦苦掙扎時，我怎麼還能想到自己的舒適與否？我一定要到他身邊去，安德魯。」

「我必須承認，我正希望妳會這麼說。」他回答道。「我永遠不會對妳提出這樣的要求，但我認爲艾胥頓若能見到妳，對他想必將大有助益。我們無法確定找到他的時候，他的身體狀況會是如何，但有妳在身邊，對他絕對會有正面的影響。我想不出還有誰比妳更適合照顧他，他初發病時叫喚妳名字的聲音，直到如今仍常在我耳邊迴響。」他望向窗外。「他一遍又一遍地呼喚妳，無法達成他的願望，令我們都深深感到慚愧。」

「那就這麼決定了。」我說道。「我會準備好和你們一起出發，請你幫我安排好旅行事宜，其他的我會自行處理。」

「那會是我的榮幸，愛蜜莉。」

「還有，安德魯……」我頓了頓。「請不要覺得受到冒犯，但我明白以你的財務狀況，並無法負擔這趟旅程。我已經指示我的律師，這一路上你與亞瑟的開支，都將由我的帳戶來支付。」

「沒有這個必要。」他坦蕩地看著我道。

「也許吧，但我不能要求你負擔這筆花費。你可以等我們回到英國後，再跟菲利普討論這個問題。」我微笑道。「我眞的不知道該如何感謝你，安德魯。」

「能看到妳眼中的快樂，對我來說就已經足夠了，愛蜜莉。」

門上傳來一記輕敲，艾薇探頭進來。「希望我沒打擾到你們。」

「一點也不，」安德魯愉快地說道。「愛蜜莉和我正在計畫一趟長途旅行，我得倚靠妳來確保她會備妥合適的衣物，艾薇。她那些長長的裙尾在矮樹叢裡，肯定會是一場災難。」

「我們已經預期到這個問題了，安德魯，也有了應對的辦法。」艾薇道。「我想你一定會感到滿意。」

「我相信我會的。」他微笑道。

「愛蜜莉，我是來告訴妳，我要出發去拜訪維多利亞了。」艾薇道。「妳確定沒有別的事需要我的協助嗎？我不介意錯過這頓午茶。」

「不用了，妳儘管去吧，艾薇，我不會有事的。替我向大家問好。」我答道。

安德魯行了個禮，目送艾薇離開，然後轉向我。「愛蜜莉，」他頓了一下。「我能否向妳懇求一件事？」

「當然，安德魯，是什麼事？」

「我能跟妳吻別嗎？我知道當我再次見到妳時，我們將會忙於搜救妳夫婿的相關事宜，我將再也沒有機會享受像過去幾個月來，這樣與妳親近的時光，因此我很希望能以一吻，作爲我生命中這個章節最美好的結束。當然，我了解這並不合乎禮儀，但我們之間的相處，向來不曾拘泥於世俗規範。」他對著我微笑，但我彷彿看見了他眼中被拒絕的傷痛。區區一吻又有何妨？我走到他面前，握住他的雙手，然後抬頭迎向他的唇。他深深地吻了我好一會兒。

「謝謝妳，愛蜜莉，從現在起，我會努力把妳視爲艾胥頓夫人；但在我心底深處，我將會永遠懷念這一吻。」他舉起我的手輕吻了一下，隨即便離開了。

接下來的日子飛快地過去，我設法找到了幾件適合行走的服裝，以及兩雙堅固耐穿的靴子，希望它們足以應付非洲的草原。我們預計先在巴黎短暫停留，以便安德魯處理一些之前便與人約好要商談的生意，然後繼續前往開羅，與當地的嚮導會合，由他們帶領搜索隊伍進入英屬東非。從離開開羅起，我們將盡可能地搭乘火車往南行，之後再改爲騎馬前進。安德魯與亞瑟很清楚地說明了我們在路途中將會遭遇的危險，長途跋涉本身就已經是項挑戰，更別提無人能保證當地政局是否能保持穩定。這些可能的危險不但沒有令我改變主意，反而更堅定了我要完成任務，帶菲利普回家的決心。

瑪格麗特明顯地爲此感到興奮，日日爲自己無法加入這場冒險行動哀歎，並咒罵姊姊竟然正好選中這個時候舉行婚禮。她誓言要加入菲利普往後籌劃的任何狩獵之旅，而我則指出到時將輪到她成爲隊伍中唯一的女性，因爲我毫無參與大型狩獵活動的意願。瑪格麗特只是放聲大笑，逼我承諾會寫下旅途中所有的細節，好供她藉以神遊一番。

另一方面，艾薇則隨著我的出發日期逐漸逼近而越趨緊張；她總是緊跟在我身邊，不斷扭絞著雙手，希望我會同意留在開羅。儘管她十分擔憂，卻從未減低對我的支持，也保證不會向羅柏吐露一絲風聲。她親自寫信給我母親，詢問她認爲到鄉間住段日子，是否對我會有好處。我母親向來都樂於相信自己有能力掌控我，她很快回信給艾薇，請她務必要帶我離開倫敦；她一直十分惱怒我堅持在狩獵季開始後仍留在城裡。我的不在場證明於焉確立。

確定要啓程的三天前，我換上新採購的旅行裝，從南街經派克道走到海德公園，並在那裡逗留了整個下午，繞著蛇型藝廊及公園裡寬敞的步道漫步。儘管豔陽高照，空氣中仍帶有一絲寒意，但我快步走著，歡迎著季節的遞嬗。只不過簡單改換一下衣著，卻帶給了我無法形容的自由感受。少了緊身褡，我可以更大口呼吸；堅固耐穿的靴子也讓我在每次加快腳步時，不會有扭傷腳踝之虞。我感覺彷彿能征服世界。我停在阿基里斯的雕像前，思忖著我的丈夫對這位英雄人物的看法。雖然我極爲期待再見到菲利普，卻也不由得有些忐忑。他的回歸將再次改變我的人生，近兩年來我所享有的獨立自主將自此消失。菲利普也許不會贊同我獨自到公園裡散步，或是我佔據他的書房，以及不認同他對於荷馬的某些觀點。我幾乎能確定他不會高興我染指他的波特酒。我感到一絲不安，猜想著他是否會喜愛這個全新版本的凱莉絲妲；但我堅信無論如何，我們的重聚將會非常的完美而浪漫。我開始朝肯辛頓宮的方向走去時，一名紳士匆忙地經過，差點將我撞倒。

「我眞是萬分抱歉……」他說道，抬起頭來。「愛蜜莉！」

「你怎麼會到公園來，赫格里佛先生？」

「我想應該跟妳的目的一樣，今天的天氣很適合散步。」

「你剛才好像在奔跑，是和誰有約要遲到了嗎？」

「不，我才剛結束某個約會。」他簡短地答道。

「在公園裡？告訴我，赫格里佛先生，和你見面的是位女士嗎？」我揚眉問道。「我是否該恭喜你即將找到幸福？」

「沒這回事，愛蜜莉，妳應該很清楚這一點。我剛才見到了帕瑪，他告訴我，妳打算和他們一起去非洲。」

「是的，」我答道，坐在一旁的長椅上，並再次欣喜於少了緊身褡所帶來的輕鬆感。「我想盡快見到菲利普。」

「愛蜜莉，請聽我說，」他坐到我身邊。「我知道妳痛恨別人指使妳該怎麼做，而且妳一旦決定了想做什麼，就鮮少會改變主意。我能理解妳需要相信自己的夫婿仍然活著，或許為了讓妳明白他已死的事實，派出搜救隊的確有其必要，但妳親身參與這趟旅程並非明智之舉。」

我望著他的雙眼，思考著他說這些話的目的。「我很清楚有哪些潛在的危險。」

「我想妳並不知道。」他說道。「我不懂帕瑪在想什麼，竟然會同意讓妳去。」

「第一，他認為我對菲利普或許會有幫助；第二，他與我所認識的某些人不同，知道自己無權過問我所做的決定。」

「如果菲利普還活著，會因為帕瑪讓妳涉險而鞭打他。」克霖回應道。

「他該怎麼做，到時就由他自行決定吧。」我站起身，調整了一下手套。「我個人認為，帕瑪先生和他的弟弟有足夠能力保護我的安全。現在請恕我失陪了，出發之前我還有很多事要忙。」

他從長椅上跳起，握住我的手，讓我微微受到驚嚇。「請別讓自己置身險境，愛蜜莉。」他柔聲道。「若妳堅持進行妳的計畫，就會面對這樣的結果，而我將沒有辦法保護妳。」

「我很感謝你的關心，赫格里佛先生。」我說道，移開他的手。「但我向你保證，我將會平安無事。」我舉步正要離去，然後再度轉身面對他。「我確信我的夫婿返家後，會希望與你好好談一談。」我說完之後，隨即大步走開。

顯然將我留在倫敦，並盡可能遠離菲利普，對他比較有利。克霖俊美的容貌、完美的禮儀和迷人的舉止都瞞騙不了我，我絕不會向他屈服。我慢慢走回伯克利廣場，並驚訝地發現竟是艾薇親自來替我開門。

「天哪！爲何是妳來應門？」我輕呼道，走進屋內。「是戴維斯佔據了我的房子，自立爲主了嗎？我沒想過他有膽子這麼做。」

「過去半小時裡，我一直在等妳回來。」艾薇近乎耳語道。「有位名叫衛斯里・普思科的神秘男子來拜訪妳。」

「妳認識他嗎？」我問道，摘下帽子遞給戴維斯，後者似乎並不爲我朋友的脫序行爲所動。

「不認識，我這輩子從未見過他。」艾薇答道，仍然壓低嗓音，讓我幾乎聽不見她說了些什麼。「他未經適當引薦便逕自上門拜訪，這麼做實在太踰矩了。」

「他有沒有提到來訪的目的？」

「完全沒有，他堅持只肯跟妳談話，還說無論多久他都會等下去。戴維斯原本不肯讓他進門，但最後我實在不忍心。」

「我將他安置在小客廳裡。」戴維斯說道。

「謝謝你，戴維斯。」我點點頭。「跟我來吧，艾薇，我們去聽聽普思科先生到底有什麼話要說。」我大步走進客廳，看見一名又高又瘦、衣著有些邋遢，而且滿面風霜的男子。他一見到我便立刻起身，開始為不請自來而致歉。

「或許你最好告訴我，你來此的目的，普思科先生。我正在為一趟長途旅程做準備，沒有太多時間。」

「我隸屬於英國國教聖公會，艾胥頓夫人。過去十年來，我都在東非向那些未蒙主恩的異教徒傳教。將近一年前，當地有名土著送來了一位罹患重病的英國男子，顯然部落裡的巫醫已經盡了一切努力，不想擔負起一個白人在他手中喪命的責任。」

「菲利普！」我驚呼道。

「是的，夫人。起初我們並不知道他的姓名，他有數週的時間意識不清。根據我們研判，他可能是感染了黃熱病，並且沒有得到足夠的休養，以致無法復元。但當他的情況開始好轉時，記憶並沒有隨之而來，直到數個月後他才想起一切，體力也逐漸恢復。他隨身帶著這樣東西。」普思科先生遞來一個骯髒的信封，我立刻將它打開，裡面那張我在婚禮當天所拍的照片，讓我禁不住倒抽了一口氣。我知道菲利普把它帶去了非洲，同時他在巴黎為我訂製那幅畫像時，給雷諾瓦看的也是這張照片。除了菲利普親自交給他之外，我想不出眼前的男子還有什麼方法能拿到它。

「我不知道該說什麼。」我把照片拿給艾薇，她搖鈴喚來了戴維斯，吩咐他送上白蘭地。我的雙手不受控制地顫抖著，幾乎無法呼吸。「他眞的還活著。」

「噢，是的，活得很好。」普思科先生回應道。「我離開傳教區時，他的健康狀況還未復元到足以旅行，瘧疾使他元氣大傷。他知道我會在他之前回到英國，因此託我帶來這張照片，好讓您安心。」

「他還有交給你其他東西嗎？」艾薇問道。

「有的，一封署名給一位帕瑪先生的信，我在開羅時就已經將它寄出。我很抱歉沒能盡快趕來見您，但我早已計畫好，在抵達多佛港時先去探望我的父母，然後再動身前往倫敦。我只有偶爾回到英國時，才有機會見到他們。」

「當然，謝謝你，普思科先生。我能否再麻煩你幫我做一件事？」

「我很樂意，艾胥頓夫人。」

「請你去拜訪我的朋友，安德魯·帕瑪先生，並告訴他傳教區的確實位置。我們已經計畫好要去接我丈夫回家。」

「那會是我的榮幸，艾胥頓夫人。」他說道，彎身行了個不甚像樣的鞠躬禮。我很快地替他寫了封介紹信，好讓他拿著去見安德魯，然後再度向他致謝。當他離去後，我擁抱了艾薇、戴維斯，以及正好經過我面前的任何人，爲得到菲利普生還的確切證據而雀躍不已。現在知道在何處能找到他，前往非洲的這趟旅程，感覺起來不再那麼令人卻步。也許我們甚至可以回英國過聖誕節。

「愛蜜莉，我眞抱歉曾懷疑過菲利普是否還活著。」艾薇哀歎道。「黃熱病和瘧疾！妳一定要好好照顧他。」

「我正打算那麼做。」我回答道，露出燦爛的微笑。

一八八七年 十二月三十一日 德比夏郡 艾胥頓大宅

安妮的兒子顯然極爲聰明，從他試圖啃咬我送給他的聖誕禮物——一尊亞歷山大大帝的雕像——就能看得出來。我的姊姊斥責我竟送給一名幼童如此不適當的禮物——一盒積木想必更加合乎她的心意，但我寧願當個能夠啓發姪兒心智的舅父。明年我打算送他一本《伊里亞德》作爲睡前讀物。

留給了伊默詳細的指示，該如何處理即將運到的貨物。我很想留下來親自監督，但不認爲有必要爲此改變前往非洲的計畫。

凱送我一叭單眼望遠鏡作爲聖誕禮物，是她和友人艾薇·凱文迪許小姐一起選購的。她們似乎認爲這項禮物十分有趣，並建議我帶著它去進行下一趟狩獵之旅。我之前從未聽過凱的笑聲，它聽起來恍如天籟。

25

我們出發的日子終於來到。氣候一點也不合作，但傾盆大雨也打擊不了我們高昂的情緒。我心中充滿喜悅的期待，而這原是我在婚禮前該有的感受。我想像著找到菲利普時，他正躺在原始簡陋的床上輾轉反側，頭髮因汗水而潮濕。我會快步衝到他的床邊，用手輕撫他的前額，他會立刻平靜下來。他會張開眼睛，看見我將帶給他力量，讓他坐起身來熱情地親吻我。經過這段浪漫的插曲後，我會斥責他，提醒他他的健康狀況，讓他同意躺下來休息。我會坐在他的床邊，握著他的手直到他入睡，這次他的唇邊將帶著微笑，睡得十分安穩。我希望能立刻帶他回家，畢竟我浪漫幻想中其餘的部分，比較適合在自己家裡，或至少是在開羅的牧人酒店裡實現，而不是某個偏遠的非洲村落裡。

梅格打斷了我的白日夢，通知我馬車已在外頭等候，嗓音聽起來帶著一絲絕望。我明白單獨與安德魯及亞瑟前往異國的舉動將惹人非議，因此決定帶梅格跟我一起到開羅。在那之後，我希望有嚮導們同行，能有助於平息衛道之士們的議論。我可憐的女僕萬分不願再度離開英國，但我決心要將她改造爲旅行愛好者。我給了她一本愛美莉亞．艾德華茲的回憶錄，《尼羅河上游一千哩》，期望她讀完之後能受到啓發，至少在我和帕瑪兄弟前往搜尋菲利普時，會願意去探索開羅。

「準備好展開我們的旅程了嗎，梅格？」我問道。

「噢，夫人，我想您帶戴維斯先生或其他人去，或許會比較好。」她不情願地說道。

「別荒謬了，梅格，妳一定會喜歡這趟旅程，而且我需要妳。戴維斯必須留在這裡。」在所有僕役中，只有她和管家知道我這次遠行眞正的目的，其他人都以爲我是去艾薇的鄉間別墅小住。儘管梅格厭惡與外國人打交道，但她無論在什麼情況下，行事都極有效率，況且她一流的梳髮技巧無人能及。戴維斯對任何探險之旅肯定都會大有助益，但帶他一起上路完全不合邏輯，畢竟我有何理由，要帶著自己的管家到別人家裡去住？

「是，夫人。」梅格無精打采地回應。

我調整了一下頭上的帽子，最後再看了一眼鏡子，接著快步走下樓梯。

「天哪，愛蜜莉，妳看起來像要飛起來似的！」艾薇輕呼道。

「我等不及要去鄉間度假了。」我說道，朝戴維斯眨眨眼，向來嚴肅的管家顯然費了點心力好維持住莊嚴的表情。

「早餐前我已將您的行李送去了火車站，夫人，也對腳伕留下了詳細的指示。」

「謝謝你，戴維斯，有任何消息的話，我會拍電報回來。」我低聲說道，拍了拍他的手臂。

「您請保重，夫人。」他答道。「希望很快就能迎接您回家。」

不到一小時內，我和梅格已經舒適地坐進了火車上的私人包廂。瑪格麗特到車站來爲我們送行，我拚命地朝她揮手道別，直到火車逐漸離站。看著窗外涼冷的秋景，我的心情既溫暖又興奮。安德魯和亞瑟陪我們坐了一陣子之後，便回到走道對面他們自己的包廂。

「今天非常適合旅行。」我對梅格說道。

「但氣候糟透了，夫人。」

「我向來喜歡在嚴酷的氣候裡乘坐火車旅行，完全與外界隔離，最後到達一個天氣狀況也許完全不同的地方。」

「恐怕橫渡海峽時將會很不好受，夫人。」

「別太擔心了，梅格，」我還記得從巴黎返國的時候，她暈船的情形有多嚴重，因此試著安撫她。「到時或許會風平浪靜。妳開始讀那本遊記了嗎？」

「還沒有，夫人。我忙著打包行李，一直沒有時間。」

「現在妳有空了，好好享受吧，梅格。」趁她拿起愛美莉亞．艾德華茲的大作時，我也翻找著提袋，取出自菲利普的書房裡帶來的《所羅門王的寶藏》，很快便沉浸於哈葛德先生的非洲冒險故事之中。稍後梅格詢問我是否餓了，並拿出早已備好的豐盛午餐；我邀請安德魯與亞瑟過來與我們分享。他們似乎對於和女僕共餐覺得有些不自在，梅格看起來彷彿也有同感，但我絲毫不以為意。

沒過多久時間，我們就抵達了多佛港，在那裡改搭蒸汽渡輪至卡拉斯。數小時後，當我們坐上開往巴黎的火車時，梅格仍然臉色發青，英吉利海峽並未如我所希望的那般平靜。安德魯和亞瑟的情況比我的女僕好不了多少，只有我一個人未曾受到海上波浪起伏之苦。火車出發還不到幾分鐘，我的同伴們均已昏睡過去，留下我一人安靜地看書。我沒有繼續閱讀《所羅門王的寶藏》，轉而研究起希臘文法，想補上因忙於準備這趟旅程而落後的進度。只是我的心思無法專注其上，在瞪著同一段文章半個小時，卻連一句話也翻譯不出來後，我決定放下文法，拿起了菲利普的日誌。我已經看完了其中所有關於我的部分，現在我想把它完整地重讀一遍。我帶來的這一冊，記載的時間橫跨我們訂婚前一年，到菲利普失蹤前。我希望閱讀它，能讓我對自己夫婿的性格有更深一層的認識。

日誌的前半段大多是關於他某次非洲狩獵的紀錄。在那一個多月的時間裡，菲利普、克霖和他們的夥伴們累積的獵物數量龐大得驚人。克霖似乎花了較多的時間四處探索而非打獵，讓我對他多了點敬意；菲利普則非常享受追蹤動物、計畫獵捕的過程。他用了一頁又一頁的篇幅，詳盡描述每一項微小的細節，顯然十分熱愛這一切，我卻覺得這個主題無聊至極，只想匆匆翻閱過去。幸好之後他們終於又回到埃及，扮演了一個月的觀光客。菲利普對埃及偉大歷史遺跡的敘述，相較之下頗爲平淡，但我並不怪他，畢竟他專精的領域是希臘，而非法老王的國度。

我放下日誌，轉頭望向窗外的法國鄉村景致。當我相信菲利普已死時，要愛上他似乎相當容易，但此刻看著他所寫下的這些字句，不禁提醒了我當初無意於他的原因。狩獵佔據了他人生的一大部分，我卻對此絲毫不感興趣；如果明年他又想到非洲待上三個月，把我一個人留在家裡，我會有什麼感覺？

我搖搖頭，甩開這些令人困擾的思緒，繼續閱讀下去。菲利普在春天時回到了倫敦，我們就是在那段時間裡相識。他形容自己對我的愛時所用的那些美麗的詞藻，讓我心中再度燃起對他的熱情，也趕走了我的憂鬱。我看到他對於「帕里斯的判決」古瓶的記載，以及他如何決定買下它和另一只古瓶。到此爲止，我找不出任何可被視爲秘密或可疑的記述。唯一讓我意外的是，他竟帶了一位英國廚師到位於愛琴海的別墅。儘管他熱愛希臘的風光，卻顯然沒有完全接受他們的文化。

我不得不承認，閱讀菲利普鉅細靡遺的日誌是件頗爲累人的事。我又開始大略瞥過一頁頁的內容：我們的訂婚、一趟前往聖托里尼的行程、另一次的非洲狩獵之旅、我們的婚禮、緊接在後的蜜月旅行等等。如同莫瑞先生告訴我的一樣，菲利普在經過好一段時間的再三考慮後，終於決定將帕里斯古瓶捐贈給大英博物館；但除此之外，日誌裡並沒有其他我希望能找到的，關於那些古物的訊息。每當提及克霖時，他的筆調都顯得溫馨且帶有深刻的情誼，即使是在描述他們最後的那場爭執。

「阿基里斯聽聞此言，心中傷痛與怒氣交錯……」赫格里佛無法理解我的做法，我們爭吵得頗爲激烈，但最後他仍一如往常般決定支持我。當然，我絕不會讓他成爲我的帕特羅．克洛斯……

我不確定他最後那句話的含意。它是否在暗示著，儘管他們是好友，但菲利普並不認爲克霖與他之間的關係，有如帕特羅．克洛斯與阿基里斯那般親近？又或者菲利普是企圖想保護克霖，因此不願接受後者提供的協助？阿基里斯容許帕特羅．克洛斯爲他出戰，而最後他的朋友死於戰場之上。雖然我並不完全明白菲利普的意思，但忍不住認爲它必定與僞造案有著某些關聯。

菲利普購買古董贓物這一點已經得到了確認，也許克霖是僱人做出複製品，然後從博物館竊走眞跡之人，而我的夫婿在婚後決定要停止這種犯罪的行爲，並且告訴克霖他以後不會再繼續買下它們。他甚至有可能更進一步地勸告克霖收手，給予他一個改過自新的機會，而不想放棄優渥利益的克霖與菲利普發生爭吵，不明白自己的好友爲何突然改變心意。這個假設對我來說相當合理，婚姻會讓一位紳士更深切地了解到道德與操守的重要性。這兩名好朋友或許是因爲一場玩笑，或某項變質的挑戰，才會一起走上這條犯罪之路。菲利普體認到該是收手的時候了，但克霖尚未準備好那麼做。儘管多年來身爲彼此的摯友，但克霖永遠不會是他的帕特羅．克洛斯[18]。

對我而言，這些現在都不重要，我很快就能與菲利普團聚，到時我會堅持要他說出一切；不過在此之前，我想靠自己來解開某些謎團。我考慮著是否該對安德魯透露所有內情，儘管我不需要他的幫助，但我希望在揭發克霖罪行的過程中，能有他情感與道義上的支持。在我思忖著我的選擇時，安德魯睜開了眼睛對我微笑，我立刻決定不要用這件事來煩他，我已經帶給他夠多的痛苦了。

列車長輕敲了包廂門，通知我們即將抵達巴黎。很快地我便感覺到車速開始減緩下來，我輕輕搖醒了梅格。火車進站後，布魯先生在月台上迎接我們，護送我們回到莫里斯酒店；他替我安排了酒店裡最好的一間套房，並向我保證他當天早上親自監督了門鎖的更換。我告訴他我相信自己在酒店裡必定安全無虞，並感謝他的熱誠，然後要梅格把整理行李的事延到明天早上再做。我們只會在巴黎待上幾天，一等安德魯辦完事就要離開，但我決定要在等待的期間內好好享受一番。

第二天一早我才剛用完早餐，西莉兒就派了馬車來接我。我直接來到她的寢室，她尚未著裝，正在和她的女僕爭論該穿哪一件衣服，甚至沒注意到我走進來。西莉兒的房間恐怕會讓瑪麗．安東妮本人都嫉妒不已，白色鍍金的壁板中央，包覆著繡著花朵的織花錦緞。

「不行，夫人！玫瑰色太柔和了，」奧黛蒂堅持道，用力跺腳，嚇得凱撒和布魯特斯一溜煙鑽進那張又高又大的床鋪底下。「明亮一點的顏色才適合您。」

「我又不是想找丈夫，奧黛蒂。」西莉兒回嘴道，向後靠回躺椅上，蕾絲晨袍因她的動作輕輕飄舞著。「我喜歡玫瑰色。如果沃斯先生認爲它不適合我，絕不會答應讓我買下它。」

「沃斯先生怕死您了，夫人。」

「我很難相信沃斯先生會懼怕任何人，」我說道，揚起一邊眉毛。「如果說所有人都怕他還比較可能。」

「我可是誰都不怕。」西莉兒提醒我道，起身擁抱我。「眞高興見到妳，凱莉絲妲。」

「我也是一樣。」

「好吧，奧黛蒂，就拿別件衣服來給我，玫瑰色和凱莉絲妲身上這種可怕的紫色太不協調了。妳還得哀悼多久，親愛的？」

「見到菲利普的那一刻，我就會把這些喪服一把火全都燒掉。」我說道。我跟西莉兒經常通信，她很清楚我目前面臨的狀況。

「親愛的，妳實在太高估了那個男人。我希望他的歸來，就如同妳期待中那麼美好。」

「我想會的。」我答道。

---

⑱阿基理斯最好的朋友與表兄弟，甚至有傳說兩人之間爲戀人關係。後於特洛伊戰爭中爲赫克托所殺，也使得阿基理斯爲了復仇而甘願違反「若殺死特洛伊太子，自身也將殞命」的神諭。後人遵其遺願，將他的骨灰與帕特羅．克洛斯的骨灰混合，埋入同一個墓穴。

西莉兒走進更衣室著裝。「妳聽起來似乎不像妳的信上那麼有信心。」她在裡面高聲說道。

「我很有信心，只是長途旅行讓我有些疲累罷了。」

「這趟旅程到目前爲止所帶給妳的折磨，遠遠比不上妳之後將會遭遇的一切。」

「多謝妳好心的鼓勵。」我笑道。

「算了，至少妳的臥室裡，以後不會再只有孤單一人。妳對這一點應該會感到高興吧？」

「是的，非常高興。」我說道，很慶幸西莉兒沒看到我漲紅的臉。

「那就好。」她儀態萬千地回到寢室裡，拉著我的手臂，領我走出房間。「如果妳會有這種反應，代表菲利普不可能是個太壞的男人。走吧，我們一面談話，妳可以一面看看我那些可愛的模型屋。」

她帶我來到一條十分寬廣的長廊，兩側擺滿了凡爾賽宮各個房間的縮小模型。從西莉兒小時候，她父親替她設計出第一座娃娃屋後，她就開始收集它們；這也是她唯一提起過，關於她父親的事。我納悶她在革命前是否出身於貴族家庭，如今是否仍對被推翻的皇室心存同情。我母親深信西莉兒的家族必定與皇室關係親密，而基於貴族家庭的歷史是她唯一專精的領域，我發現自己傾向於相信她對西莉兒先人身分的看法。

「妳是怎麼收集到它們的？」我驚呼道，看著她最新的收藏——凡爾賽宮裡那座鏡廳的模型。它的精巧與著重細節的程度令我吃驚，西莉兒向我保證，模型屋中每一道鍍金的線條，那二十座水晶吊燈，以及十七面斜面鏡，全都與原來的鏡廳一模一樣。

「妳比大多數人都更清楚，只要有足夠的金錢，世上沒有辦不到的事。」她說道，調整幾個手裡捧著華麗燭台的金色少女人偶。「妳的朋友龐提耶羅先生，原來還是一位手藝精湛的模型師呢，這些天花板就是他替我畫的。」

我彎身仔細端詳我前任繪畫老師的作品，感到印象深刻。「我沒看過眞正的鏡廳，所以只能採信妳所說的，然而龐提耶羅先生精妙的畫功絕對無庸置疑。」

「現在的凡爾賽宮比起以前有很大的改變，不過經歷了那場革命之後，這也是在所難免的事。」她聳聳肩。「下次妳來巴黎的時候，我一定要帶妳去那裡看看。」

「菲利普會很高興的，我知道他一直想帶我來巴黎。」我歎息道。

「別再滿腦子羅曼蒂克的念頭了，親愛的，我說要帶妳去，不是菲利普。就讓他和那些印象派畫家待在一起，或是去逛羅浮宮好了。妳想愛他就愛吧，但我可不確定我會喜歡他的陪伴。」

「妳太壞了，西莉兒。」我呻吟道。

「我已經老得不想聽妳那些愚蠢的感歎。」她微笑道。「對一個以狩獵異國野獸爲主要娛樂的男人，我能有什麼話好說？我跟他又有什麼話題好談？」

「他還有很多其他的興趣，西莉兒，公平一點。」我不喜歡被提醒和丈夫團聚後，最令我感到憂懼的這種可能的情況。「別忘了他也熱愛收藏藝術品。」

「妳說得對，我的確忘了這一點。」她拈起一張迷你的小桌子，用手帕撣拭灰塵。「也許他還不至於無藥可救。」

「謝謝妳。」我翻了個白眼。

「妳認爲他會繼續維持離家數月，進行狩獵之旅的習慣嗎？這樣對妳似乎不公平。」

「我承認這確實令我有些憂心，但現在還沒有必要去想這些。等我們回家之後，我會再和他好好討論。」

「我眞希望妳沒有選擇一個竟然愛好這種可怕活動的丈夫。」西莉兒說道，把迷你桌放回那間漂亮的小覲見室。

「是啊，我知道。我暗地裡希望有過這次的經歷後，他會從此放棄狩獵。」

「我懷疑會有這種可能性，但在眞正見到他之前，我會試著不要驟下斷語。不過我倒是可以給妳一個意外驚喜，我們要去雷諾瓦的畫室與他共進午餐。」

「那眞是太棒了。妳沒有告訴他關於菲利普的事吧？」布魯特斯與凱撒跟著我們進入房間，此刻正在爭咬著我的裙襬。厭煩了與牠們之間的小型戰爭，我抱起兩隻小狗交給西莉兒，她把牠們放在一處寬廣的窗台上。美麗的景色似乎讓牠們安靜了下來，沒有再跑過來騷擾我。

「我沒有對任何人提起，我想等妳確實把他帶回來之後，再說也不遲。妳說證明他還活著的那些線索頗爲有力，我不懷疑妳的話，但是——」她用扇子輕點我的手臂。「我並沒有完全信服，凱莉絲妲，這一切聽起來太過美好了。別生我的氣，不過我比較贊同妳那位英俊的朋友，赫格里佛先生的說法。」

「克霖！可是西莉兒，我幾乎可以確定，他就是整起僞造案的幕後主使者，妳怎麼能站在他那一邊？」

「任何一個有他那張俊臉的罪犯，在我屋子裡都會受到歡迎。」她露出狡詐的笑容說道。

「如果妳是想令我震驚，那麼妳並未成功。」我微笑道，搖了搖頭。「但是說眞的，西莉兒，恐怕我們是徹底受到了他的瞞騙。」

「我不確定那是否重要。」她聳聳肩道。「別再去想什麼僞造案了，若妳眞的認爲菲利普還活著，就把事情交給他去處理吧。」

「如果我不認爲他還活著，就不會老遠跑去非洲。」

「但願妳不會失望，凱莉絲妲，無論最後會是怎樣的結果。」她重新擺放好娃娃屋裡的迷你傢俱，然後轉頭面向我。「我們換個比較有趣的話題吧。妳知道我們那位聲名狼藉的大盜，至今仍然逍遙法外嗎？住在隔壁第四棟房子的布夏夫人，被偷走了一條家族代代相傳的鑽石項鍊。看來那名飛賊可能永遠不會就逮了。」

「希望妳記得把窗戶鎖好，西莉兒，我可不想見到妳失去任何一件珠寶。」

「想阻止如此精明的罪犯，光靠幾把鎖是沒有用的。」

一八八八年 一月十日 前往開羅途中

在巴黎停留了數天，以便處理幾樁意料之外的交易，並且終於得以與友人們會合。後天便能抵達開羅，之後我們的嚮導金瑪希將會帶領我們往南前進。

帕瑪這次頗令人另眼相看，妥善安排好了整趟行程。不過腳伕們將會非常辛苦，必須搬運他堅持帶來的數大箱奢侈品。赫格里佛爲此好好數落了他一頓，然而一旦嚐過了馬賽族人的料理後，我懷疑他還會想拒絕我們的朋友願意大方分享的那些東西。

凱答應經常寫信給我——牧人酒店會代爲保管。期待能盡快讀到她的來信。

26

西莉兒差遣了三名僕人來安排在雷諾瓦畫室的午餐聚會，結果相當令人驚豔。他們創造了一場室內野餐，在地上鋪了厚重的地毯，屋內到處擺滿了插著溫室花朵的花瓶。怒放的鮮花加上旺盛的爐火，形成了一種美好的仲夏氛圍。雷諾瓦一直深受風濕症所苦，但沒有足夠的財力讓畫室終年保持溫暖；西莉兒舉行這場野餐會，就是爲了讓他在潮濕的秋日裡，能夠過上一段舒適的午後時光。我們坐在地毯上，享用了一頓優雅的盛宴：鵝肝醬、杏仁果醬小蛋糕、金加利鮭魚派、各式冷盤肉片，以及數不盡的其他美食。

「很高興看到你又開始創作了，雷諾瓦先生。」我觀察著遍佈屋內的畫布。「你的畫就如同莫札特的音樂，令人心曠神怡。」

「謝謝妳，凱莉絲妲。」他露出燦爛的微笑。「我有一位最美麗的模特兒。」整個早上都坐在那裡供他作畫的亞琳並未臉紅，而是傾身給了丈夫熱情的一吻。

「莫內和其他人都還好嗎？」我問道。

「很好，很好。」雷諾瓦先生答道。「妳會在巴黎久待嗎？有沒有時間到吉維尼去看看？」

「恐怕不行。」

「凱莉絲妲只是在前往非洲途中暫留數日。」西莉兒顯然打算揭露我的秘密。

「天哪！」亞琳翻了個白眼。「妳怎麼會想去那種地方？」

「去探訪埃及啊，亞琳，我這輩子總要親眼看看偉大的金字塔。」我瞪了西莉兒一眼，還不確定是否要讓雷諾瓦知道，菲利普還活著這件事。「秋天去正合適。」

「我想是吧。」亞琳道。「那裡是蠻荒之地，但有些人或許喜歡那種蒼涼的美感。」

「我也很想去看看，」她的丈夫插口道。「在陽光照射下，沙漠一定能展現出各種不同的光彩。」

「那我會待在家裡等你回來。」亞琳聳聳肩。「巴黎可比那裡舒適多了。」

「這點倒是毫無疑問。」雷諾瓦答道。

「不過你可以想法子說服我陪你去。」她輕撫著丈夫的臉，我移開視線，不想打擾這親密的一刻。

「妳看到了嗎，凱莉絲妲，這才是眞正相愛的夫妻該有的樣子。」西莉兒評論道。「妳跟菲利普也能和他們一樣嗎？」幸好雷諾瓦與亞琳眼中似乎只有彼此，沒聽見她說了什麼。

「我不想討論這些，西莉兒，請別再提起這個話題了。」我回嘴道，幾乎能確定菲利普絕對不會贊成公開地表示情意。他舉止向來完美合宜，除非瀕死的經驗讓他的個性起了重大變化，否則他任何的熱情，恐怕都只有在我們的臥室裡才會展現出來；當然，他也將會得到熱烈的回應。

「這値得妳深思熟慮，親愛的，以免太遲了。」西莉兒彷彿要趕走某隻討厭的蟲子般朝空中揮了揮手，大聲歎了口氣。

「妳今天的心情好像有些憂鬱，西莉兒。」雷諾瓦說道。「莫非有人辜負了妳的情意？」

西莉兒大笑。「那倒沒有，我只是希望親愛的凱莉絲妲不會遇到這樣的結果。」

「啊！」亞琳驚呼道，抓住我的手。「妳陷入了愛河？眞是太好了！他是什麼人？我希望他是個法國人。」

「不，妳誤會了。西莉兒，妳將迫使我提起我一直努力想避免的話題。」她兩手一攤，似乎是在說這樣的情況並非她所能控制。

「如果這孩子不想說，就讓她保留她的秘密吧。」亞琳道，然後傾身靠近我，換上一副密謀者的語氣。「沒有什麼比熱烈的愛情更爲美好，當妳置身其中時，所有的一切都相形遜色。」

「謝謝妳，亞琳。」我不知道該如何回應。我的確希望能與菲利普熱情地相愛，但將近兩年的毫無接觸，實在很難達成我所期望的結果。能再次見到他，我當然欣喜萬分，但隨著重聚的日子逐漸到來，我不免也有些疑慮。他對狩獵的愛好令我困擾，贗品事件讓我不安，我更擔心他不會樂意看到我近來的改變。我毫不懷疑他愛我，他的日誌就是最好的證明；但在短暫的蜜月之旅後，他竟如此輕易地丟下我離開，那麼他對我的愛又能有多深？顯然在他心目中，和朋友到蠻荒追逐獵物，遠勝過待在家裡享受妻子的陪伴。

「妳對愛情仍懷抱希望，這點值得敬佩，凱莉絲妲。」西莉兒說道。「雖然我並不總是贊同妳所選擇的情人。」

「我沒有情人，西莉兒。」我故作憤慨地叫道。

「說到情人，凱莉絲妲，」雷諾瓦轉向我。「我早就想把這個還給妳了。」他拉開身旁一張小桌子的抽屜，在裡面翻找了一陣子，然後露出困惑的神情。「我很確定我把它放進這裡的。」

「是什麼東西？」我好奇地問道。

他走向一個箱子，掀開箱蓋。「也不在這裡。」他歎息道。「我到底把它放哪兒去了？」他搜尋了幾個畫櫃和一只大袋子，但仍然毫無所獲。他搖搖頭道：「它之前還在的，不到三週前，帕瑪先生來的時候我還拿給他看過。」

「是什麼，雷諾瓦先生？」我追問道，聲音開始變得急切。「你在找什麼東西？」

「妳在婚禮上拍的那張美麗照片，我就是照著它畫出妳的肖像。艾胥頓爵士動身前往非洲時，把它留給我了。」

一八八八年　二月四日　東非

這一季的收穫著實豐富，已經計畫好秋天時會再回來，到時候的目標將是獵到一頭大象——到目前爲止，我唯一尚未獵捕成功的動物。今天發現了一隻斑紋大羚羊的蹤跡，在樹林間追蹤了好幾哩才終於找到牠。很小心地避免驚動牠，但牠想必感覺到了我的存在，完全靜止不動地躲在樹叢裡，讓我幾乎無法瞄準牠。我只開了一槍便將牠手到擒來。眞是頭了不起的動物！巨大蜷曲的雙角比尋常的羚羊角更爲壯觀，金瑪希說那是他見過最長的一對羚羊角——全長超過七十英寸[19]。一隻蜘蛛在兩支角中間結了網，陽光照射其上時，看起來就有如皇冠一般，赫格里佛因此認爲我獵到的是斑紋大羚羊之王。

今晚馬賽族的嚮導們爲眾人準備了一場盛宴——但我必須坦承，我仍是較爲偏好英國的烤牛肉——我們有如非洲皇族般享用了這一餐。值得信靠的朋友，如此壯闊的草原——還有什麼能勝過這樣奇妙的經驗？熊熊火光照耀下，我們位於合歡樹叢間的營地，彷彿就是溫馨的家園。「天神們終日歡愉飲宴，你大啖神之美食，有天國歌聲相伴。」

[19] 約一八七公分。

27

我匆匆向我的朋友們告別，宣稱我想一個人靜一靜，然後衝出了雷諾瓦的畫室。他們追著我來到門口，顯然有些擔心；我聽到西莉兒高聲叫著要我回去，但我只是拉緊了披風，快步奔跑在聖喬治街上。我對這個區域並不熟悉，但我記得雷諾瓦曾提到，歌劇院就在他的畫室附近。轉進拉法葉街後，我向路人問清了方向，接著很快就找到了那棟宏偉的建築。我靠著拱門下的牆壁，胸口劇烈地起伏，耳裡迴響著自己急促的心跳聲，感覺就好像即將要昏倒。我知道有某個地方出了大差錯。我打開手提袋，從裡面拿出兩張照片：一張是菲利普，另一張則是雷諾瓦遍尋不著的，我的婚禮照片。

如果菲利普把我的照片留給了雷諾瓦，就不可能把它交給普思科先生帶回英國。雷諾瓦沒有必要說謊騙我，而菲利普去非洲前留下照片這一點也很合理；他在巴黎只做短暫停留，但雷諾瓦會需要較長時間才能完成我的畫像。還有安德魯的事又怎麼說？我不知道他幾週前又來了巴黎一趟，他並沒有向我提起過。照時間推算，他在向我求婚遭拒後，很快便動身離開了英國。也許安德魯是想藉由旅行來療癒破碎的心，但無論如何，他一定是在雷諾瓦給他看過那張照片之後，將它給偷走了，否則它不可能會出現在英國。問題是，安德魯爲何要這麼做？總不可能是因爲我的拒婚而想要報復我。

最讓我憂心的不是安德魯竊取照片的原因，而是它與菲利普目前情況的關聯性。我感覺那股能找回生還夫婿的信心逐漸崩解，淚水也開始不斷地滑落臉龐。我明白這副模樣肯定會引起旁人側目，因此決定繼續往前走。我暫時還不想見到西莉兒或任何朋友，更不想回莫里斯酒店，因為那樣勢必會與帕瑪兄弟碰面。

我離開歌劇院，一路低垂著頭以免遇見熟人，並盡可能快步地走到西提島，進入了聖禮拜堂。氣候欠佳，因此禮拜堂裡的遊客人數不多，畢竟彩繪玻璃要在充滿陽光的日子裡，才最能展現出它們的絢麗。我坐在一張面向南側的長椅上，知道絕不會有人到這裡來尋找我，接著將臉埋入掌中，開始無聲地啜泣。

太陽逐漸西沉，隨著夜晚逼近，這座中世紀禮拜堂對外開放的時間也已結束。看到我蒼白的臉龐與紅腫的眼眶，前來通知我的那位年長男士建議我可以去聖母院，那裡只有唱詩班的席位不對外開放。我接受了他的建議，在那座壯觀教堂的中殿裡待了好長一段時間。終於釐清了思緒後，我決定沿著西提島走到新橋——巴黎眾多橋樑中，我最喜歡的一座。

我在靠近橋中央處停下腳步，遠眺位於右岸的羅浮宮。一道從雲後探出的明亮月光，刺痛了我已習慣聖母院中柔和燭光的雙眼，讓我開始考慮是否該再回到教堂裡。但在我做出決定前，聽到有人叫喚著我的名字；我轉過身來，萬般驚訝地發現克霖．赫格里佛正大步朝我走來。

「愛蜜莉！」他高聲叫道，抓住我的雙臂。「妳到底在想什麼，深更半夜裡獨自一人站在這裡？」

「晚安，赫格里佛先生，很高興見到你。」我回嘴道。「現在不是深更半夜，我想應該還不到八點才對。」

「現在幾點鐘並不是重點，天已經黑了，妳一點都不在意自己的安危嗎？」

「此時此刻我的確不在意，謝謝你的殷勤問候。」我轉頭望向河面。

「感謝上帝我正巧碰見妳，妳在這裡做什麼？妳哭過了。告訴我是怎麼回事，妳的朋友們拋下了妳？」他的手隔著手套輕撫我的臉頰，那種感覺十分窩心，所以我並沒有要求他把手移開。

「我可以向你保證，情況正好相反，他們可能正因爲我倉促離開而急得發瘋。」我說道，試著露出微笑。「今天發生了太多事。」

他把手放在我的唇上，將我拉近他的身軀。「我可憐的女孩，如果妳不想談它們就算了。」

我十分不合禮儀地把頭靠在他胸前，過了好一會兒才向後退開。

「謝謝你的安慰，我今天過得很不順遂。」

「妳能信任我，把妳的困擾說給我聽嗎？」他嗓音低沉地問道。我微偏著頭，望進他深邃的眼眸。他選擇了一個有趣的字眼，我思忖著。我能信任他嗎？由於對這個問題並無答案，我只好保持沉默。

「我不想逼迫妳向我吐實，妳對我來說太重要了。」他的告白照理說應該會驚嚇到我，但事實上我卻覺得再自然不過。我凝視著他，張嘴想說點什麼，但在我能發出任何聲音前，他已經再次擁住我，以一種我從未體驗過的激情吻住我。我不由自主地在他懷裡放鬆下來，以同樣的熱情回應他的吻。我把手伸進他的髮絲，試圖把他拉得更近，但突然間我想到了菲利普，接著迅速推開克霖，揮手打了他一巴掌，儘管我很清楚這樣的舉動對他來說極不公平。他絲毫沒有退縮。

「這是我應得的。」他平靜地說道，直視著我。「但恐怕我不能向妳道歉。親吻妳無疑是我做過最不紳士的行爲，然而請求妳的原諒將會是徹底不誠實之舉，因爲若是有同樣的機會，我會再做一次。」

「你明知菲利普有可能仍然活著，怎麼還能做出這種事？」我叫道，嘗試要回復正常的呼吸頻率，卻無法辦到。

「妳明知我若認爲他還有一絲一毫存活的希望，就絕對不會這麼做，愛蜜莉。他是我最好的朋友。」

「我不知道該怎麼想。」我說道，腦子裡一片混亂。

「我不會假裝了解是什麼令妳此刻感到如此不安，但我想我大概知道原因。目前我只能爲我自己的行爲提出解釋，我深愛著妳，愛蜜莉。」他粗嘎地說道，用手托高我的下巴，迫使我望向他。「從妳上次來到巴黎，而我有幸從英倫咖啡館護送妳回酒店起，我就對妳情不自禁。我仰慕妳勇於掙脫家世教養帶給妳的束縛，更熱愛蛻變之後的妳。我想與妳一起爭論荷馬的作品，幫助妳學習希臘文，帶妳去探訪艾菲索斯。」

「你期望我如何回應？」我問道，迎視他的目光。

「我不期望任何事。原諒我的冒犯，我從來無意造成妳任何困擾。」

「但你的確讓我非常困擾。」我說道，感覺心在急促跳動。「我不需要你的愛，而你今晚的行爲更確保了我永遠不會改變心意。麻煩你幫我召喚一輛出租馬車，我想回酒店了。」他立刻遵從我的請求，然後扶我坐進車裡。

「我要妳知道，無論任何時候，只要妳遭遇到困難，都可以隨時與我聯絡。若是妳出了什麼事，我這一生都無法原諒我自己，愛蜜莉。」

「如果我聰明的話，就不會再次信任你，赫格里佛先生。」

他只是溫柔地親吻我的手，深深望進我的眼裡，而我無言以對。

我並沒有回到莫里斯酒店，而是指示車伕將我送到西莉兒家。一路上，我情不自禁地回想著克霖和我在新橋上發生的一切，我還清楚記得他的身軀緊貼著我的感受。我感到萬分驚駭，一個我相信在幕後一手策劃了我夫婿的失蹤——甚至是死亡——的男人，竟能激起我的身體如此強烈的回應。我忍不住打了個冷顫，懷疑克霖是否想藉此引我分心，好讓我不再繼續追查下去。馬車駛到西莉兒位於聖日爾曼大道上的豪華宅邸，我的朋友親自來開門迎接我，我很慶幸她今晚並沒有出門的打算。在狠狠數落我不該這麼輕率地跑走之後，她給了我一個擁抱，我們一起在那間冰藍色的客廳裡坐了下來。

「我從不曾見過妳臉紅成這副模樣，凱莉絲妲。我知道我的責難不可能對妳產生這麼大的影響，快告訴我到底發生了什麼事？」

「噢，西莉兒，我只是因爲那張照片——」我停口不語。

「妳騙不過我的，親愛的。從妳離開雷諾瓦的畫室後，已經過了好幾個小時，」她瞇起眼睛仔細打量我。「妳這段時間裡，都是獨自一人嗎？」

「是的。不，我曾和赫格里佛先生短暫會晤，但我不想談這件事。」

有鑑於西莉兒對任何浪漫情事似乎有著超乎常人的洞察力，我很確定她一定明白我滿臉緋紅的原由。我歎了口氣，知道自己終將被哄誘出與克霖見面時的所有細節。

「嗯哼。」西莉兒看著我，臉上一副了然的神色。「我們稍後再討論它吧，但別以爲我會忘記；赫格里佛先生可是令我深感興趣。不過目前我更關心的是讓妳那樣衝出雷諾瓦畫室的原因，很顯然去拜訪妳的那位傳教士大有問題。」

「妳說得對，現在我們有兩件事必須詳加考慮：第一件是關於菲利普，他到底是生是死？」我低垂著頭，沒有望向西莉兒。今天下午我已經花了很長的時間，試著面對我親愛的丈夫確實已經死亡的可能性，卻仍然難以全盤接受。「第二件則是大英博物館的古董盜賣及僞造案。」

「恐怕我們將會需要幾杯濃醇的咖啡才行。」西莉兒說道，拉鈴喚來了僕人。

我皺起眉頭，但並未出聲反對，而是起身走到一張做工精巧的十八世紀書桌前坐下，從抽屜裡取出紙筆，打算記錄下我們討論的重點。「先從菲利普的問題開始吧。」

「我們有哪些證據顯示他還活著？」

「亞瑟收到的信函，艾薇聽見的傳言，以及普思科先生將照片送來給我時所說的故事。顯然我們並無法完全相信普思科先生，因爲菲利普根本沒有交給他那張照片。」

「沒錯，多半是妳那位好朋友安德魯所爲。」西莉兒道，指示僕人將咖啡放到她身旁的桌上。我在她遞來的杯中加入了大量的牛奶和糖，好讓這濃稠的熱飲勉強可以入口。

「我很難相信他會做出這種事，但我必須承認有此可能。」我說道。「我無法想像是什麼促使他這麼做。」

「他有任何其他原因必須前往非洲嗎？」西莉兒問道。「他可是很快便同意了這趟行程。會不會是他今年無法負擔狩獵之旅的花費，因此希望能合併這兩項目的，認爲他若表示要去尋找菲利普，妳毫無疑問會堅持替他支付旅費。」

「也許吧，但他眞有必要如此費事嗎？我已經告訴過他，我會負擔一切開銷。」

「說不定在妳告訴他之前，他就已經計畫好此事，或者他是要確保妳不會改變主意。」

「或許他認爲在這樣的情況下，拿到那張照片可以在勢必艱困的旅途中帶給我安慰。他有可能確信菲利普還活著，想藉此讓我安心。」

「從妳告訴我的那些事來判斷，安德魯顯然是個十分戲劇化、言行誇張的男人，所以妳的解釋也說得通，雖然我並不以爲然。」

「我要立刻拍一封電報給聖公會，詢問他們有關普斯科先生的訊息。無論此事做何解釋，安德魯都沒有對我誠實以待。」

「以目前的情況看來，我不認爲安德魯值得信任。」她說道，搖了搖頭。

「我也是，而且我不願跟一個動機不明的男人一起到非洲去。」知道安德魯刻意欺騙我，讓我內心受到極大的傷害。我不知道該怎麼想。「我不想棄菲利普於不顧，但在我弄清楚安德魯爲何對我說謊之前，我無法啓程前往非洲。」

「那是當然的，親愛的，但妳不覺得妳在同一時間碰上兩樁詭秘事件這一點，有點奇怪嗎？也許它們兩者之間有所關聯。」西莉兒說道。

「有此可能。」

「或者解決其中一個問題，將可以引出另一個問題的答案。」

「妳說得對，西莉兒，我們必須找出菲利普是向誰購買那些被盜賣的古物，那個人很可能委託了埃瓦特先生製作贗品。」

「妳得從這個埃瓦特身上打探出更多消息。」

「他人在倫敦，我會寫信聯絡他，但我不認爲他會提供太多協助。他很清楚表明了不會透露任何顧客的姓名。」

「我能理解他的顧慮，從事他那種行業之人，保守秘密的能力就和他的才華同樣重要。」西莉兒道。「妳還有其他主意嗎？」

「我相信克霖絕對牽涉其中。」我把我的理論告訴西莉兒，認爲菲利普決定收手，但克霖堅持要繼續下去。她不像艾薇那樣輕易地接受我的推測。

「這當然不無可能。」西莉兒說道，露出微笑。「或許妳也該擴展妳的古董收藏了，我可不願浪費了我在黑市建立起的那些門路。妳有辦法引來菲利普的接頭人嗎？」

「辦法是有，但萬一克霖眞的是幕後主謀，他將會認出我，並設法掩飾自己的身分。」

「沒錯，那麼我只好親自來了，妳建議我徵詢哪一件古董？」西莉兒問道，看起來一副躍躍欲試的模樣。我這才領悟到，她根本無意讓我剝奪她探索黑暗、危險的非法古董交易市場的樂趣。我對此感到既嫉妒又羨慕，很希望自己也能想出同樣有趣的事情可做。

「妳認爲一整面的埃爾金石雕如何？」我露出大大的微笑。「妳極爲富有，西莉兒，沒有人會懷疑妳能否負擔得起這筆龐大金額，而這整樁案件幕後的主使者，也勢必將會聞風而來，不是嗎？」

「那會不會誇張了點？」

「不會的，埃瓦特先生告訴我，他曾開始著手這項委託工作，但一直無法完成，似乎是因爲客戶的財務狀況生變。」

「這次金錢方面不會是問題。」西莉兒拍了拍手，兩隻小狗隨即跳上她的大腿。「我挺喜歡這個主意，妳覺得我該把它擺在哪裡比較好？我想它的體積應該頗爲巨大。」

「妳不會眞正得到它，西莉兒。」我輕斥道，很清楚她只是在說笑罷了。「妳必須找出誰能替妳買到它，並堅持要跟此人親自會面，因爲妳不信任他的手下來處理如此巨額的交易。等到確定好見面的時間後，我們就只需要等著這個壞蛋露出眞面目就行了。」

一八八八年　四月十四日　巴黎　大陸酒店

從未如此情願離開過非洲，但婚禮前我還有許多事情要做，而且不確定能有足夠的時間完成它們。今天見到了傅尼爾，與他有番愉快的交談，儘管我仍未原諒他搶在我之前買下那尊擲鐵餅者像。想到兩個月後便能娶凱爲妻，令我心情大好，沒有和他競標一塊埃特魯里亞的雕刻壁飾。萊伯朗克先生很失望我沒能幫他抬高價錢。

找到了我打算送給凱的結婚禮物，或許並不如她預期的貴重：一只雕工精細的花形象牙胸針。對我來說，它完全反映出了凱那優雅的純眞。希望她會喜歡這份禮物，而非偏好那些華麗誇張的珠寶飾品；天知道在我母親的珠寶箱移交給她之後，那種東西她要多少有多少。到目前爲止，我們之間的關係尚不如我所期望的那般親近，我不認爲多加一條鑽石項鍊能有多大助益。

28

西莉兒承諾我一從黑市打探完消息，便會立刻通知我。但隨著時間有如龜速般前進，我厭倦了只能留在房間裡等待，於是決定到樓下大廳裡寫生。我舒適地坐在一處角落畫著素描時，聽見兩位男士邊談話，邊走過我身邊。

「很抱歉沒有時間多談，」克霖．赫格里佛說道。「我得趕赴一項很重要的約會。」

他的話引起我的興趣，因此在克霖離開酒店後，我小心地隔著一段距離跟在他身後，並很快了解到他的目的地是羅浮宮。我逗留在門外，看著他快步走上挑高的巨型石階，等到看不見他的身影後才跟上去。不幸的是，我在石階底端遇見了龐提耶羅先生。

「艾胥頓夫人！眞高興看見妳又回到巴黎。」

「謝謝你，龐提耶羅先生。」

「妳的繪畫有任何進展嗎？」他指向我手中的素描本。「我能否看看妳的作品？」

「恐怕現在不太方便，我剛好有急事。」

「不要緊，也許我們可以另約時間？」

「我會再跟你聯絡。」我說道，匆匆走上石階，希望沒有跟丟克霖。當我爬到階梯頂層，看到佇立在平台上那尊著名的雙翼勝利女神像時，也同時發現大英博物館的莫瑞先生正在興奮地與克霖交談。

「……從展示廳裡移走一件古物可不是容易辦到的事。」他一瞥見我便立刻停了下來，在我點頭向他示意時鞠躬回禮。克霖轉過身來，顯然相當意外見到我。從我認識他以來，他一向都表現得十分沉穩，這還是我頭一次看到他臉色微紅，不像往常那般冷靜。

「抱歉打擾到你們了。」我說道，很遺憾沒能多聽到一些他們談話的內容。

「千萬別這麼說，艾胥頓夫人！」莫瑞先生輕呼道。「我不知道您也在巴黎，很高興見到您。」克霖沒有開口，只是微微點頭以示招呼。

「我只在這裡短暫停留數日，想趁機來看看羅浮宮裡，我最喜愛的一件作品。」

「這裡有不少值得一看的藝術珍藏。」莫瑞先生回應道。克霖一動也不動地站在那裡，雙臂在胸前交叉，彷彿十分不悅。

「你們不覺得這尊雕像擺放的位置太糟糕了嗎？」我問道。「讓人極不方便欣賞它。」沒有人答話。「像這樣的傑作值得佔據一整個房間，而不僅是放置在階梯的平台上。」

「艾胥頓夫人，您向來具有敏銳的觀察力。」我等著他繼續開口評論，但他顯然無意多說什麼，看來心思還放在方才與克霖討論的話題上。

「我就不打擾你們談話了。」我說道，明白今天不可能再從他們身上探聽到任何消息。我走下樓梯，繞過圓廳進入希臘廳，停步片刻欣賞了第洛斯島的阿波羅神廟壁板，然後召來一輛出租馬車載我來到西莉兒家。

「妳今天去了什麼地方？」她問道，拍撫著凱撒，布魯特斯則不見蹤影。

「我去了羅浮宮，而且我不是唯一的一個。」我很快地把遇見克霖和莫瑞先生的事告訴她。

「又是赫格里佛先生，」她歎息道。「眞是位有趣的男士。這是個什麼樣的巧合，竟讓妳發現他和古物的負責人在討論搬移藝術品之事。」

「現在妳總不能再爲他辯護了吧？」布魯特斯從我的座椅下方鑽出來，在我的裙襬間跑來跑去，接著開始啃咬我的鞋子。我不客氣地把牠撈起來，用力放到牠主人的腿上。「也許我該替妳買隻貓。」

「先別管我對他的看法，讓我告訴妳我今天有何收穫吧。妳應該還記得我替妳打探菲利普的消息時，認識的那位黑市掮客李布朗克先生吧？他告訴我，他有辦法替我傳遞消息給一個自稱爲卡拉法吉歐的男子。」

「卡拉法吉歐？」

「我眞是不懂這些罪犯到底抱著什麼心態，」西莉兒聳聳肩道。「爲何要把自己塑造爲義大利人。」

「也許他的確來自義大利。」

「差遠了，就連李布朗克先生都知道他是英國人。」

「他是克霖嗎？」

「我不知道卡拉法吉歐眞正的身分，但李布朗克先生向我保證，他此刻人在巴黎，並且很快就會與我聯繫。」西莉兒向後靠在沙發椅上。「我還打聽到更多關於妳丈夫的非法交易。」

「李布朗克先生告訴妳的？」

「不是。留下要他交給卡拉法吉歐的信函後，我又去探訪了另外三間古董店，還威逼其中一名形容猥瑣的店主吐露出不少消息。當菲利普有意購買某項物品時，會在黑市放出風聲，而那些掮客會去搜尋私人收藏以及最近的交易紀錄，以便找出該樣物品的下落，先找到它的人可以得到一筆豐厚的獎金。妳丈夫總是明白表示，他毫不在乎那些古董藝術品的來源，只要最後它們能順利成爲他的收藏即可。」

我沉默了好一會兒，扭絞著手帕。凱撒扯咬著我的衣裙，我甚至沒有費心把牠推開。

「我實在難以理解他爲何會這麼做。」我頓了頓。「雖然這不過是證實了我們之前就已經曉得的事，但不知爲什麼，聽到這些只會讓我更加無法接受他這種行爲。」

「凱莉絲妲，妳把他太過於完美化了。他是個熱衷於搜尋獵物及古董的冒險家，如果他還活著，妳將必須接受他的本性，而不是妳心目中他該有的樣子。」

「我知道妳是對的。」

「我想妳也該告訴我，在妳匆匆離開雷諾瓦的畫室之後，與赫格里佛先生那場神秘會面的經過了。我該吩咐他們準備咖啡還是香檳？」

「咖啡。」我嚴肅地說道。「其實並沒有什麼好說的。當時我很沮喪，他安慰我；然後他竟然未先請求允許，便膽大妄爲地吻了我，過後也不曾向我懇求原諒。」

「眞令人興奮哪！相形之下，菲利普變得越來越不吸引人了。」西莉兒若有所思道。

我怒瞪著她。「我可不會用興奮兩個字來形容。」

「看過了妳那天晚上來到我家時的模樣，我認爲這樣形容相當貼切。」

「我不打算對此做出回應。」我說道。「我們可以回到先前的話題了嗎？妳今天下午還打聽到什麼？」

「跟我談過話的人，全都不曾聽聞過帕瑪先生和他弟弟。」

「這並不代表什麼，」我說道。「尤其若他們其中之一正好就是卡拉法吉歐。妳提到克霖了嗎？」

「提了，只有一個人認得他，而且在我說出赫格里佛這個名字時放聲大笑。」

「那是什麼意思？」

「如果克霖就是卡拉法吉歐，我可能已經找到知曉他眞正身分之人；不過話說回來，那人也許根本不認識他是誰。他之所以發笑，說不定是因爲我描述克霖的長相有如希臘神話中的美少年，阿多尼斯。」

「妳也眞是的，西莉兒。」我皺眉道。「我很想跟那個人談談。」

「當然不行，凱莉絲妲，那些人是群危險分子，絕對不是妳該有所接觸的對象。因爲我的某些行事風格與名聲，才讓我得以打入他們的圈子，但換成是妳可就不會那麼容易了。」

在我能抗議之前，一名男僕進入房間，呈上卡拉法吉歐送來的字條，要求於第二天下午與西莉兒會面。西莉兒立刻回信應允，邀請這名神秘男子下午三點來她的宅邸一敘。我強烈主張這場會晤應當在公衆場合進行，以便在發生任何危險情況時，很容易就能取得援助；然而西莉兒卻堅持那樣將會顯得可疑。

「對他而言，我不過是個性格古怪的老女人，想要買下某些著名的、尙未被盜賣出去的古董藝術品。若是選在公開場合洽談這類交易，顯然一點也不合理；況且在這裡才更方便妳私下觀察我們。我會在紅色客廳接見卡拉法吉歐先生，妳可以藏身在後方的傭僕通道裡聽我們談話。」

「隔著門扉我仍能聽見你們的聲音嗎？」我問道。

「可以，我自己就曾試過好幾次。我親愛的丈夫尚未過世前，經常在那裡接待女性訪客。行事謹慎向來不是他的優點之一。」她聳聳肩道。「我會設法讓卡拉法吉歐盡量透露他所進行的那些不法情事，如果我運氣好，或許能收集到足夠的證據將他定罪。」

「萬一妳做不到呢？」

「那麼我就得眞的買下埃爾金石雕，然後再將他呈報給當局。」

「那可能得花上好幾個月！」我叫道。「我不能等那麼久才前往非洲。」

「那我最好盡力從他那裡蒐集消息了。」西莉兒思忖道。「我還挺希望克霖便是卡拉法吉歐，我將很樂意發揮我女性的魅力來誘惑他。」

「妳眞是個可怕的女人，」我戲謔道，站起身來。「而我該回去了。」

回程的路上，我忍不住又想到菲利普。他是否有可能逃過法律的制裁？一名優秀的辯護律師可以主張艾胥頓爵士對那些古董珍藏的來源毫不知情，他唯一的罪責不過是判斷力欠佳與受人矇騙。我歎了口氣，無法想像日日和這樣的男人過著夫妻生活，會是何種情況。

返抵莫里斯酒店後，我因心情不佳而沒有理會梅格遞來的電報，直接走向浴室想盡快泡個熱水澡。泡得心滿意足之後，我起身換上一件完全不適合哀悼中寡婦的粉紅色蕾絲洋裝，吩咐梅格備好茶具，然後才坐下來閱讀那封電報。

我從頭到尾讀了兩次，隨即大步走到書桌前，迅速寫了張簡短的字條，然後高聲喚來梅格，把字條用力塞給她，心裡充滿著前所未有的怒火。

「把這個送去給帕瑪先生，要他立刻來我房間一趟。」

一八八八年　四月二十三日　倫敦　伯克利廣場

凱非常驚訝我比預期的更早返回倫敦。她比我上次見到她時更加美麗了。很高興她並未反對我將在秋天時回到非洲的打算——我眞是個幸運的男人，能夠娶到如此善體人意的新娘。

我仍一心想著非洲的一切，並計畫著下一次的狩獵行程。至今我尚未嘗試過用馬賽族的長矛來獵捕獅子，這種武器極端原始——我們早已習於獵槍的便利，因此這絕對會是一項挑戰。也許秋天時……

29

「我既意外，又高興看到妳穿著如此不合禮儀的顏色。」安德魯見到我時驚呼道。

我沒有理會他的幽默。「坐下，安德魯。」我把電報遞給他。「能請你解釋一下這個嗎？」

「我不懂，」他說道。「這怎麼可能呢？看來我們必須改變計畫了，但那並非——」

「我想沒有這麼簡單，安德魯，聖公會的人很清楚表明，他們從未聽過衛斯里．普思科這個人。無論他是誰，顯然都並非剛從我丈夫被發現的傳教區裡回來。」

「我感到相當震驚。」

「我不相信你的話，」我直直地注視他。「因爲把我的婚禮照片交給普思科先生的人，不正是你嗎？」

「愛蜜莉……妳怎麼會認爲——」

「不用再對我說謊了，我知道是你從雷諾瓦的畫室裡把它拿走的。請你告訴我，安德魯，這究竟是怎麼回事？」

他閉上眼睛，歎了一口氣。「好吧，既然妳都已經知道了。我不該那麼做的，我跟妳一樣，並不清楚菲利普到底是生是死。當我聽到妳說，妳要和我們一起去非洲時，我了解到若最後我們發現菲利普的確已經死亡，那麼這將是我重新追求妳的好機會。如果妳能明白這對我是種多大的激勵！但我開始害怕妳會被妳的朋友們說服，決定非洲之行太危險、希望太渺茫；我以爲普思科的故事，能夠確保妳不會被任何因素影響而放棄這趟旅程。我從來沒想過要傷害妳，愛蜜莉，妳已經有足夠的理由相信菲利普還活著，我只是想加深妳與我們同行的決心。」

「如你這般試圖操縱我的感情，實在令人無法原諒，帕瑪先生。如今你的把戲已經被揭穿了，你最好接受事實，我永遠不會嫁給一個如此缺乏道德原則的男人。」

他怒氣勃發地從椅子上跳起來。「我承認我做錯了，顯然妳從未經歷過愛上某人，卻得不到回報的那種絕望。妳盡可以羞辱我，但在指責我的道德操守前，我建議妳最好先仔細思考一下令夫婿的作爲，或許妳對菲利普並未如妳想像中那麼了解。」

「我很清楚他有哪些缺點。」

「我該假定妳已準備好忽視他品德上的任何缺憾了？」他把那封電報用力扔到地上。「妳當然是的！富有的貴族們會採取任何手段以避免醜聞。」

「我不喜歡你的語氣。」

「請原諒我，我實在太氣憤了。像艾胥頓、赫格里佛那種人——他們總是能爲所欲爲，得到任何他們想要的東西。他配不上妳。」

「既然你對他如此不滿，爲何還要遠赴非洲援救他？」

「妳很清楚我對妳的感情，我願意做任何事以帶給妳快樂。天啊，我眞是愚蠢！」他甚至沒有道別便忿忿而去。半個鐘頭後，他遣人送來了一張熱情洋溢的字條，懇求我的原諒，並通知我他打算在兩天後出發前往非洲，無論我是否計畫同行。

我在巴黎的冒險行程即將結束，西莉兒與卡拉法吉歐的會晤，將有助於我們確定犯罪首腦的身分。之後我會想出方法阻止盜賣古物事件繼續發生，並將菲利普那些古董眞跡送還館方。儘管我不想讓安德魯與亞瑟獨自前往非洲，但我已無加入他們的意願。我草擬了一封信欲送交大使館的萊頓爵士，告知他菲利普可能仍活著的消息，並請求他協助我組織一支官方的搜救隊。我考慮要重新開棺相驗我丈夫的遺體，但決定目前證據還不夠充分到値得採取這樣的行動；況且隨之而來的醜聞，勢必將對整個艾胥頓家族造成極可怕的打擊。這也讓我開始考慮是否該寫信聯絡菲利普的姊姊，通知她近來所發生的一切，並向她的夫婿尋求幫助。

到了晚上六點時，由於對兩封信的內容均無法感到滿意，我決定要出門放鬆一下心情，去見識一下這座城市裡，若是菲利普仍在世，絕對不會允許我涉足的那些區域。我換上一件黑色的絲質晚裝，直接朝蒙馬特區前進，衷心想一睹紅磨坊的風光。然而行到半途，我驚覺到現實的無奈；我不可能在毫無伴護的情況下，單獨造訪那種地方，尤其是我仍身處於哀悼期間。儘管社會禮俗的規範令人窒息，我並無意徹底揚棄它們；於是乎我改變主意，來到了瑪札然咖啡館。它距離蒙馬特區僅有咫尺之遙，嚴格說來並不適合一位淑女逗留，不過我的貝德克爾旅行指南裡明確指出，這間知名咖啡館中的來客，絕對都具有合宜的身分地位。

我選擇了白醬汁燉小牛肉作爲晚餐，悠閒地品嚐它的美味。之後我大膽地點了一杯苦艾酒，並開始計畫起西莉兒和卡拉法吉歐見面後，我該採取的行動。酒液辛辣且苦澀，但我仍強迫自己吞下去，一面思考著我的未來。我決定不回倫敦，而是留在巴黎等待關於菲利普的消息，因爲我絲毫沒有意願忍受我母親的管束，應付社交義務，或是在我丈夫生死未卜時假裝一切如常。若最後證實他的確還活著——雖然我心中懷著不少隱憂，但仍絕望地期盼會是這樣的結果——我當然會順從他的意思，而他多半會決定盡快返回英國。

而如果他已死亡，我將不會回到倫敦。我要去聖托里尼，在那裡我可以完全不受外界影響，專心思考我眞正想要的是什麼。我會致力於學習希臘文，並探索島上的每一吋土地，同時再次爲失去菲利普而哀悼。

我一面喝下另一杯苦艾酒，一面想到亞琳・雷諾瓦和她的婚姻。我再也不會嫁作人婦，除非我能找到像她所享受的那種幸福快樂，而且前提是，我必須先確定自己到底想要一個什麼樣的人生。若菲利普還活著，我會爲他奉獻一切；我相信只要我們一起努力，必定能共享一段熱情美滿的婚姻。我希望他會支持我，讓我試著去發掘女人除了忙於社交活動外，還能有些什麼樣的成就。如果他不願那麼做——我把這個想法推出腦外，舒適地往後靠著椅背，沉醉在巴黎的夜色中。

一八八八年　六月八日　倫敦　伯克利廣場

我最後一個單身的夜晚。赫格里佛和我用一瓶四七年份的香醇波特酒來慶祝這個特別的日子。凱的行李已經從格若斯文諾廣場送來了，她會發現一切都整理得井井有條——戴維斯親自監督，不放心只交給女僕們去打理。希望她在我的房子裡會生活得很快樂。

現在已經很晚了，我卻仍然毫無倦意。我得試著盡快入睡才行，因爲明晚我可不打算花太多時間在睡眠上。

30

第二天早上我睡遲了，差點來不及趕去西莉兒家與她共進午餐。我換上一件新做好的外出服，衣料是恍如午夜般的深藍，而非喪服的黑或灰色。這件衣服沒有裙撐，我也聽從了西莉兒的建議，在試裝時並未將緊身褡勒得太緊，而結果令我相當高興。我的腰部看來仍然纖細，但我終於可以自由地呼吸、彎身，甚至想駝背都行。對自己的外表感到滿意，我輕快地穿過酒店大廳，下一刻卻直接撞上克霖。

「你好，赫格里佛先生。」我說道，刻意忽視我的脈搏在每次接近他時所起的反應。我越過他身旁，快步走向門口，興奮於即將能夠得知卡拉法吉歐的眞實身分。一個突來的想法讓我停下腳步，轉身望著克霖。我們的視線相遇，我揚起一道眉毛，猜想著今天下午，我是否會在另一個完全不同的場景中再次見到他。如果克霖就是僞造集團的首腦，我也許將有機會再次摑他一掌。這個念頭令我露出微笑。

來到西莉兒家，愉快地與她擁抱爲禮後，我們一起進入餐室。我因錯過了早餐而飢腸轆轆，所以立刻開始進攻桌上的酥皮肉餡餅。

「妳今天心情似乎很不錯，」西莉兒觀察道。「發生了什麼有趣的事嗎？」

「我昨晚嘗試了苦艾酒。」我微笑道。

「妳可眞令人吃驚啊，凱莉絲妲，看來妳很適合定居在巴黎。」

「它難喝死了，我差點嚥不下去，不過我很高興我嚐過了它的味道。」我說道，遞給她聖公會拍來的電報。「妳該看看這個。」

「我一點也不意外。」西莉兒承認道。

「我找安德魯對質了。」

「天啊！他怎麼說？」

我把我們之間的對話複述了一次。

「妳相信他？」

「這很重要嗎？」

「我想不重要。」西莉兒答道，從餐盤裡拿了些食物，餵著窩在她腳邊的凱撒和布魯特斯。

「我假定妳不打算與他一起前往非洲了？」

「那是當然的，」我回應道。「我已經寫信給萊頓爵士，向他尋求協助。我不會撤回對安德魯與亞瑟的旅費援助，但也不認爲我能全權仰賴他們。我在猜想得過多久才會知道結果。」

「別爲此事耗費太多心神，親愛的。」她說道，站起身來。「來幫我重新安排女王寢宮的傢俱吧。」

我們花了一個小時在西莉兒的凡爾賽宮模型上。越接近卡拉法吉歐抵達的時間，我就越感到緊張。當僕人前來通報有訪客到時，我之前曾有過的興奮感早已消失殆盡。

「請他到紅色客廳去。」西莉兒說道，然後握住我的手。「記住，最重要的是試著辨認出他的聲音。仔細聽他說了些什麼，若有必要的話就把它們寫下來，我已經吩咐路易在走道裡備好紙筆。」她把我交給奧黛蒂，讓她領著我來到傭僕走道。不久後我便聽見房門開啓又關閉，以及西莉兒的高跟鞋踏在地板上的聲音。

「卡拉法吉歐先生，很高興見到你。」她笑著說道。「我想你應該不是義大利人吧？」我屏住氣息等待對方的回應。

「當然不是，杜拉克夫人，」一個男性的嗓音說道。「我是徹頭徹尾的英國人。不過一個義大利名字，聽起來很適合我的行業，妳不覺得嗎？」

「我想我還是別侮辱你的國家了，先生，以免冒犯到你，畢竟我很希望我們之間能建立起良好的生意往來。請坐吧。」

「如果妳不介意的話，我就有話直說了，夫人。從妳的房子、珠寶，以及妳的名聲來判斷，妳的確有能力負擔得起買下埃爾金石雕。妳對這件古物有興趣，證明了妳有超卓的品味；而妳知道要與我接洽，更顯示出妳高人一等的智慧。除了我以外，沒人有能力安排如此知名珍品的買賣。」

我的腦子一陣暈眩，滑坐到地上。這個人不是克霖．赫格里佛。只有安德魯會用這種傲慢的口氣說話，我立刻就認出了他的聲音。前一天令我找上他對質的那股怒氣再度浮現，所有我對克霖曾有過的懷疑，此刻全部都導向了安德魯，是他要我前往非洲好援救菲利普。我用手撐著冰涼的大理石地面，耳朵緊貼著門，不想錯過那個可鄙的男人說的每一句話。

「我在大英博物館有很完美的接頭人，想把石雕弄到手絕無問題。我僱用的藝術家可以做出唯妙唯肖的複製品，到目前爲止，我所調換的每一件古物從未引起過懷疑。」

「即便如此，卡拉法吉歐先生，我仍不希望看到我的名字在任何調查行動中出現，我可沒有時間應付那些瑣事。」西莉兒說道，聽起來彷彿這個話題令她深感無趣。

「那是當然的，當然。」安德魯笑道，一貫地毫無敬意。

「我什麼時候可以收到石雕？」

「一等我和負責製作複製品的藝術家討論過後，就會馬上通知妳。埃瓦特先生的動作很快，但如此龐大的作品不免需要一段時間。」

「你倒是一點也不介意透露手下的名字，卡拉法吉歐先生。」

「我向來不在意這些，埃瓦特先生自會小心行事。」我絲毫不感意外，安德魯從來都只會顧全他自己。可憐的埃瓦特先生，他不該受到這樣的對待。「我們來談談付款方面的問題吧。」

「我可以接受你信中所提的金額。」西莉兒說道。「我想你偏好收取現金吧？」

「謝謝妳，杜拉克夫人。我帶來了一樣小禮物，以作爲我們交易成功的紀念。」我聽見某人拆開包裹的聲音。「這是希臘的古物，瓶身上的圖案是在描繪『帕里斯的判決』。」

「我很熟悉那個故事，這是製作相當精美的複製品。」

「這是眞品，夫人，我絕不會送上贗品給像妳這樣的好顧客。」

我搖搖頭，聽著他毫不心虛地撒謊。眞正的「帕里斯的判決」古瓶，此刻正安全地藏在我倫敦房子裡的食品儲藏櫃中。

「恐怕我們的會面必須到此結束了，夫人。由於我正準備要離城一趟，因此原本不打算接下任何買賣，但又不想錯過與妳這樣的重要顧客見面的機會。」

「你要回倫敦？」西莉兒問道。

「不，我將前往非洲處理一樁緊急要務。」他的話令我怒火沸騰。

「你離開前能處理好我的要求嗎？」

「我會把出發的日期延後，以確保能安排好一切。我這趟行程不會耗時太久，保證不會影響到我們的交易。」這句話讓我感到納悶，安德魯是否知道他不可能找到菲利普？

「最好是如此。」我聽見西莉兒起身時裙襬窸窣的聲音。「我會等著你的好消息，卡拉法吉歐先生。」

我一動也不動地坐在那裡，聽著他的腳步聲逐漸遠去，直到前門的銅門落下的響聲傳來，我才小心翼翼地走進紅色客廳。西莉兒正在檢視那只「帕里斯的判決」古瓶。

「那是贗品。」我開口道。

「當然。」她聳聳肩。「妳認得那個壞蛋的聲音嗎？」

「他是安德魯．帕瑪。」我憤怒地走到高聳的窗戶前來回踱步。「難怪他那麼急著要幫他父親拿到菲利普的論文，他一定是想藉機尋找菲利普對那些失竊古物的紀錄。」

「他可能害怕其中會有能夠揭發他罪行的線索。」

「我懷疑菲利普也許不只是位顧客而已，」我說道，繼續踱步。「還有克霖呢？妳認爲他也牽涉其中嗎？」

「我不知道。」西莉兒說道。「我原本希望卡拉法吉歐會是某個與妳毫無關聯之人，這樣事情會簡單得多。」

「可惜我們沒有那麼幸運。」我說道。「我們得在安德魯啓程前往非洲前阻止他。」

「如今少了妳同行，我懷疑他是否眞的會跑這一趟。」西莉兒思忖道。

「他堅持他會去。」

「但爲什麼呢？難道他眞的認爲菲利普並沒有死？我很抱歉，凱莉絲妲，不過我已經越來越難以相信他還活著。」

「我尙未完全放棄希望，但我不得不承認，我傾向於同意妳的看法。」我的淚水不受控制地滑落頰邊，我用手抹去，轉身望向窗外。

「我們先把心思專注於如何逮住安德魯吧，親愛的，在我們能得到更多訊息前，對菲利普的命運做任何臆測都只是徒然。」

「我們是否有足夠的證據，可以通知警方逮捕安德魯？」我問道。

「我想還不夠，我們必須說服他提供我們更多佐證。」

「我想強迫他告訴我，我的丈夫是否還活著。」

「我不確定光憑兩個女人，能否強迫卡拉法吉歐做任何事；若有必要的話，他可以輕易地制伏我們。我們得採取誘騙的方式。」

「並且得確保他會立刻遭到逮捕。一旦他們的首領進了監獄，或許埃瓦特先生和其他參與犯罪之人會同意提供證據。」

我拿起安德魯送給西莉兒的古瓶仔細端詳，突然間想到一個好點子。「這只古瓶是贗品。」

「我知道，凱莉絲妲，妳剛才就說過了。」

「不——妳看，」我指向帕里斯身上那件束腰上衣的皺摺處。「妳看到什麼？」

「衣服？」她彎身審視著古瓶。「那些是字母嗎？AA？」

「沒錯！」我叫道，開始興奮起來。「那是埃瓦特先生留下的簽名，他製作的每件複製品上都有同樣的標記。」

「但這也只能證明安德魯送我的並非眞品。」

「安德魯的成功取決於他是否能用贗品換走眞跡，如果我們能誘使他偷走某件古物，然後在他能找人做出複製品前，就說服他把東西交給我們，或許就可以藉此揭發他的罪行。」

「聽起來很有意思。他此刻人在巴黎，而埃瓦特先生在倫敦，想另外找人替他做出複製品肯定不容易。我該告訴卡拉法吉歐，我想要哪件古董？」

「這次輪到我上場了，西莉兒。」

「妳不能讓他知道，妳已經發現他是個小偷。天知道他會有什麼反應？那樣太危險了。」

「我並不想讓他知道。為了處理妳訂購的石雕，他明天一定會來通知我要延期出發之事，我會告訴他我得知了某些關於菲利普的消息，並因此感到十分困擾，不想再贊助前往非洲的行程。」

「妳指的是菲利普收藏失竊古物一事？」西莉兒微笑地問道。

「是的，這將會讓他誤以爲自己的秘密安全無虞。如果整宗盜賣古董案爆發出來，他可以把所有罪行推給無法爲自己辯護的菲利普；而我會讓他相信，我並不期待與這樣毫無道德原則的夫婿團聚。」

「這樣就能誘騙安德魯爲妳盜取某樣東西？」

「我會假裝非常渴望得到某件古物，在我們談完之後，安德魯會認爲我願意重新接受他的追求——只要他能幫我找到我想要的東西，畢竟沒有人喜歡當個寂寞孤單的寡婦，西莉兒。」

「而如果菲利普眞的已經不在人世，安德魯爲了自身的利益，一定會盡快告知妳眞相。」

「一點也沒錯。」

「所以妳認爲，他並不會因爲罪行可以有人頂替就滿足了？如果他聰明的話，就應該讓妳以爲菲利普是唯一有罪之人，以免妳日後起疑。」

「無論安德魯是否聰明，但可以確定的是他很窮，而我非常富有。我想他必定是在揮霍光自己的財富之後不久，便開始了盜賣古董的生意。如果他娶了我，就能完全拋開那些非法買賣。」

「這會是解決他所有問題最完美的方法。」西莉兒歎了口氣。「在妳拒絕了他的求婚之後，才收到菲利普可能生還的消息，妳不覺得這有些太過巧合了嗎？我懷疑他之所以追求妳，根本從頭到尾都是爲了妳的財產。」

「我就是算準了這一點，西莉兒。如果他的確如我想像中那麼貪婪的話，絕對會掉入我佈下的陷阱。」我坐到桌前開始草擬兩封信函，它們對於我的計畫成功與否十分重要。

「妳想讓他替妳偷什麼東西？」

「屬於傳尼爾先生的一件美麗珍藏。」

「妳確定他能辦得到？」

「安德魯向來不缺乏自信心，我確信他會將此事視爲一項刺激的遊戲。」

西莉兒和我花了整晚的時間研擬計畫的細節，因此我直到第二天早晨才回到莫里斯酒店。我原本希望安德魯會很快來見我，但隨著午餐時間過去，他仍然沒有出現。最後我厭倦了等待，決定主動出擊，很快地寫好一張字條，吩咐梅格送去給我那位旅行同伴，請他盡快來我房間一敘。令我不悅的是，梅格在二十分鐘後帶回安德魯的回音，他另有要務，必須等到接近晚餐時間才有空檔，並詢問我六點時見面是否方便？不能立刻實行我的計畫讓我很不高興，更氣憤他竟讓我的女僕花了將近半小時等待他的回應。但我沒有選擇，只能表示同意，讓梅格送去了第二張字條，言明我期望在六點整時會見到他。

爲了打發時間，我開始練習希臘文的翻譯，然而卻無法集中心神。我不由自主地想到菲利普。儘管他還活著的希望此刻看來已相當渺茫，我還是禁不住想像著我們的重聚會是何種景況。既然我已經不打算遠赴非洲，我的幻想當然也必須做些修正，這一次我將在傳教區簡陋的帳篷中找到他。只要有任何消息傳來，我可以立刻啓程前往開羅，趕到他的身邊。一場異國的重聚對我來說頗具吸引力，與倫敦大異其趣的景色與文化，勢必更能激發出我們之間的熱情。

重重的敲門聲打斷了我的白日夢，我迅速打開房門，猜想著安德魯是否決定提前與我見面，卻驚訝地發現站在我面前的人竟是克霖。

一八八八年 六月十一日 前往阿姆斯特丹途中

婚姻生活比我所能期盼的還要令人愉悅。凱花費了大量時間,閱讀毫無文學價値的通俗小說(那些小說也曾伴我度過不少快樂時光,所以我並無法爲此斥責她),但偶爾會從書中抬頭,對故事中的女主角發表一些嘲諷的評論。昨晚她從更衣室走出來時,那超凡脫俗的美麗令我幾乎無法言語「……如此天人般的迷人魅力……」我何時才有可能在面對她時正常說話,而不再張口結舌?屆時——我相信那一天終有到來的時候——她又會對我有什麼想法?她會認得出自己的丈夫嗎?

關於阿基里斯/亞歷山大的論文已完成了大半。幸好凱經常埋首書中,否則或許會氣惱我將這麼多時間用於寫作上。

31

「你好，赫格里佛先生，我不知道你今天會來。」

「抱歉打擾了。」他簡短地答道。「我能進去嗎？」

「你不能待太久，我正準備要出門。」我撒謊道。「你在羅浮宮參觀得還順心嗎？我一向認為莫瑞先生是位非常傑出的導覽員，至少在大英博物館時是如此。他對此地的收藏品也有深入了解嗎？」

「我只花了幾分鐘和他商討一些公事。」

「我想也是。」我面帶疑問地望著他。「你來拜訪我是有什麼特定目的嗎，赫格里佛先生？恐怕我沒辦法陪你久坐。」

「我想知道妳計畫何時前往非洲？」

他的話令我感到意外。如果他跟安德魯是同夥，應該會知道我已取消與他共赴黑暗大陸的行程。除非……有沒有可能是安德魯派他來試探我，好弄清楚我之所以改變計畫，純粹是因為婚禮照片的眞相被揭穿所致，還是我對他們另有疑慮？我在回答之前先短暫地考慮了一下。

「我決定不去了。」我說道，迎上他的視線。「我的朋友們說服了我，菲利普會比較希望在巴黎與我團聚，所以我同意留在這裡，等待搜救隊傳來的消息。」

「很高興聽到妳這麼說，更希望我也能有這麼好的說服力。我想改變妳計畫的努力，似乎只令妳更加強了要去的決心。」

「你的確會刺激我做出一些極端的反應。」我笑道。「但我想我會原諒你。」

「妳今天下午打算出門嗎？」

「我六點與人有約，現在想先去法拉斯卡提麵包坊買些糕點。」

「我能陪妳走過去嗎？」

「有何不可。」我點頭同意道，更加確定是安德魯派他來的。顯然大盜卡拉法吉歐今天下午將會十分忙碌，因此想要確定我不會在無意間破壞他的計畫。「只要你保證，不提起任何會引起我們爭執的話題。」

「艾胥頓？」

「是的，我並沒有那麼天眞，完全相信他一定還活著。然而直到能有確切的證據，證明他的確已經不在人世之前，我寧願繼續抱著希望。」

和克霖漫步走在巴黎的林蔭大道上，我不斷想從他口中套出關於安德魯的一切，可惜我的努力成效不彰，儘管我並不確定這是因爲克霖口風很緊，還是我的探問不得法之故。無論如何，到法拉斯卡提——巴黎最知名的麵包坊——走一趟，永遠都不會是浪費時間。我們一面大啖果醬麵包，一面討論著希臘文法的問題；對於我因家教老師限制我的讀物而起的抱怨，克霖表達了相當的同情，並向我保證再讀一陣子色諾芬，我一定能順利地進步到開始閱讀荷馬。偶爾當我們的目光相遇時，他會迅速移開視線，令我不禁懷疑，他是否懊悔自己那晚在新橋上的舉動，不過這當然並不重要。

下午的天氣逐漸轉涼，我拒絕了克霖招來馬車載我們回到莫里斯酒店的建議，但走過兩個街區後，我很快地開始感到後悔。我挽住克霖的手臂，他貼近的身軀提供了我一些溫暖，但我必須承認，和他如此靠近，讓我著實有些不自在。我越仔細思索，就越肯定我對他的懷疑並非空穴來風，而這也更讓我感到失望。我曾經想像過克霖、菲利普和我在書房裡閒談，度過無數愉快夜晚的情景；我的夫婿爲何在選擇朋友方面，如此識人不明？又或者他本身的人格，並不比他身邊的朋友們高尙多少？

寒冷使我們加快了腳步，不久後我們就回到了酒店。我向克霖道別，很快地上樓回到房間，以便準備與安德魯會面。在更換衣物時，我把我的計畫告訴梅格，她的反應融合了憂慮與興奮。她毫不懷疑帕瑪先生會順從我的一切要求，但想到女主人將與一名罪犯打交道，讓她感到萬分緊張；等到安德魯來敲門時，她差點驚叫出聲。我自己的心情同樣有些忐忑不安，但在安撫梅格的同時，我也漸漸平靜下來，準備好開始進行我的計畫。

安德魯打扮得非常時髦，穿著一身晚宴西裝，臉上帶著嘲諷的微笑走向我。我看得出他以爲我將會再度質問他關於婚禮相片一事。他親吻我的手，短暫地迎上我的視線，等著我先開口。我靜靜地坐在那裡看著他，頭一次注意到，他的確很適合當個犯罪集團的主謀人。初識者會認爲他是名個性魯莽衝動的紳士，並不太認眞地看待人生；然而如今經過仔細觀察，我看見了他環視房間時眼裡的算計，以及他每一個刻意的舉止。我開始相信他在做任何事之前，都會先經過縝密的計畫與排練。我猜想著他是否練習過今晚要對我說些什麼，也很確定無論他準備好了怎樣的劇本，都不足以應付即將到來的場面。

「妳好嗎，艾胥頓夫人？」他說道，顯然厭倦了等待我開口，嗓音裡帶著一絲我之前未曾聽過的怒意。

「是的，安德魯，我很好。」我說道，刻意親暱地叫喚他的名字，眼睛直視著他。我咬住下唇，搖了搖頭。「不，我曾要求你對我誠實以待，所以也該同樣地對待你。」

「我又做了什麼冒犯妳之事嗎？」他比我想像中還要憤怒。

「你？」我輕呼道。「噢，安德魯，無論你之前如何冒犯我，現在都顯得微不足道了。要不是我因爲受到欺騙，因此還有一點生氣的話，或許該是我向你道歉才對。」他總算願意正眼看我，顯然我的話令他非常意外。

「到底怎麼回事？」

「我對非洲之行產生了不少疑慮。」

「妳已說過妳不打算成行。雖然深感失望，但我能理解妳爲何做出如此決定。」

「安德魯，請不要用如此生疏的語氣對我說話，我——」我停頓了一下以加強效果。「恐怕這整趟行程都必須取消了。」

「妳不信任由我去搜尋妳的夫婿？」

「我不確定他是否值得被找到。」我說道，把臉埋進雙掌裡。「我得知了一些關於菲利普的、極爲可鄙之事。我不敢告訴任何人。」

他立刻換上一副關心的表情，坐到我的身邊。「什麼事，愛蜜莉？妳一定要告訴我。我知道過去我並沒有對妳完全誠實，但妳知道那是因爲——」

「我知道，安德魯，因爲你愛我。你無須將它說出口。」我希望自己的神情看起來孤獨而淒涼。「現在你會怎麼看待我？」

「菲利普做了什麼？」他問道，疑問地看著我。我決定直接回答他的問題，不想再浪費更多時間。

「他是個賊。他的古董收藏裡，有一大半是從大英博物館裡偷來的贓物。」

「妳確定嗎？」他僵硬地坐著，兩手交疊放在腿上，眼睛直勾勾地看著我。

「非常確定。」我之前就計畫好要盡量忠於事實，以免因爲編造太多謊言而露出馬腳。我把得知阿波羅像實爲普氏眞品一事告訴安德魯。「你能否想像當我造訪艾胥頓大宅，卻看到那裡擺滿了似曾相識的古董藝術品時，心裡有多麼驚訝？我衷心希望它們只是手工精巧的仿作。要返回倫敦時，我帶走了菲利普留在鄉間宅邸裡的數本筆記，以爲那是他的日記。我非常思念他，所以想在旅途中閱讀它們，結果卻發現其中一本裡面，滿滿都是他進行非法交易的紀錄。」

「妳確定妳沒誤解他的記載？」

「不可能是誤會。他清楚寫著他不在乎那些古物的來源，並且會不擇手段得到他想要的某些珍品。他還詳細描述了他是如何將它們弄到手，顯然博物館裡展出的那些都是複製品。」

「讓我看看那本筆記——也許並沒有妳想像的那麼糟。它在哪裡？」

「你一定會痛恨我的。」我說道，刻意移開視線。

「它在哪裡，愛蜜莉？」他的嗓音緊繃，彷彿正十分費力地控制自己。

「我把它燒了。我不該那麼做的，我確信你一定會因此而看不起我，但我無法面對可能爆發的醜聞，安德魯，我承受的痛苦還不夠多嗎？」

「親愛的，」他更挪近我身邊。「我不知道該說什麼。」他設法維持住泰然自若的表情，但我認出了他眼底那抹欣喜的光芒。

「我知道我該把那些贓物交還給博物館，但若是這樣做，我丈夫的罪行肯定會引起注意。也許我並不如自己以爲的那麼堅守原則，但我忍不住要想，如果連大英博物館裡的人都無法認出自己收藏的是贗品，那麼我並沒有義務要告知他們。」

安德魯放聲大笑。「妳眞是太壞了。」接著他的嗓音轉爲嚴肅。「我也必須向妳坦白一件事。」

我僵住了。他是否打算告訴我，他在這樁謎案裡所扮演的角色？

「在你們舉行婚禮之前，我就已經得知菲利普涉及不法。在非洲時我曾當面質問他——就在他發病前的那個早晨。我懇求他停止那些不道德的作爲，起先他十分憤怒，後來開始變得憂鬱，等到當天晚上，他已經相當地沮喪、甚至絕望。他知道我永遠不會向當局舉發他，但我非常嚴厲地譴責他，要他想想一旦此事遭人揭露，他的行爲將會帶給妳什麼樣的後果。」

「現在輪到我不知道該說什麼了。」

「當赫格里佛告訴我們菲利普已死的消息時，我心中充滿了內疚，懷疑他有可能是決定自裁。」

「那一定讓你很不好受吧？但是安德魯，即使他眞的這麼做了，那也不是你的錯。」我不確定他所說的話裡是否帶有任何眞相，菲利普會是安德魯的犯罪夥伴嗎？

「或許現在妳能了解，為何到非洲尋找菲利普對我來說如此重要。若我能找到仍然活著的好友，才有辦法放下始終橫亙在心頭的罪惡感。」

這個男人的厚顏無恥實在令人震驚，竟然如此扭曲事實，以試圖彰顯自己絕無可能擁有的高貴品德。

「我還有一件事要坦承。」他說道。「我們從非洲回來之後，我發現菲利普虧欠了他某些犯罪同伴金錢。當時我們並不相熟，加上我認為不該在妳哀悼期間打擾妳，因此我僱用了一名男子來照看妳，以免那些不法之徒會找上妳。我很抱歉侵犯了妳的隱私，但我想不出有其他的辦法可以保護妳，同時又不會引起不必要的驚慌。我已經準備好在菲利普回來後，為此接受他的責難了。」

我思忖著他這麼做的含意，唯一的解釋是，他害怕我會得知這樁案件他其實也牽涉其中。一想到他若認為我會向警方舉報他，因而可能對我採取的行動，就讓我不寒而慄。回到英國後，我只見過那名疤面男子一次，就是他和克霖會面那一晚——後者在這整件事裡扮演的角色，仍然困惑著我。在我允許安德魯與我為友後，與他共度的那些時光裡，一直都有人在暗處監視我。真是個可鄙的男人！

我強迫自己專注地與他對話。「安德魯，我想菲利普仍然活著的可能性不大。你跟我都把太多希望寄託在傳言和巧合上，因為我們想要相信那是真的。原本那張婚禮相片是最好的證據，但如今我們都知道那是個謊言。」

「我很抱歉，愛蜜莉。」

「你無須致歉，我知道你是好意。菲利普才是我該生氣的對象。你讀過巴爾札克嗎？」

「沒有。」

「『每一筆巨大財富的背後，都隱藏著罪惡。』我以前從來不同意這種說法。」

「妳承受了很大的痛苦，愛蜜莉。」我試著不要被他眼裡跳動的喜悅激怒。

「如果菲利普不曾表現得如此堅守崇高的道德原則，或許我會比較容易原諒他。我永遠不會忘記，在我們的蜜月旅行途中——噢，我不該耽誤你趕赴晚餐邀約，強迫你留下來聽我抱怨。」

「我一點也不介意。知道我無須再對妳隱瞞這一切，眞讓我鬆了一大口氣。妳想告訴我什麼都行，這樣或許能讓妳覺得好過一點。」

「那時我們來到一間古董店，我看見一只再美麗不過的戒指——當然是黃金打造的——上面的圖案是一匹馬，你應該知道我有多愛騎馬。」

「而且騎術精湛。」

「我懇求菲利普爲我買下它，但他拒絕了。因爲它描繪的顯然是特洛伊的木馬，因此他認爲那只戒指太過珍貴，不該淪落爲被女人佩戴在身上，好在社交場合裡炫耀的小玩意兒。你能想像嗎？他竟然眞的那麼說！」

「恐怕我可以。」他說道，搖了搖頭。我眞想甩他一巴掌。

「我們爲此爭論了很久，甚至不止一次回到那間店鋪，但他堅持不肯改變初衷。最後他答應考慮買下那只戒指，但只是爲了要捐贈給大英博物館。當時我不以爲意，並且還爲他如此堅持原則而感到敬佩。」

「現在呢？」

「現在？在我知道他不過是個竊賊，爲了自己的收藏可以不擇手段，卻不肯爲我買下一只漂亮的戒指之後，我惱火極了。」

「妳應該找到那只戒指並買下它。」

「它已經成了巴黎某位紳士的收藏品，他絕不肯賣掉它的。」

「任何東西都有價錢，親愛的。」這個男人終於說了句實話。我望進他的眼裡，知道他已經上鉤了。

「真是這樣就好了。」我歎息道。「我會永遠感激任何能說服他出售戒指的人。我知道這看起來，似乎只是微不足道的小事，但得知了關於菲利普的那些惡劣事蹟後，對我而言，那只戒指彷彿變成了某種象徵。」

「我一點也不認爲它微不足道，愛蜜莉，那只戒指如今對妳具有重大意義。」

「儘管我很生氣，卻不能棄菲利普於不顧。但既然他生還的機會不大，我並不想讓你和你弟弟平白去冒險。我已經寫信給萊頓爵士，請他安排一支官方的搜索隊；我不確定他能做到多少，但想必已經足夠了。」我握住他的手。「因此我才會請你過來，我親愛的朋友，好解除你擔任這趟搜救任務的領隊職責，並請你原諒我的缺失。」

「沒有什麼需要原諒的，我永遠不會對任何人洩漏此事。」

「謝謝你，安德魯，我知道我對你的要求太多。」

「別再提這些了。」他說道，仍然握著我的手。「妳會立刻啓程回倫敦嗎？」

「不，我不想回到屬於菲利普的房子裡。我想我會留在巴黎，當個脾氣古怪的寡婦。」我看著他的眼睛。「不過我必須承認，寡婦的身分不再像以前那麼吸引我了，我沒想過我會這麼寂寞。」

「妳會感到寂寞，是因爲妳遭受了極大的背叛，這種感覺不會永遠持續下去。」

「你說得對，」我強迫自己露出笑容。「沒有必要灰心喪志，我決定要進軍巴黎社交界，並宣布我將嫁給第一位，能將特洛伊木馬戒指獻給我的紳士。」

安德魯放聲大笑，但始終沒移開凝視我的目光。

「當然，若是傅尼爾先生抓住這個機會，把戒指送給我的話，情況可就尷尬了。」

「噢——那只戒指是傅尼爾先生的收藏品？」安德魯問道，嗓音回復成他慣有的慵懶。「我不認爲傅尼爾太太會允許自己的丈夫把它送出去。」

一八八八年　七月九日　佛羅倫斯

我開始習慣在觀光之餘，四處探訪城裡的每一位古董商——凱似乎並不介意我丟下她一個人，並且對自己能說得一口不輸當地人的流利義大利文深感滿意。想來她必定甚富語言天分，不過她堅持她的德文不堪入耳。我們現在常在一起歡笑，她出現在我房間時，也不再總是令我震撼無語。我也許還無法充分領略她的內心世界，但我確定我倆將來的日子必定充滿喜樂。

儘管她在房事上仍未曾採取主動，但也不會逃避我的需求。若我自誇一點，甚至還會認爲她很享受它們，因爲這是少數幾次她會拋開矜持，願意與我眼眸相對——「美麗的海倫回想起丈夫的愛/思念起故鄉……」

32

三個日夜平靜無波地過去，西莉兒跟我均同意我與安德魯的談話進行得還算順利；現在我們只能期望我的財產這項誘餌，足夠誘使他下手偷取傅尼爾先生的戒指。我們最多也只能做到這樣了。

瑪格麗特來信，用最幽默詼諧的語氣詳述了她姊姊婚禮的一切細節。美國的社交名媛們，顯然就和英國的同儕們一樣愚昧，她們滑稽可笑的行爲讓人讀來十分開心。她信中還附上了幾段希臘文的《伊里亞德》。她說摩爾先生可以閃一邊去，我已經準備好閱讀荷馬了。她預計我從非洲回來之後才會收到她的信，並建議我請我的丈夫在這方面協助我。我陷入短暫的憂鬱之中，知道我的翻譯將不會得到菲利普的任何幫助；然而當我回到手邊的工作上，並成功地翻譯出第一段文章時——儘管我並不意外它是在讚美阿基里斯——心中不禁有股無比的成就感。

當天下午西莉兒過來與我共進午茶，我們正在討論參觀凡爾賽宮的計畫時，梅格通報說安德魯來訪。這當然完全出乎意料，他曾特意強調自己公事繁忙，不會有太多時間來拜訪我。因爲不希望被他發現我倆竟是舊識，西莉兒匆忙地進入我的臥室，並刻意留下一道門縫。

「妳有訪客？」安德魯問道，瞄向茶几，上面擺著顯然超出我一人分量的豐盛食物。我朝他伸出手，他親吻它時的親暱態度令我深感不悅。

「我剛送走一位非常不受歡迎的客人，」我謊稱道。「一名禮儀極差的法國人，我還以爲她永遠不會離開了呢。」

「我很高興妳的訪客已離去，」他說道，太過靠近地坐到我身旁。「恐怕我有些將會令人難過的消息。我剛收到一封英國駐埃及大使送來的信，他得到消息，謠傳迷失在非洲草原上的那名英國人，一個月前已經現身在開羅；他是位傳教士，名叫湯瑪斯·崔遜。」

我沉默不語了好一段時間，因爲以我的身分——一個對丈夫懷有矛盾情結的寡婦來說，這似乎是最適宜的反應；更重要的是，我需要時間來控制我的怒氣。我不到四小時前才與萊頓爵士談過話，他很堅決地告訴我，起碼得等上數個月才有可能斷定菲利普的生死，並要我最好別抱持能從非洲得到任何確認的希望。大部分的謠傳，就如同我所聽到的那些，多半都無法得到證實，或是完全遭到漠視。

「菲利普死了。」最後我終於說道。

「是的，親愛的，他死了。」這一刻我毫不懷疑他說的是實話。儘管這並不能眞的算是意外，但聽到那些字眼被說出口，仍讓我感覺恍若受到重擊。那絲讓我緊緊攀住的微小希望已經不存在了。我曾被引導去相信我的丈夫還活著，因爲那有助於安德魯的計畫——無論計畫內容到底是什麼；而現在他相信他有機會能夠娶我爲妻，就順理成章地宣布菲利普死亡。我想哭泣，想再次爲那個深愛著我，我卻毫無所覺的男人哀悼，但我明白此刻我並不能這麼做，於是我慢慢抬起頭望向安德魯，對他微笑。

「如果我告訴你，這讓我鬆了一口氣，你會不會因此而看輕我？」話說出口的同時，我不由得想起，這正是我當初得知丈夫死亡時心裡的感受。

「我完全能理解妳會這麼想的原因。」他向我保證，握住我的手。「妳已經爲他哀悼過一次了，愛蜜莉，不需要再對這樣的男人感到負有任何義務。」

「是的，這樣的男人。」我答道，疑惑於安德魯竟能如此毫不在意地詆毀自己的朋友。「我很高興是你來告訴我這個消息，安德魯，我虧欠你的人情實在太多了。」

「妳什麼都不欠我，」他說道，以令人不安的眼神凝視著我。顯然他認爲我虧欠他一切。我不喜歡他如此靠近我，於是站起身來。

「看來我得再度引述巴爾札克：『當女人深愛我們時，會饒恕我們的一切，甚至我們的罪行；當她們不愛我們時，會對我們不屑一顧，包括我們的美德。』我一直沒有看清你眞正的品德，安德魯，是我對菲利普錯置的愛意遮蔽了我的視線。」

「如今妳相信了我的美德嗎，愛蜜莉？」他問道，邁步走向我，我後退了幾步。

「我想是的，安德魯。」我小聲回答，試著忽視那股強烈欲嘔的感覺。「一想到那些我所丟棄的機會……」我刻意讓話聲變弱，用手撫上額際。「我想我該盡快計畫一趟旅程，前往美國拜訪瑪格麗特。旅行向來有助於遺忘那些令人不開心的事。」我仍然低垂著頭，抬眼望向他，他臉上的表情令人想到即將對獵物開槍的獵人。

「我原本沒打算這麼快就把它給妳，」他說道，從外套口袋裡取出某樣物品。「我還需要更多時間──」他驀然停下，「但或許現在就讓妳擁有它最爲合適，如果妳願意接受它。」

我接過他遞來的小包裹，很清楚當我打開它時會看見什麼：傅尼爾先生那只美麗的戒指。

「噢，安德魯！你是怎麼說服傅尼爾先生割愛的？」我裝腔作勢地驚呼道，希望自己看起來滿臉讚佩之意。

「這我可不敢居功，他幾個月前就賣出了戒指，我只需要找到它的下落就行了。我膽敢冀望妳肯接受它嗎？」

「我不知道我如何能拒絕。」我答道，將戒指戴到指上。

「當然，」他停頓了片刻，露出我所見過最邪惡的微笑。「妳不會以爲能平白無故擁有它吧？」我緊張地笑了，回想起之前我竟然曾十分喜愛那樣的微笑。

「你想要求另一個吻？」

「不，愛蜜莉，我可不會這麼容易就滿足。我要妳成爲我的妻子。」

我對此早有心理準備，也知道該做何回應，但一想到跟這個男人建立任何關係，即使它們短暫而虛假，都會讓我作嘔。

「嫁給你，安德魯？」

「妳三天前才說過，妳會嫁給第一個送妳這只戒指的男人。」

「你當然不會以爲我是認眞的吧？」我並不想讓他如此容易就達到目的。

「妳應該看得出來，我的確是這麼想的。」他說道。我看得出他的好心情已經開始被怒氣掩蓋。

「我向妳保證，若非如此，我不會花費這麼多工夫想滿足妳的願望。」我讓他像個蠢才一樣站在那裡片刻，看著他納悶自己能否成功地得到我的財產，然後才做出回應。

「我以爲在我毫不留情的拒絕之後，你不會願意再追求我。」我故作羞怯地說道。

「妳以爲我會那麼用情不專嗎？」

「我害怕你得知我很清楚菲利普的惡行，並且還爲他遮掩事實之後會憎惡我。」

「我會饒恕妳的一切，甚至妳的罪行。」他說道，再次露出笑容。

「你又再度帶給我令人安心的好消息。」我答道，焦躁地轉動著手上的戒指。「我很樂意留下這只戒指。」

我迎上他的視線，羞澀地微笑，算是默許了他令人憎厭的求婚。他用力攫住我的肩膀，毫不溫柔地吻住我的唇，我費盡全身的力量才忍住不推開他。幸好這個吻並未持續太久，他向後退開，重新坐回沙發上。

「親愛的，我想目前最好還是不要向妳我的朋友們透露此事。私底下或是跟我在一起的時候，妳盡可以戴上那只戒指，但不要在公開場合戴它；如此美麗驚人的首飾勢必會引人注目，而我不希望讓人以爲，我在妳仍處於哀悼期時便開始追求妳，我不能讓妳的名節受到任何損傷。」

我的名節？他是不想讓我在傅尼爾先生有可能看到的地方戴著戒指，因爲他還沒時間複製好贗品。

「我的哀悼期就快要結束了，安德魯，只剩下數個星期，我想不會有人注意到的。」

「妳不准在公開場合戴它，愛蜜莉。」我不喜歡他說話的語氣。

「你已經自認是我的主人了？」

「是的，」他微笑答道，再度走向我。「看來我得對妳嚴厲一點才行。在我們的婚約能正式公開前，先把戒指給我。」我不能冒險讓他把戒指拿回去。

「如果你把它從我指上取下，那麼在我能正式被介紹爲你的未婚妻前，我都不會再吻你。」

我嘲諷地笑道。「你等得了那麼久嗎？」我把他拉近身前，他吞下了誘餌，猛烈地親吻我，還不斷笨拙地愛撫我的脖子，令我的頭脹痛不已。

「我將會很享受讓妳成爲我的妻子。」他喘著氣說道，我向後退開，直到背抵住牆壁。「端莊謙遜很適合妳，」他道，望向我緋紅的臉龐和頸子。「一個女人的行爲不該太過急切。」

從我的臥室裡傳出瓷器碎裂的聲響。

「噢，天啊，」我嗓音顫抖地說道。「我的女僕一定是打碎了什麼東西，請恕我失陪了，安德魯，我得去看看她闖了什麼禍。」害怕他會再次親吻我，我迅速地走向門邊。他拿起帽子和手杖跟在我身後，吻了吻我的手之後便離去。

「我將很期待看見妳再度戴上我的戒指，明天我會再來探望妳。」

我無法忍受得與他獨處。「明天不行，安德魯，我已經計畫好要去凡爾賽宮。」

「妳一回來就通知我。」他離去後，我將房門上鎖。

西莉兒立刻從臥室裡走出來。「那個男人比我想像的還要可怕，」她說道。「妳不該與他獨處。」

「沒有其他的辦法，西莉兒，」我喚來梅格，要她盡快替我準備好滾燙的洗澡水。「但我絕對不會再重蹈覆轍。我將永遠感激妳打破某樣不幸的物品——無論它是什麼——以便拯救我。」

「當時我不得不那麼做，」她答道。「那是只醜陋至極的花瓶。」

一八八八年　九月十四日　倫敦　伯克利廣場

帕瑪爵士今晚與我們一同用餐——我盡量將話題導向凱可能會感興趣的事物，而非沉浸於我們平常對於阿基里斯的爭論中。愉快的夜晚。凱既美麗且優雅，是個完美的女主人。想來下個社交季，她應該會打算舉辦更爲盛大的宴會。

赫格里佛對於用長矛來狩獵並無太大興趣，宣稱他將把時間用來健行。安德魯．帕瑪倒是極樂意參與，不知道金瑪希對我的計畫將有何看法？

33

儘管經歷了昨晚那段痛苦時光，我仍足夠清醒地送出一封信函，並要求立刻得到回應。當回函抵達時，我又送出了另外兩封信。我只需要再等待一小段時間，這整樁可怕的事件就能得到徹底解決。當我告訴安德魯我要前往凡爾賽宮時，並沒有眞的打算要付諸實行，然而西莉兒堅持那正是我們該做的事，畢竟目前還不到進行我們計畫中最後一個步驟的時刻，我也不能在巴黎四處閒逛，以免被安德魯撞見。

我知道她是對的，於是我們在太陽王路易十四美麗絕倫的宮殿裡消磨了兩天，忙碌地描繪下西莉兒想加入模型收藏的那些房間。繪畫平靜了我煩躁不安的心緒，讓我得以理性地思考關於贗品事件裡，那些我仍無法想通的疑點。我猜想著誰會是安德魯在博物館裡的內應，以及克霖與此事的關聯。最令我擔心的是，菲利普在這樁可鄙的罪行中，扮演了什麼角色？

回到巴黎後，我發現稍早送出的信函已得到回覆；一切都已準備就緒，等著迎接安德魯的滅亡。

第二天下午我在旅館大廳與他會合，他用手摟住我腰間的方式令我深感不適，我輕巧地移開它，然後把手伸過去讓他挽住。

「眞是的，安德魯，是你一直堅持我們的婚約要保密。」我斥責他道。

「妳太讓人難以抗拒了。」

「說實話，今天見到傅尼爾先生時，我一定得用盡心力才不會當場笑出來。想想看，如今我已擁有他的戒指，而他卻渾然不知。答應我你不會告訴他，安德魯，我很想看看他注意到戒指戴在我手上時，臉上那種意外的表情。」

「妳此刻沒戴著它吧？」他問道，攫住我戴著手套的雙手。

「當然沒有，我指的是等我們的婚約公布以後。我隨時都把它帶在身邊，因爲它會讓我想起你，但我只會在我們獨處時才戴上它。」我朝他微笑，揚起一邊眉毛。「你開始讓我懷疑起你的誠意了，安德魯。你確定你眞的打算要娶我？」我問道，輕捏了下他的手臂。

「別胡思亂想了，愛蜜莉。」我們搭乘出租馬車到傅尼爾先生的家，那裡離西莉兒的豪宅並不遠。我原本有意要走路過去，但安德魯不願意。幸好這段路程並不長，讓我們倆不至於在封閉的車廂內獨處太久。

「我不知道怎會被妳說服，陪伴妳來參與如此無趣的聚會，」他說道。「我們一定得花上整個下午，觀賞傅尼爾收藏的那些枯燥乏味的古董嗎？」

「他的收藏非常了不起，安德魯，我眞不懂你父親對考古與希臘的熱愛，怎會對你毫無影響。」

「親愛的，那是因爲妳不必從懂事起，便被迫得經歷無數次這類話題的討論。我實在不明白妳爲何對它們如此興致盎然，等我們結婚後，我得另外找些事情來讓妳打發時間。」

馬車在我必須回應他荒謬的提議前抵達了目的地。

「我得先警告妳，這場聚會很快就會令我厭倦。」他說道，協助我步下馬車。「我與赫格里佛約好三點要去騎馬，如果到時聚會仍未結束，我會毫不猶豫地起身告退。」

「留下我一個人陪著傅尼爾先生和萊頓夫婦？那樣不公平！」我輕叫道，沒有遺漏他計畫與克霖見面這一點。

現在我們終於來到了目的地，我的心開始急促跳動，聲音大到我深怕身邊的同伴會聽見它。傅尼爾先生前來歡迎我們，並迅速帶領我們來到展示著他驚人收藏的房間。萊頓爵士和他的夫人已經坐在房內等著我們；從皮製沙發椅上傳來的淡淡菸草味，顯示傅尼爾先生和友人每當用完餐後，必定經常來到這個房間裡抽菸談天。大使先生起身向我們打招呼，當他握住我的手，舉到唇邊輕吻時，我發現我的手正緊張地不停顫抖。爲什麼在我的計畫裡最簡單的這個步驟，竟會令我如此焦躁不安？我握緊了裡面裝有戒指的絲質小手提袋，一面禮貌地與萊頓夫人寒暄，儘管我根本不知道自己說了些什麼。傅尼爾先生很快地建議我們開始參觀他的收藏。

他擁有衆多我所見過最令人印象深刻的珍藏品，但我卻因爲心有旁騖，而無法盡情欣賞它們的美麗。在房內極具巧思地四處擺放了沙發及大型座椅，讓人可以隨時坐下，愜意地品味放置在眼前的精美藝術品。不同於菲利普只專注於古希臘的物件，傅尼爾先生的收藏囊括了整個古代文明。楔形文字碑、埃及的陪葬塑像、鑲嵌在牆壁和箱櫃上的羅馬賽克工藝，以及來自希臘與亞述的各種壯觀古物。一面牆邊矗立著他要人一磚一瓦自埃及運來，然後照樣重建的一間小神廟，從後方牆上的大窗戶流瀉進來的光線映照下，令它顯得分外神秘詭異。

我並沒有太分神注意傅尼爾先生一路的解說，直到我們來到一座用打磨光滑的木料製作而成的櫃子前面，裡面展示著無數件精美無比的古代珠寶首飾，極富藝術性地擺放在厚重的深紫色天鵝絨布上。櫃內有幾處空位，顯然之前該處曾經擺放過物品。我開口的時機到了。

「看來並非每件珠寶都安全地待在原地，」我微笑道。「您的夫人想必能裝扮得讓美麗的海倫都深感嫉妒。」

「很不幸的，我也成了竊賊的受害者。」傅尼爾先生答道。「這幾件珠寶在數天前遭竊，警方認爲那名竊賊從屋頂攀繩而下，經由畫廊裡的某扇窗戶潛入。」

「眞是太可怕了！」我叫道。「我還清楚記得初秋時，在班奈特先生家中看到您手上所戴的那只美麗戒指。」安德魯怒瞪著我，我無辜地回視他。「它此刻不在櫃子裡，也不在您手上，我誠摯希望它並未遭竊。」

「它的確被偷走了，艾胥頓夫人。」

在他說話的同時，我悄悄把左手上菲利普送給我的婚戒脫掉，任它跌落到地上。金質戒指撞擊到大理石地面時，發出很大的聲響，安德魯立刻撲到地上尋找它，幾乎撞倒了萊頓夫人。

「天哪，帕瑪先生！」萊頓夫人高聲叫道。「你動作一定得如此魯莽嗎？無論艾胥頓夫人掉了什麼東西，在這裡都不可能會失去蹤影。」

「我想這並非帕瑪先生所擔心的，」我說道，走向萊頓夫人。安德魯站起身來，把我的婚戒遞給我。「我相信他以爲我掉落的是另一樣東西。」我從手提袋裡掏出傅尼爾先生的戒指。「你是在找這個嗎，安德魯？」

「我不知道妳在說什麼。那是什麼戒指？」

「當然是傅尼爾先生的特洛伊木馬戒指，你把它偷走，好試圖用它向我求愛。」安德魯看起來一臉困惑的表情，他微笑地轉向傅尼爾先生。

「這個可憐的女孩不知道自己在說什麼。那是妳丈夫的收藏之一嗎，愛蜜莉？」

「不是，你很清楚它屬於傅尼爾先生。」安德魯大笑出聲，傅尼爾先生的視線則緊盯著我手中的戒指。

「恐怕她是想保護她丈夫的名譽，很不幸的是，他有著偷竊古物的習慣。」

「帕瑪先生，你是在暗示，是艾胥頓子爵偷走這只戒指？」萊頓爵士問道，但安德魯並未回答他的問題。

我把戒指遞給傅尼爾先生。「這是屬於您的嗎？」我問道。

他非常仔細地審視了片刻，然後點點頭道：「這的確是我被竊走的古物之一。」

「帕瑪先生數天前向我求婚後，把它送給了我。」

「我向您保證，我沒有拿走那只戒指。」安德魯說道，嗓音中帶有一絲怒氣。「我是愚蠢到向她求婚，但我並沒有送她戒指。」

「西莉兒·杜拉克目擊了整段過程。你願意解釋給兩位先生聽聽，你跟她之間有什麼關係嗎？我確信萊頓爵士一定很有興趣知道，你對埃爾金石雕所打的主意。」

「妳忘了埃爾金石雕正安全地收藏在大英博物館中，艾胥頓夫人。我必須再次向妳提起，妳丈夫所犯下的罪行。也許妳是把他跟我搞混了，還是妳打算把他的過錯推諉到我頭上？」

「杜拉克夫人今早跟我談過你與她見面一事，」萊頓爵士插口道。「顯然你有許多事情需要解釋清楚，帕瑪先生。」

「我想知道你是如何得到這只戒指好送給艾胥頓夫人，」傅尼爾先生怒聲道。「你是自己偷走它，還是僱請旁人幫你偷竊？」

「以他必須在極短時間內將它弄到手來看，我想是他親自動手。」我說道，「雖然我承認，我挺訝異他竟有足夠的聰明能行竊成功。我聽見了你和杜拉克夫人所說的每一句話，安德魯，並且很震驚地得知你眞正的品性。我很快就了解到貪婪是你最大的動力，我知道若以我的財富作餌，將會令你難以抗拒。我暗示要你替我找到傅尼爾先生的戒指，深知你會不擇手段以促使我嫁你爲妻。」

安德魯看起來就像個逐漸明瞭到，他的計畫已一敗塗地的男人。他眼中充滿怒火，臉上的表情與他第一次向我求婚被拒時十分相似。

「我承認竊走那只戒指，那是深陷於愛情之中的男人所做的愚行，但它只是單一事件。」

「絕對不是，」我堅定地說道。「除了你與杜拉克夫人的談話所提供的證據之外，別忘了我手中還握有我丈夫所做的每一項紀錄。」

「妳說妳把它們燒毀了。」

「而你說你曾當面質問他的非法行爲。我們都說了謊。菲利普鉅細靡遺地記錄下了你與僞造事件之間的關聯。」

「妳還眞聰明啊，愛蜜莉，是我低估了妳。」他說道，雙手環胸，手指有節奏地敲打著自己的手臂。「但有誰會相信艾胥頓所寫的東西？他的品德可承擔不了受到詳細檢視。」

「我覺得有趣的是，當面對證據時，你只忙著詆毀提供證據的來源，而非聲明自己的清白。

無論菲利普有什麼過錯，他都不是名罪犯。」我希望這是真的，否則我確信安德魯會把一切罪行都推到共謀者的頭上。「我必須承認我很驚訝得知，你竟能策劃並完成這一連串難度甚高的竊案，我之前絕想不到你有這份能力。」

我的評語顯然激怒了他。「我不會回應這種荒謬的指控。」安德魯怒聲回答道，冰冷的視線緊緊盯住我。

「而我已經聽夠了，帕瑪先生。」萊頓爵士說道，向傅尼爾先生示意，後者扯動了叫人鈴。兩名我預先安排好，在屋內某處等候的法國警察進入房間，綁住安德魯的雙手。「你因偷竊傅尼爾先生的戒指而遭逮捕，未來絕對還會加上其他的罪名，杜拉克夫人的證詞十分有力。」

一八八八年 九月十六日 巴黎 大陸酒店

經過無眠的一夜，昨日早晨很不情願地離開了凱的身邊。若非我對此次狩獵之旅，以及對我逐漸身陷其中的這場遊戲抱有極大的期望，我想我是不會離開英國的。希望在我回來之後，她會很高興能有個不再那麼心有旁騖的丈夫。

安排了雷諾瓦爲我心愛的妻子畫一幅畫像；我想不會有其他畫家能如此精準地捕捉她從內心所散發出的光彩。

34

安德魯被捕後的數個小時，在我不注意時匆匆地過去了。傅尼爾夫人將我安置在一間小客廳裡，遣人請來了西莉兒，並不斷地供應我熱茶以及千邑白蘭地。不消說她丈夫很高興能找回他的戒指，但他更得意於能參與擊垮卡拉法吉歐的行動。萊頓爵士誠心地恭喜我，告訴我他會盡快差人來跟我討論此案的相關事證。過了一陣子之後，克霖．赫格里佛走了進來，比我冷靜許多的西莉兒立刻朝他開口。

「我得說啊，赫格里佛先生，你的到來非常令人意外。我可以假設，這代表你跟卡拉法吉歐並非同夥嗎？我真心希望如此俊俏的一張臉，不會浪費在一名罪犯身上。」

「恐怕我有不少事情需要加以解釋。」他答道。

「我今晚沒有別的計畫，先生。」西莉兒說道，示意他坐下。「如果你現在就開始，或許晚餐前就能結束。」

他用手耙梳了下頭髮，然後看向我。「我注意卡拉法吉歐的動向已經好幾個月了。」

「真有趣。」西莉兒驚呼道。「你是位間諜嗎，赫格里佛先生？」

「當然不是，」克霖笑道。「我只是偶爾會受到白金漢宮徵召，進行某些必須隱密行事的調查行動。大英博物館內有贗品，以及館藏遭竊的傳聞已經流傳了一段時間，而且顯然有貴族子弟參與其中。妳們應該可以想像，女王陛下當然希望能盡量不引起注目地處理好這件事。」

「所以這些日子以來，你一直在跟蹤安德魯？」我說道。

「有部分時間是的，但我也一直在跟著妳，愛蜜莉，試著想保護妳的安全。在帕瑪兄弟加入我們最後的狩獵行程之前不久，艾胥頓私下告訴我，他發現了那對兄弟牽扯進某種地下非法活動。他不肯透露細節，只是堅持情況都在他控制之下，以及他計畫在他們抵達非洲時與他們對質。」

「或許他是想給他們一個機會，能夠不損傷名譽地結束這一切。」我提出我的看法。

「是的，他很不幸地假設對方也跟他一樣，會遵從紳士的榮譽行爲守則。艾胥頓頗喜歡由自己來一手處理好這件事的主意，把自己想像成是某種古典英雄人物。」

「但你又是何時得知關於竊案的事？」西莉兒問道。

「在艾胥頓死後，我回到英國時便得知此事。起先我並未想過艾胥頓或帕瑪兄弟與本案之間的關聯，直到安德魯開始顯露出對妳的興趣，愛蜜莉。」

「一個男人會愛上凱莉絲妲，眞有那麼令人訝異嗎，赫格里佛先生？」

「當然不會，這點我可以向您保證，」他答道。「但一個像安德魯那樣顯然缺乏才智的人，竟會對艾胥頓的論文感到興趣，絕對令人感到訝異。」

「他是在幫助他父親，向我要那些論文的是帕瑪爵士。」我提出異議。「我親眼見過那些手稿。」

「如果妳更了解安德魯一點，就會知道無論在任何情況下，他從來不曾爲自己的父親做過任何事。他這一輩子都在刻意惹惱那個可憐的男人，揮霍他的產業，不斷替他惹麻煩。他絲毫不尊敬自己父親對於古物的熱情，事實上，這一切事件都起因於安德魯變賣了帕瑪爵士的數項收藏，以便付清賭債。他用幾可亂眞的贗品掉換走眞品，而帕瑪爵士絲毫不曾起疑。

「欣喜於有了新的收入來源，安德魯開始更加大肆揮霍。等到他父親的收藏品幾乎被變賣殆盡後，對自己的狡計充滿自信的他和亞瑟決定擴大下手的範圍。帕瑪爵士的名聲使安德魯得以受到特別禮遇，甚至在休館期間內進入他請求參觀的博物館，讓僞造者可以趁機畫下素描或鑄模等等，以便仿製出任何安德魯決定要盜走的寶物。一等贗品製作完成，安德魯就可以趁博物館關閉時掉換走眞品；若是遇上麻煩，他就找上某個樂於合作的夜間守衛，賄賂對方讓他進入博物館。被盜走的藝術品會在黑市販賣，似乎總有數不盡的、毫無節操的買家願意買下這類贓物。」

「我曾以爲菲利普也是其中之一。」我坦承道，告訴他我在艾胥頓大宅裡發現的東西，以及西莉兒在黑市裡打聽到關於我丈夫的消息。

克霖歎了口氣，搖搖頭道：「我承認，當我最初得知他在黑市裡的名氣不小時，也曾經懷疑過他，所以我才會詢問妳，關於你們結婚旅行途中他所購買的物品。妳向我坦承妳……呃，對菲利普的愛意那天，我以爲妳是要告訴我，妳曉得關於他非法交易的細節。」

「菲利普爲何要收集那些被盜走的寶物？」

「他想在與帕瑪兄弟對質前，先找回所有失竊的眞品。他們抵達非洲後，艾胥頓告訴安德魯他所知道的一切，並要求他結束他的非法行爲，把所有寶物交還給博物館。」

「你怎麼會知道這些？」

「我說過，我調查這樁案件已經有一段時間了，我早就懷疑帕瑪兄弟涉案，但不幸的是，他們從未留下任何犯案證據。當萊頓爵士告訴我安德魯被捕後，我找上了亞瑟，他告訴我艾胥頓只向安德魯要求一句紳士的承諾，答應會結束一切非法行動。」

「安德魯答應了？」

「那對他來說根本不算什麼。」

「但他當然明白若他們不停止，菲利普將會揭發他們。或許他的確有意要放棄他的犯罪事業。」

「安德魯不是會輕易放棄便利金錢來源的那種人。」

「而一旦菲利普開始生病，安德魯更沒有收手的理由了。」我停下來望著西莉兒，她迎上我的視線，近乎不可察覺地點了點頭。「菲利普死在非洲，可眞是個便利的巧合。」克霖原本要走向我，但又停下腳步。當事實的眞相慢慢在我腦中開始變得清晰時，西莉兒握住了我的手。「是安德魯殺了他，對嗎？」

「我很抱歉，愛蜜莉，若非安德魯在亞瑟之前被捕，我們或許永遠不會知道艾胥頓其實是遭到謀害，爲此英國政府非常感激妳。亞瑟爲了自己的性命著想，堅稱他只是從犯。他告訴我，在前往我們的狩獵營地途中，他從當地土著手裡弄到了用來塗在吹箭上的毒藥；安德魯一定是趁艾胥頓替大家倒香檳時，偷偷將毒藥放進他的杯子。我從未懷疑過他不是因病而亡，記得我告訴過妳，在那趟旅程中，艾胥頓有大半時間都感到疲倦，但現在我想，那是因爲他在擔心該如何與他的朋友們當面對質。」

我有好一陣子說不出話來，只能想著我那遭人謀害的可憐丈夫。我明知菲利普並未留下任何足以指控安德魯的證據，當時我之所以說謊，是爲了要刺激安德魯。菲利普堅守著自己的道德準則，他想要的只是他的朋友能夠停止盜竊的行爲，從來都無意要舉發他們。從我的喉間逸出一聲啜泣，西莉兒將我摟進懷中，而克霖禮貌地假裝望向窗外。不過我的淚水並未持續太久，我早已爲我丈夫哀悼過了。

西莉兒用她的手帕替我擦臉，順了順我的頭髮，接著起身走到克霖面前。「這個可鄙的兇手爲何試著要追求凱莉絲妲？他應該徹底避開她才是。」

「安德魯相信艾胥頓手中握有能夠證明他罪狀的紀錄。這是艾胥頓在非洲時親口說的。帕瑪兄弟曾數度嘗試要找到它們，卻都沒有成功。安德魯曾賄賂一名男僕到艾胥頓的書房裡搜尋他的文件，但毫無所獲；亞瑟也曾闖進愛蜜莉在莫里斯酒店的房間。」

「那天下午我跟安德魯去了布隆森林。」我說道。「當亞瑟空手而回後，他們就改變計畫，決定說服我嫁給安德魯？」

「起先是如此。這可以讓安德魯有機會染指艾胥頓所有的文件，更重要的是，可以對妳擁有某種程度的控制權。當妳拒絕了安德魯的求婚，他們的計策再度改變。亞瑟看到妳在大英博物館與埃瓦特碰面後，開始對妳起了疑心，他和安德魯害怕妳會比他們更早找到那些紀錄，於是假造了暗示艾胥頓有可能還活著的證據，他們知道妳一定會堅持要前往非洲。」

「然後呢？」我問道。

「顯然妳並不會找到艾胥頓，而安德魯可以就近提供妳安慰。亞瑟說安德魯有意直接在開羅娶妳爲妻，而婚後不久，妳將如同艾胥頓一樣身染重病。」

「留下他這位心碎的鰥夫回到倫敦，接收妳所有的財產。」西莉兒說道。「眞是個惡毒的男人。」

「我希望女王陛下能夠明瞭，這件事已經不可能安靜地收場了。」我說道。

「我不敢預測她會怎麼說。帕瑪兄弟當然會受到審判，至於贋品一事，我想若妳能同意，悄悄地將被竊的眞品歸還給博物館，英國政府將會非常感激。」

「這原本就是我唯一的打算。」我用手緊壓住前額。「這一切都太可怕了，可憐的帕瑪爵士，他肯定會傷心欲絕。還有艾蓓拉！知道自己的未婚夫是個竊賊，必會令她深感失望。」

「還是謀殺案的共犯。」西莉兒加上一句。「我不想再討論這樁案件了，我已經聽夠了這些令人厭惡的事情。你要留下來與我們共進晚餐嗎，赫格里佛先生？我相信凱莉絲妲會很高興能有你作陪。」

「恐怕我必須拒絕您仁慈的邀請，杜拉克夫人，我還得趕去警局，並且對萊頓爵士提出完整的報告。」

「是嗎？那好吧。」西莉兒歎息道。「請恕我失陪了，我得去找傅尼爾夫人，好感謝她的熱情招待。」她說道，給了我一個充滿暗示的眼神，然後走出了房間。

「我必須向你道歉。」我轉向克霖。「我一直把你想像得很壞，我眞感到羞愧。」

「我自己的行爲也不遑多讓，」他答道。「恐怕我曾不止一次冒犯到妳。」

「一點也不，」我坦承道，想起我們在新橋上的會面。「事實上，正好相反。」

「妳眞是太寬厚了，愛蜜莉。」他說道，在我面前來回踱步。

「我很抱歉沒有更加信任你，但我的確有理由感到疑慮。你爲何與安德魯僱來跟蹤我的那個男人會面？」

「妳怎麼會知道的？」我說出手套的事。「妳那樣追趕我們實在是太魯莽了。那晚離開在妳家的聚會後，我前往參加艾略特夫人舉行的晚宴。她住在艾伯瑪街，從我在帕克道的住所只須走一小段路。當我途經伯克利廣場時，看見一名男子正在觀望妳家，於是我上前質問他。他當然矢口否認懷有惡意，在我能進一步追問前，他聽見某些聲響，接著拔腿就跑；我想追上去，可惜追丟了。」

「我不該跑進公園裡的。」

「如果我老實告訴妳關於埃瓦特和這樁僞造案件的內情，或許妳就不會想靠自己來試著找出眞相了；但我受到來自白金漢宮的嚴格命令，不得向妳吐露絲毫細節。」

「沒有任何事能說服我放棄自行找出眞相。」

「我不確定我贊同妳這般罔顧自身安全福祉。安德魯是個危險分子，如果他發現了妳打算做什麼，妳可能早就已經喪命。在前往法拉斯卡提途中，妳問了我那麼多關於他的問題，令我深怕妳已經愛上他了。一想到妳竟假裝和那個男人訂婚——還有他必定會對妳做出的那些越軌行爲……」他坐到我身邊，握住我的手。「最後妳能安然無恙，實在讓我鬆了一大口氣。」

「我也是。」我吻了吻他的臉，他微笑地用手輕觸我的面頰。在他能開口說話前，房門開啓，傅尼爾先生走了進來。

「這是妳應得的，艾胥頓夫人。」他說道，遞來那只美麗的特洛伊木馬戒指。

從那天起，我每天都將它戴在我的右手上；但我想若換成是菲利普，應該會將它捐贈給博物館。再一次的，我發現我的想法與我丈夫之間有著很大的不同。我比較偏好它戴在我手上的感覺，而不是看見它被放進櫃子裡展示。

一八八八年 十一月二十七日 東非

儘管我努力嘗試，這一季的狩獵之旅仍不如預期中精彩。獵物的收穫變少了許多，但我想那是因爲我自己心緒不寧所致，而非動物的數量減少；這次我對狩獵同伴們著實並未有太大的貢獻。赫格里佛此行倒是比眾人都更爲豐收，這可以稱得上極爲罕見，因爲他以往向來較偏好四處漫遊探索，而不是集中精神在獵物上。他的表現不啻是這場狩獵之旅不盡如人意的最好見證。

「受苦之人高聲抱怨，縱滿腔怒火亦只是徒然。」我當然不至於滿腔怒火，但所有人都看得出我有多不滿意。甚至猴子們的叫聲都令我煩躁不已，通常牠們在營地裡的滑稽舉止總能取悅我，而現在牠們卻似乎以打翻我倒的每一杯茶爲目的。明天起我將不會再容忍這種胡鬧的行爲。

不過我尚未完全絕望，並決心一定要獵到大象，好能勝利凱旋地回到倫敦和我妻子身邊。很期待看到明天將會抵達營地的其餘狩獵同伴，希望終於能和帕瑪兄弟談話，可以平息我的煩亂心思。

35

控告帕瑪兄弟一案進行得十分順利。亞瑟很快就供出一切犯罪事實，儘管在離開傳尼爾家後，安德魯便頑固地拒絕開口談論他的涉案情事，不過卻爲時已晚。他們都將在倫敦爲博物館竊案與謀殺案受審，因爲菲利普是死於英國的殖民地；而在法國，他們將被控以非法販賣古物的罪名。由於謀殺案可以論處極刑，安德魯很可能根本沒機會被移送到巴黎接受審判。萊頓爵士陪我到警局做了筆錄，完成之後，我感到一種令人欣慰的鬆懈感，並且了解到該是我回倫敦的時候了；我想親自和帕瑪爵士及艾蓓拉．棠麗談談。

棠麗太太已經計畫要前往開羅，希望女兒在那裡找到丈夫的成功機率，要比在倫敦時有所進展。我去拜訪艾蓓拉令她很生氣，她似乎責怪我竟然揭發了亞瑟的犯罪行爲；顯然他犯罪的事實，還比不上這個醜聞已傳遍社交界更令她感到困擾。仍像平常一樣猛吃糕點的艾蓓拉則沒有展現出太多心碎的跡象，知道有人會向她求婚這一點，大大增進了她的自信心，她很明顯地正在期待開羅的社交季。

最讓我難過的是去探望帕瑪爵士。他的生活被這一連串事件攪得天翻地覆，整個人看起來比我上次見到他時老了好幾十歲。我請他協助我處理將失竊古物送還博物館一事，他很感激地答應了。我們倆加上克霖，三個人一起將艾胥頓大宅裡的每項寶物，在博物館休館時運去交給了莫瑞先生。完成這項對我丈夫來說極爲重要之事，帶給我莫大的滿足。之後帕瑪爵士讓我看了那份以菲利普的名義發表，關於阿基里斯與亞歷山大大帝的論文。莫瑞先生體認到安德魯與亞瑟的背叛對帕瑪爵士所造成的打擊，因此從自己的收藏中選了一座雅典娜的美麗小雕像送給他。不幸的是，它也是如今帕瑪爵士所擁有的唯一一項眞品；菲利普找回的那些古物中，沒有一件屬於帕瑪爵士。

我母親得知在巴黎所發生的一切後，發了一頓驚天動地——後來還被傳頌一時——的脾氣。我並沒有親自告訴她，而是在返回伯克利廣場的宅邸後，隨即請了我父親過府一趟，將這樁不愉快的差事交託給他。他一講述完整個事件，她立刻趕來我家，狠狠數落了我一整個小時；如同棠麗太太一樣，她主要的憂慮在於此事在社交界所引發的醜聞。

「妳實在不該張揚自己丈夫與這種可鄙之事的牽連。」她終於坐了下來，代表她的訓斥已接近尾聲。

「菲利普並沒有做錯什麼，母親大人，也沒有人懷疑他犯下了任何罪行。」

「妳讓他成了一個謀殺案的被害人，而非一位高貴地死於狩獵之旅的紳士。」她說道。「妳爲何要替家族帶來如此不雅的名聲？」

「難道妳寧願害死他的兇手逍遙法外？」我反問道。

「我和妳實在無法溝通，愛蜜莉。」她扭絞著雙手。「現在我比任何時候都還要憂慮妳的未來。」

「妳無須擔憂，母親，我並不打算留在倫敦，而是計畫盡快前往希臘。妳會很高興知道，我找到了一位最合適的旅行同伴。」

「這至少讓我鬆了口氣。她是誰？」

「西莉兒．杜拉克。」我可是費了不少唇舌，才總算說服我的好友願意離開巴黎；她同意當我的旅伴，唯一的條件是要帶凱撒與布魯特斯一起去。我絕對相信她起初不肯接受我的邀約，只是想誘騙我答應讓那兩隻可怕的小怪物同行的計謀。

「也許妳還是有希望的，女兒。」我的母親說道，歎了口氣。「我確信杜拉克夫人必能介紹妳認識不少合適的單身漢，但妳一定得到希臘去嗎？那裡沒有我們熟悉的社交圈子，不如去義大利好了。佛羅倫斯怎麼樣？據說密德頓公爵之子打算在新年過後，與一大群友人到那兒一遊。」

「我要去希臘，母親，我要去看看那座別墅。而且坦白說，我寧願盡可能避開整個社交界。」

「妳這麼說是什麼意思？避開社交界？」

「我將花上許多時間來決定我想要怎樣的人生，別墅可以提供我所需要的隱密性，讓我得以靜心思考。」

「想要怎樣的人生？愛蜜莉，我已經完全失去試圖了解妳的興致了。」她再度歎氣，不斷眨動眼睫。「我可以向妳保證，像杜拉克夫人那樣的貴婦，絕不會滿足於無所事事地呆坐在一間小別墅裡好幾個月。看來想讓妳重回社交圈就全得靠她了，我今天就會寫信給她。」

「謝謝妳，母親大人。」我咬牙道，只能慶幸西莉兒眼中的社交圈，遠比我母親心目中的版本要宜人多了。「現在請恕我失陪，我還有許多事要忙，以便聖誕節時能在艾胥頓大宅招待你們和家族其他成員。」

「我也有好幾樣事情待辦，已經在這裡耽擱了超過我預計的時間。」她站起身來，遺憾的是，戴維斯在她尚未離去前便入內通報克霖來訪的消息。一聽見訪客的姓名，我母親立刻又坐了回去，一邊伸手撫平長裙的裙襬。「我正想和赫格里佛先生談談。」

我垂下頭將臉埋進掌中，連克霖進入房間時都沒有抬起頭來。

「日安，赫格里佛先生。」我母親說道。「我非常感激你從那個可怕男人的手中，拯救了我親愛的女兒。」

「我向您保證，布隆尼夫人，當時一切都在愛蜜莉掌控之下。」他答道。「她揭發帕瑪先生的罪行時，我其實並不在場。」

「真高興見到你，赫格里佛先生。」我微笑地伸出手讓他親吻。

「我更高興看到妳已結束了哀悼期，艾胥頓夫人。」他遲遲未放開我的手，我也似乎無法讓視線移開他英俊的臉龐。

「家母正要離開，赫格里佛先生。」我淘氣地笑著說道。「相信你不會介意她先走一步吧？」母親對我怒目而視，用洋傘輕敲著地面。

「當然不會。」克霖禮貌地朝她彎身行禮。「我一向很高興見到您，布隆尼夫人。」

「容我再次感謝你，赫格里佛先生。」我母親第二度起身，不想在她心目中條件絕佳的女婿人選面前與我起爭執。「我們有此榮幸在今晚巴林太太的晚會上見到你嗎？」

「恐怕沒有機會了，我另有邀約。」他答道，又行了個禮。我母親在瞪了我一眼後終於離去，克霖雙手環胸地靠在關起的房門上。「我是爲公事而來。」

「你看起來一臉嚴肅。」我回應道。

「我看過了妳在警局做的筆錄，妳特意強調歐文．埃瓦特與竊案並無關聯。」

「這是事實。埃瓦特先生是位不得志的藝術家，他把作品賣給任何願意付錢購買之人。他並沒有欺騙他的顧客，他們很清楚自己買到的是仿製品。」

「妳不是眞的相信這些吧？」克霖問道，懷疑地看著我。

「爲什麼不？我相信若你調查埃瓦特先生的財務狀況，就會發現他的生活並不富裕。如果他把自己所做的仿製品當作眞品賣出，絕對能大賺一筆。」

「妳眞的向他下了一筆訂單？」

「是的。」

「我知道妳曾與他長談過，也是他替妳指認出大英博物館裡那些贗品，但妳確定他讓妳看到了全部嗎？」

「非常確定。」

「妳肯發誓他從未參與詐騙博物館？」

我稍停了半刻以便考慮該怎麼回答。「赫格里佛先生，一位淑女絕不會出言詛咒。」

「這是我唯一能得到的答案？」

我只回了他一抹微笑。坦白說，我挺喜歡讓埃瓦特先生那些未完成的作品，繼續留在博物館裡這個念頭。也許在遙遠的未來，它將被辨認出實爲仿作，卻能因其本身的藝術價值而得到讚賞，就如同羅馬時代仿造的希臘原創藝術品一樣。

「好吧，愛蜜莉，雖然我不像妳那般堅信埃瓦特先生的清白，但也沒有證據能指控他涉案。目前看來他並沒有所需的人脈關係來繼續帕瑪兄弟的惡行，所以我會暫時放他一馬。不過對妳——」他停了下來。「不，我永遠不會再勸誡妳切莫與誰結交。」

「謝謝你尊重我的判斷力，赫格里佛先生。」

「妳誤會了，我只是不想白費時間在徒勞無功的事情上。」

「那我們就別再提起這個話題了。」我說道。「很遺憾你今晚無法參加巴林太太舉行的晚會，這想必將是個無聊夜晚，我原本很期待能有機會與你共舞。」

「我發現自己比較偏好與妳在小客廳裡共舞。」他握住我的手，把我從椅子上拉起來，環住我的腰攬近他身前。如此靠近他的感覺令我震顫，我抬頭望向他的臉。若不是我們的視線在此刻相遇，我確信我們已開始舞起了華爾滋；然而我倆都一動也不動，只是站在那裡靜靜地凝視彼此，直到他終於用一根手指輕抬起我的下巴，引導我迎向他溫柔的親吻。

「『安卓瑪希[20]！我靈魂中最美的另一半。』」他倚在我的頸間低語道。「我難以描述妳對我具有多大的影響力，妳最輕微的碰觸便足以摧毀我的自制。」

「我很了解這種感受。」我輕聲道，回吻著他。

「我實在太過放肆，沒有先請求妳的准許便如此冒犯妳。如果妳再次掌摑我，我也毫不意

---

⑳特洛伊王子赫克托之妻。

外。」他輕觸從我盤起的髮髻中偷溜出來的一綹鬈髮。

「我想你今天不會受到掌摑。」我答道，將臉埋進他胸前。「如果定要承認的話，其實我很喜歡你在新橋上的那個吻。」

「我不該那麼做的，愛蜜莉，那個時機並不適當。」他扶著我回到長椅上，落坐在我身邊。

「希望妳能原諒我。」

「從我近來的舉止，就能看出我早已原諒你了。」我微笑道。他傾身靠近我，彷彿想再次吻我，卻突然停下動作。

「這樣會太快嗎？我知道妳已經結束了哀悼期，但過去幾個月來對妳情緒上的折磨，必定令妳心力交瘁。」

「不，我可以向你保證，我現在一切很好。我很高興經歷了這些遭遇，若非如此，我將永遠內疚於不曾愛過我的丈夫，或爲失去他而感到悲傷。如今我已眞正地爲他哀悼過，這是他所應得的。」

「他是個很好的男人，愛蜜莉。」

「我知道。很可惜我沒有早些了解到這一點，但我不會愚蠢地耽溺於，我們的婚姻原本將會多麼幸福美滿的浪漫幻想裡。我的確在他死後漸漸地愛上了他，但若是他還活著，我有可能永遠不會對他產生愛意。」我聳了聳肩，然後發現這個動作似乎太法國化了。「無論如何，我生命中的那個章節已經結束了，而我並沒有任何遺憾。」

「我很高興。」他歎息道，瞄向他的腕錶。「恐怕我得告辭了，舍弟與我約好在里其蒙會合。妳何時要返回艾胥頓大宅？」

「明天。在啓程前往聖托里尼前，我只會回倫敦做短暫的停留。」

「我不該如此妥善地替妳安排好這次的旅程。」他微笑地說道，站起身來。「眞希望我曾想到要延遲妳的出發日期，以便在妳離去前能再見到妳。」

「你何時會回到倫敦？」

「很可能要等到明年春天了，一過完新年，我就得趕去柏林辦事。」

「什麼事，克霖？有什麼會令我感興趣的嗎？」

「絕對沒有。」他堅決地說道，把我從長椅上拉起來。「我會想念妳，愛蜜莉。」他溫柔地吻了我，將一個小盒子塞到我手中。「聖誕快樂。」

他在我拆開禮物前就離開了，因此錯過了我看見它時臉上的表情。他送給我的禮物是：一個金色的蘋果，上面刻著「給凱莉絲妲」。

「我一直都很欣賞赫格里佛先生！」艾薇開心地叫道，手裡握著那顆金蘋果。那天傍晚用過晚餐後，我們來到書房小坐。「眞是個令人驚歎的禮物！愛蜜莉，看來妳就快要陷入愛河了。」

「我不打算否認有這種可能性。」

「現在想想委實荒謬，我們竟會認爲他是僞造案的主使人。」

「以我們當時所知的線索，會如此假設也算合理。他的行爲舉止讓他顯得十分可疑。」

「我很高興這一切都結束了，」她淘氣地露齒一笑。「但說起來實在挺刺激的。不過安德魯和亞瑟竟是如此可怕的罪犯，眞令人深感震驚。」

「『外表如此美麗，卻是欺瞞的假象。』帕瑪爵士經歷了不少折磨。」

「幸好他並沒有受到社交界排擠。」

「他自身的品格無懈可擊，有資格得到所有人的同情。」

艾薇贊同地點點頭，然後傾身靠近我。「戴維斯眞的要端波特酒來給我們嗎，愛蜜莉？我不知道是否有勇氣在羅柏面前喝下它。」她瞥向坐在房間另一頭，正在悠閒讀報的丈夫。

「這裡除了我們三人之外並無旁人，艾薇，正是讓他習慣這個主意的好機會。」

「他是個相當保守的男人。」她悄聲道。

「但他還是有可能改變。」我答道。「也許我該拜託克霖當他的保證人，讓他加入革新俱樂部。」

「我想妳的期望過高了，愛蜜莉。」艾薇微笑道。

戴維斯端來裝在玻璃瓶裡的波特酒及三只杯子，把它們放在桌上。我吩咐他替我們倒酒，艾薇不情願地接下戴維斯送上的酒杯，偷瞄了丈夫一眼。羅柏歎了口氣，把注意力轉向我。

「親愛的愛蜜莉，我無法忍受這種情況。如果妳打算繼續嘗試帶壞我的妻子，我堅持妳至少該做得正確一點。讓妳的管家倒酒十分不合禮儀，酒瓶應該從主人手中向左側傳下去，每位紳士……呃，每個人要替坐在自己右手邊的同伴倒酒。既然我們現在是在書房裡，而非餐廳，我想規矩可以放鬆一點，但基本的原則仍不可違。永遠把酒傳向左側。如果想要添酒，千萬不可直接要求，而是要向最靠近酒瓶之人，詢問他是否認識諾里奇主教。任何受過教育的男士都會明白妳的意思，並將酒瓶傳遞給妳。」

「羅柏，從我第一眼見到你，就知道你很有潛力。」我大笑道。

「艾薇，除非是在極端隱密的場合裡，否則別以爲我會忍受妳這麼做。不過我很期待在家中用完餐後，妳能加入我一起享用波特酒。」他試著維持嚴肅的表情，但是沒有成功。即使如此，我仍不禁懷疑是否有可能找到一位英國紳士，願意放任妻子去做她眞正想做的事。

一八八八年 十二月三日 東非

萬分疲累——我想我是感染了某種熱病——但還是得記錄下本日的豐收。我終於獵到了大象——肯定從未有人感受過如我這般的狂喜。這將是個多麼精采的故事，可以轉述給凱聽。希望在我回家時，她也會有屬於她自己的好消息能告訴我。一個關於未來子嗣的好消息。

其餘的事明天再說吧。

36

假期迅速而平淡地過去，新年剛過完，我便啓程前往希臘，半途在巴黎與西莉兒會合，然後帶著凱撒、布魯特斯及西莉兒數量令人咋舌的行李，來到了位於錫克拉底群島上的別墅。原本很失望沒能到開羅一遊的梅格，這次懷著極高的興致期待著這趟旅程。我想把她變成旅遊愛好者的計畫十分成功，顯然她認爲愛米莉雅．艾德華茲非常具有啓發性。等我們搭乘的船隻停靠進聖托里尼的港口時，她與西莉兒的女僕奧黛蒂已經成爲好友；後來我甚至還聽到梅格告訴屋裡的希臘女僕們，她認爲巴黎是個很宜人的城市。

別墅是個令人意外的驚喜。它座落於伊莫洛維里的村落間，高踞在懸崖之上，俯瞰著巨型火山口的遺跡；這座遠古時期爆發的火山，便是造成島中央地層下陷的元兇。屋內有著明亮的白色房間、寬型的拱門以及巨大的窗戶，都是我從未見過的建築形式。如同我所猜想的，菲利普的確選擇在此處展示他所收藏的印象派畫作，這裡簡樸的環境爲它們做了最完美的襯托。我把傳統的希臘式裝潢保留下來，吩咐僕人把幾件格格不入的英國傢俱搬離我的視線；村民們興高采烈地接收了它們，對新奇的印花棉布長椅、覆蓋著桌裙的桌子等龐然大物深感興趣。我的寢房在二樓，從連接的陽台上就可以看到火山口。溫暖的夜晚裡，我經常推開亮藍色的門扉，在徐徐的和風中，望著夜空裡的星辰入眠。

夜晚燦爛輝煌的月娘
在湛藍天空散播它的聖光
四下靜謐無聲
無雲無雨遮蔽這莊嚴的場景
宇宙圍繞著它旋轉
無數繁星爲它妝點
樹梢上灑落點點暈黃
高聳的山峰上銀光閃耀
照亮了溪谷、巨岩
壯麗的光芒佈滿天際
牧人們喜悅同歡
仰望藍色穹蒼　祈求聖光庇佑

數週時光飛也似地過去，我們很快就接受了希臘的文化。我並未像菲利普一樣僱用英國廚子，而是依照建議，找來了島上村民一致推崇爲廚藝最佳的卡特維提斯太太爲我們掌廚。她所料理出來的希臘式餐點果然令人驚喜，其中的烤鹹肉餡餅迅速成爲了我們的最愛，當地的數座葡萄園也深得我們歡心。西莉兒愛上了這裡的人們在午後小憩的習慣，我們都毫不懷念過去在大城市裡的生活；不過我們並未完全揚棄舊有的愛好，我仍會在晚餐後啜飲波特酒，西莉兒則從法國運來成箱的香檳。儘管我們努力嘗試過了，但她跟我都無法忍受帶著松香味的希臘葡萄酒。

我一方面繼續研究古希臘文，但也決定要學習現代的希臘語言，以便能更順利地與傭僕及鄰居們溝通。艾達佛斯——卡特維提斯太太十五歲的兒子——能說一口流利的英語，我很快就說服他來擔任我的家教。沒花多久時間，我的希臘語已能朗朗上口，可以用卡特維提斯太太的語言來回應她的那句「Kali orexi!」祝妳胃口大開！

遺憾的是，想找到人教授我古希臘文就沒有那麼容易了，所以我必須自行摸索，也遭遇到不少困難。瑪格麗特計畫在春末時來訪，在那之前，我只能從她課本裡的那些筆記來尋求幫助。我對荷馬的興趣仍未退卻，但也開始將閱讀範圍擴展到柏拉圖的英文譯本上，或是在想放鬆心情時，看看阿里斯托芬㉑的作品。我不記得這輩子曾經像我在讀《雲》時那樣狂笑過。

我們經常邀請許多鄰居們來一起用餐，以往我從未與這麼多不同階層的朋友們往來過。西莉兒最要好的同伴是位名叫艾里斯托．帕帕達寇斯的年輕人，一個手藝精良的木匠。在她向艾里斯托描述過她的凡爾賽宮模型屋後，他雕刻了一座迷你的帕德嫩神殿送給她；從那天起，他們就決定要一起重建雅典的黃金時代，包括培里克利斯㉒、蘇格拉底以及柏拉圖的小小人像。

大半時間我都一個人獨處，有時繪畫、有時閱讀。我喜歡在午後沿著火山斷層的懸崖散步，眺望著遠處的費拉——聖托里尼最大的城市。當島上所有人都在午睡時，我經常帶著一本書，坐

㉑阿里斯托芬為古希臘著名詩人及喜劇作家，享有「喜劇之父」的美名。
㉒雅典最著名的統治者、政治家兼軍事家。

在露出地面的火山岩石上，享受那種孤獨的靜謐感。那年春天的氣候棒極了，日日陽光普照，直到二月才開始下雨。

一個晴朗的三月天裡，我高坐在岩石上滿足地歎息，俯望著眼前巨大的火山口，猜想在那平靜的水面下隱藏著什麼樣的遺跡。我正在閱讀柏拉圖的《蒂邁歐篇》[23]，這位偉大的哲學家在書中描述了古代亞特蘭提斯文明的毀滅，一般人相信它即是位於聖托里尼。我正決定明天一定要找人帶我穿越火山口時，聽到從後方小徑傳來的腳步聲。我回過頭，看見克霖正對著我微笑。

「看來妳似乎找到了天堂。」克霖說道。

「眞是個令人愉快的驚喜！」我歡呼道，起身走向他。「我以爲從柏林到聖托里尼有段不短的距離。」

「的確不短。」他吻了我的手。

「那麼你不辭辛勞地來到這裡，實在該令我感到受寵若驚。」我從未看過他如此悠閒隨意的穿著，配上那頭被風吹亂的髮絲，讓他看起來英俊極了。

「一點也沒錯。」他笑道。「妳在讀柏拉圖？」

「是的。」

「『蒂邁歐篇』？」

「我認爲這裡是最合適的地點。」

「我眞喜愛妳腦子裡那些有趣的想法。」他再次親吻我的手，我輕觸他的臉，傾身吻了他。短暫地擁抱過後，我退開身子望向他，爲他溫暖的目光而欣喜。

「妳的學習之路還順遂嗎？」他問道。

「大部分都很順利，不過古希臘文方面有些停滯不前——只能靠自己摸索很難有進步。」

「嗯……」他同意地哼道，輕吻我的脖子。

「既然你來了，就一定要幫我。我很高興終於有人能回答我關於文法上的問題，我已開始害怕在瑪格麗特抵達之前，我都只能被迫閱讀英譯版本了。」他似乎並未對我的困境多加留心，於是我推高他的頭。「你會幫我，對吧？」

「是的，但妳得先餵飽我才行，船上的餐點讓人難以下嚥。」他牽起我的手，我們一起慢慢走回別墅。西莉兒很高興見到克霖，堅持要大肆慶祝，並立刻與卡特維提斯太太計畫起一場盛宴；後者也依照慣例，很快便邀來全村居民與我們同樂。食物當然如同往常一樣美味極了，而在濃烈茴香酒的驅使下，衆人開始了一段段喧鬧的舞蹈。克霖迅速地學會了希臘的土風舞，與西莉兒及村民們一起展現出漂亮的舞姿。慶祝會一直持續到深夜，儘管最後上床時我早已疲憊不堪，卻怎麼也無法入眠。我在陽台上徘徊了好半晌，但星光和海浪聲都無法令我平靜下來。突然間我注意到下方的某樣東西，是我忘在懸崖邊白色圍牆上的那本書；我決定在風把它吹下海前先拿進來。

我放輕腳步走下樓，走廊的石磚地面讓我的腳底感覺十分冰涼。拿回了被遺棄的《蒂邁歐篇》後，我停下來望著巨大的火山口，並直到這時才看見坐在幾呎外一張椅子上的克霖。

㉓柏拉圖的《蒂邁歐篇》另一譯名爲《論自然》。

「你怎麼還沒睡？」我開口問道，看著他起身走向我。

「睡神今晚似乎遺忘了我。」他答道，牽起我的手。「妳冷嗎？」

「有一點。」我承認道，睡衣的下襬和我的長髮在風中飛揚。「我也睡不著。你的到來迫使我了解到我有多想念你，而我卻一直以爲我已在這裡找到最大的滿足。我永遠不會原諒你讓我的幻想破滅。」

「我該怎麼做才能彌補？」他問道，把我擁進懷中。

「我不知道，你或許可以從吻我開始。」

他立刻且徹底地做出回應。「希望這足以令妳滿意。」

「非常滿意。」我喃喃道，貼靠著他的頰邊。

「然而它的短處在於，」他繼續說道。「這並無法徹底解決長遠的問題。」

「有長遠的問題存在嗎？」

「當然。如今知道了妳將會想念我，我如何還能再次離妳而去？」

「現在沒有必要去想離開的事，你才剛到這裡。」

「但我最終還是得走，而我發現沒有妳在身邊，將會嚴重阻礙我得到快樂。恐怕只有一個辦法能夠解決我們的困境。」

「什麼辦法？」我問道，再次吻他。他有好幾分鐘無法回應。

「我要妳把心交給我，愛蜜莉。我要妳嫁給我。」他道。「但我了解妳對婚姻的觀感，我不會強求妳答應我，除非妳眞心相信，嫁給我能讓妳已然很滿足的生活更加圓滿。」

儘管和克霖共度一生的想法，在許多層面上都十分吸引我，但我仍不願許下這個將會對我的自由產生極劇影響的承諾。也許過一段時間，當我更確定自己想過什麼樣的人生之後，才能評斷我想要克霖在我的生命中扮演什麼角色。至於目前，我尚未準備好放棄我的自主權，也還不想承擔起對任何人的義務。我腦中突然閃過一個古怪的念頭。

「你比較喜歡哪一個，赫克托還是阿基里斯？」我問道。

「這算是什麼問題？」

「赫克托還是阿基里斯？」

「當然是赫克托，」他道，看起來有些困惑。「非神之子，凡人之身　然其作爲，希臘永世傳頌。咒詛那使英雄殞落之戰。」

「我記得在新橋上時，你提過要帶我去艾菲索斯。」

「只要妳肯保持承諾，把晚禮服全都留在家裡。」

「西莉兒說得沒錯，」我笑道。「她總是告訴我，你是個很有潛力的男人。」

「也許我該向她求婚才對。」他答道，揚了揚眉。

「她毫無疑問會接受。」我輕撫他的臉龐。「然而我卻沒有再婚的打算。」他的雙眼始終沒離開過我，即使它們透露出我的話對他造成的傷痛。「不過有個像這樣的追求者，讓我願意考慮再婚的可能性。」

「這代表什麼意思？」

「我允許你追求我，赫格里佛先生。」我答道，手指輕觸他的唇瓣。「但我無法給你任何保證。」他把我拉進懷裡，熱情地吻住我，顯然對我的回應感到滿意。

「或許妳可以答應我一件事？」他拂開我眼前的髮絲。

「什麼事？」

「答應我妳不會太爲難我，我身邊並沒有衆多女神能幫忙說服妳。」

「這我可不能保證喔，克霖。」我說道，甜蜜地親吻他，然後轉身回房。

——全書完——

Lámour Love More 05

偽造眞愛 And Only to Deceive

國家圖書館出版品預行編目資料
偽造眞愛 / 塔莎・亞歷山大著；向慕華譯
.一 初版.一 臺北市 ： 春天出版國際, 2011.06
面； 公分.一（Lámour Love More ；05）
譯自：And Only to Deceive
ISBN 978-986-6345-83-8（平裝）
874.57 100009093

ISBN 978-986-6345-83-8
Printed in Taiwan

作　者　塔莎・亞歷山大
譯　者　向慕華
總編輯　莊宜勳
主　編　鍾靈
特約編輯　辛西亞

發行人　蘇彥誠
出版者　春天出版國際文化有限公司
地　址　台北市忠孝東路四段303號4樓之一
電　話　02-2721-9302
傳　眞　02-2721-9674
E一mail　frank.spring@msa.hinet.net
網　址　http://www.bookspring.com.tw
部落格　http://blog.pixnet.net/bookspring
郵政帳號　19705538
戶　名　春天出版國際文化有限公司
法律顧問　蕭顯忠律師事務所
出版日期　二〇一一年七月初版一刷
定　價　280元

總經銷　楨德圖書事業有限公司
地　址　台北縣新店市復興路45號3樓
電　話　02-2219-2839
傳　眞　02-8667-2510
香港總代理　一代匯集
地　址　九龍旺角塘尾道64號 龍駒企業大廈10 B&D室
電　話　852-2783-8102
傳　眞　852-2396-0050

排　版　浩瀚電腦排版股份有限公司
印刷所　鴻霖印刷傳媒股份有限公司

Lámour
Love More

Ever-tangling, ever-loving.

Lámour
Love More

Ever-tangling, ever-loving.